트레샤 퓨전 판타지 장편소설
WISHBOOKS FUSION FANTASY STORY

파왕성
플레이어

플레이어 9

트레샤 퓨전 판타지 장편소설

초판 1쇄 찍은 날 | 2019년 11월 8일
초판 1쇄 펴낸 날 | 2019년 11월 15일

지은이 | 트레샤
펴낸이 | 예경원

기획 | 위시북스
편집책임 | 이은송
편집 | 위시북스

펴낸곳 | 예원북스
등록번호 | 제396-2012-000132호
등록일자 | 2012. 7. 25
KFN | 제1-484호

주소 | 경기도 고양시 일산동구 호수로 646-24 위너스21II빌딩 206A호 (우)10401
전화 | 031-819-9431 팩스 | 031-817-9432
E-mail | yewonbooks@naver.com

ISBN 979-11-365-0501-9 04810
      979-11-6424-172-9 (set)

트레샤 퓨전 판타지 장편소설
WISHBOOKS FUSION FANTASY STORY

마왕성 ⑨ 플레이어

파왕성 플레이어

CONTENTS

◀ 56장 ▶
지배자

예언의 마녀 베로니카가 섬기던 고대의 신.

그녀는 일찍이 조율자의 자리를 물려받아 대륙을 떠돌아다니던 도중 우연히 고대신의 계시를 받았다고 한다. 처음에는 갑자기 들려오는 목소리에 반신반의하던 그녀였지만 고대신이 알려주는 하멜의 잊혀진 역사에 금방 빠져들게 됐고 얼마 되지 않아 그 존재를 섬기게 되었다.

즉, 실체를 본 적도 없는 정체불명의 존재를 줄곧 믿어왔던 것이다.

"고대신께서 선인지 악인지는 중요하지 않아요. 언제나 그분께선 저에게 길을 열어주셨고 그분이 내려주신 성물이 곧 그분이 존재한다는 증거이니까요. 부디 제 믿음을 우습게 치부하지 마시길."

 아직까지 다른 마녀들은 고대신의 계시를 받은 적이 없었다. 베로니카가 첫 계시자였고 그녀는 그것을 매우 영광으로 여기고 있었다. 때문에 베헬름의 사원에서 작성한 계약서에도 고대신에 관련된 이야기를 극구 함구한다는 조건을 추가시켰고, 오로지 자신만이 고대신의 계시를 독차지하려 들었다.

 어찌 보면 신앙을 떠나 거의 광적인 집착이기도 했지만 용찬은 승낙했고 다른 자들에겐 일시적인 협력 관계라고 알리는 것으로 계약을 마쳤다.

 '일단 고대신의 계시를 다시 받기 전까지 협력을 얻어내긴 했는데……'

 바쿤으로 돌아온 용찬은 손에 쥔 계약서를 보며 베로니카와의 대화를 떠올렸다.

 "악몽의 탑에서 지배자들의 표식을 모아오라고?"

 "당신은 모르고 계시겠지만 탑의 지배자들은 사실 고대의 힘을 물려받은 고대의 혈족들이에요. 분명 그자들의 표식을 얻어 제단에 바친다면 고대신께서도 반응해 주시겠죠."

 "하필 지배자들이라니. 방금 막 지어낸 얘기는 아니겠지?"

 "미쳤어요?! 이미 계약서에도 협력 관계가 명시되어 있는데

제가 여기까지 와서 거짓말을 할 것 같나요? 아무리 조율자라고 하더라도 마나로 맺어진 계약 앞에선 절대 거짓 발언을 할 수 없다구요!"

계약의 신 모르피나 앞에선 조율자조차 사실을 숨기지 못했다. 결국 고대신의 계시를 받기 위해 악몽의 탑의 지배자들을 처치해야 한다는 소리였는데, 용찬은 썩 내키지 않았다.

'마음 같아선 고대신이고 뭐고 아예 푸른 구슬 관련된 일에서 손을 떼고 싶지만…… 헨드릭의 영혼을 가만히 놔둘 수도 없는 노릇이겠지.'

게다가 아직 풀리지 않는 의문이 네 가지나 있었다.

어째서 퀘스트 당시 성과도가 제일 낮던 용찬에게 영혼 이식 구슬을 건넸던 것인지, 플레이어의 영혼인 것을 눈치채고 그리도 집착적으로 호기심을 품었던 것인지. 그리고 고대신이 진정 어떤 존재인지, 왜 그녀가 고대신을 광적으로 믿고 있는 것인지까지.

계약서를 통해 협력 관계를 맺었다고는 하나 아직까지 베로니카는 물론 고대신까지 확실히 믿는 것은 아니었다.

"어쩔 수 없지. 일단 움직여 볼까."

최상층 왕좌에 앉아 있던 용찬이 천천히 자리에서 일어났다. 악몽의 탑에 다시 들어가기 전에 여러모로 준비해야 할 터. 그리고 가장 첫 번째로 할 일은 마계의 어떤 가문에 방문하는 것이었다.

"그레고리. 프로이스 가문에 통신을 넣어라. 다문 가문으로 찾아간다고."

"알겠습니다. 마왕님."

서열 39위 철혈의 마왕 게펄트가 속한 다문 가문이었다.

게펄트 다문. 다문 가문의 정식 후계자이자 서열 39위에 머물고 있는 철혈의 마왕이다. 마왕들 사이에선 30위대 수문장이라고도 불리는 게펄트는 언제나 더 높은 서열대로 올라가길 원했다.

하지만 각고의 노력으로도 38위 이상의 마왕들은 도저히 꺾을 수 없었고, 항상 제자리인 상황에 결국 게펄트는 한 가지 결심을 하게 됐다.

'이대로 계속 39위에 머물 수는 없습니다. 병사들과 함께 악몽의 탑에 들어가 한동안 성장에만 집중하겠습니다. 그 누구도 넘보지 못할 정도로 강해질 때까지.'

눈길 한 번 준 적 없던 악몽의 탑 게이트로 관심이 쏠렸던 것이다. 그 이후로 그는 하나둘씩 악몽의 탑의 층들을 클리어하기 시작했고, 실비아와의 서열전을 마친 후 뒤늦게 27층에 도착한 것인지 가문에 소식을 알려왔었다.

한데.

"아직도 소식이 없는 거냐?"

"통신도 일절 오지 않고 있습니다. 도련님의 신변에 무슨 문제가 생긴 것은 아닌지 걱정됩니다. 가주님."

"하아. 멍청한 놈 같으니라고."

얼마 되지 않아 게펄트와의 통신이 완전히 끊겨 버렸다. 다문의 가주인 게롤트는 집사 빌리의 보고에 이마를 쓸어 만지며 한숨을 내쉬었다. 이대로 가다간 자리를 비운 공백 기간이 너무도 길어 마계 위원회에서 일방적인 통보가 내려올 수도 있을 터. 어쩌면 픽스 파이멀린 때처럼 잠시 동안 서열전에서 제외될 수도 있는 일이었다.

"계속 마왕성을 비워둘 수도 없는 노릇인데 큰일났군. 할 수 없이 다른 가문에 지원을 요청해야 되는 건가."

"하지만 그러면 저희 가문의 체면이……."

"그놈의 체면. 그 빌어먹을 놈의 체면이 무슨 밥이라도 먹여 주는 거냐. 원로들도 주구장창 체면 타령을 하는 바람에 여태껏 가만히 있었는데 더 이상은 안 되겠어!"

"아이고, 가주님!"

고개를 숙이고 있던 빌리의 안색이 창백해졌다. 성격이 급하기로 소문이 난 게롤트가 다른 가문에 지원 요청이라도 하러 갔다간 급한 성격을 주체하지 못해 금방 상대 가주와 말싸움부터 시작될 것이다. 빠르게 옷가지를 챙겨 방을 떠나려는 그의 모습에 빌리는 급히 발을 잡고 늘어졌다.

"아니 됩니다. 차라리 제게 맡겨주십시오!"

"내 발로 직접 찾아야 직성이 풀리겠어. 이번만큼은……."

지이이잉!

테이블 위에 올려둔 통신 수정구가 울린다. 한참 집무실 내에서 실랑이를 벌이던 둘은 동시에 수정구를 쳐다봤다.

그리고 빌리가 먼저 헛기침을 하며 자리에서 일어났다.

"크흠흠. 다문 가문의 집사 빌리입니다. 아, 프로이스 가문에서…… 아, 예. 예. 알겠습니다."

금세 통신을 마친 빌리가 뒤늦게 고개를 돌렸다. 마침 게롤트도 프로이스 가문이 언급된 것을 눈치채고 발걸음을 멈춘 상황. 가볍게 눈짓으로 어떤 일인지에 물어보자 빌리가 잠시 뜸을 들이다 이내 입을 열었다.

"프로이스 가문의 정식 후계자인 헨드릭 프로이스 님께서 저택으로 방문하신다고 합니다."

"뭐?"

"게펄트 도련님에 대한 일이라고 합니다."

"뭐야?!"

연달아 게롤트의 인상이 구겨지고 있었다.

"그러니까 즉 27층에 게펄트가 수감되어 있고 네놈이 게펄트를 구해줄 수 있다는 거냐?"

다문 가주와 대면하는 것은 그리 오래 걸리지 않았다.

일찍이 프로이스 가문을 통해 통신을 전한 것 때문인지 아니면 게펄트에 대한 일이 시급했던 것인지 저택에 도착하자마자 곧장 자신의 집무실로 데려온 게롤트였다.

'게롤트 다문. 파이서 영지를 침공할 때 여러모로 애를 먹인 가주였지. 워낙 급한 성격 탓에 오히려 우리가 유리한 구도로 이끌어 갔긴 했는데 이렇게 다시 보니 감회가 새롭군.'

유독 인상 깊었던 긴 콧수염, 날렵하다 못해 뾰족한 두 눈매, 마치 머리를 볶은 듯 곱슬곱슬한 은색 머릿결까지. 그때와 전혀 변한 것이 없는 다문의 가주였다.

용찬은 게롤트의 물음에 고개를 끄덕이며 대답했다.

"결론만 말씀드리자면 그럴 것······."

"좋아. 조건을 말해봐라."

일순 그가 말을 끊고 조건에 대해 물어왔다.

"……."

아직 27층에 대해 제대로 설명한 것도 없건만. 벌써부터 협상 테이블이 성립됐다. 그만큼 게롤트의 성격이 급하다는 의미일 터.

용찬은 즉시 본론으로 들어가 미리 로버트에게 조언받았던 대로 가문의 수입원들을 요구했다. 그리고 게펄트가 풀려나는 즉시 바쿤의 선전포고를 가장 먼저 받아들이는 것까지 해서 조건을 제시했고, 게롤트는 집사 빌리의 애처로운 시선을 무시한 채 무작정 계약서에 사인해 버렸다.

"조건들을 승낙하마. 다만, 계약서에 적혀진 대로 게펄트를 구한다는 전제 하에 조건들을 받아들이는 거다. 그것을 반드시 기억하고 있어라."

"물론입니다."

"아, 그만 좀 노려봐! 내가 무슨 잘못이라도 했냐!"

일체 상의도 없이 협상을 결론짓자 빌리의 따가운 눈총이 쏟아졌다. 그때나 지금이나 무작정 일을 저질러 놓고 보는 것은 여전한 게롤트였다.

'뭐, 그런 성격을 노려서 제안을 건넨 것이긴 하지만.'

추가 조건으로 게롤트의 소식을 함구한다는 내용도 있었지만 이미 파티를 했던 다른 네 명의 마왕도 알고 있는 마당에 주의해야 할 것은 그다지 없어 보였다.

　그렇게 허무한 협상을 끝내고 바쿤으로 돌아온 용찬은 즉시 전력부터 강화하기로 했다.

[병사 소환권을 사용합니다.]
[소환 게이트가 오픈됩니다.]

　맞은편 게이트에서 몬스터들이 소환되기 시작하자 무슨 구경거리라도 난 듯 바쿤의 병사들이 모여들었다. 아마 새로 들어오는 신입 병사들에게 흥미를 가진 것일 터. 특히 네 명의 부대장들이 유독 관심을 가지고 있었지만 용찬의 소환 운은 예나 지금이나 다를 게 없었다.

　"D급 다이어 울프들입니다. 스킬은 물어뜯기를 가지고 있고 능력치는 민첩에 특화되어 있군요. 특성과 재능은 없는 것 같습니다."

　"그나마 이상한 기술을 가지고 있지 않아서 다행이로군."

　"C급 오크 투사들입니다. 의외로 건설 방면으로 재능을 가지고 있는데, 특성은 오히려 마력에 치중되어 있군요. 스킬은 별달리 없는 것 같습니다."

　"……."

　그다지 기대한 것은 아니지만 결과는 예상보다 더욱 처참했다. 이로써 총 320마리의 병사를 가지게 된 바쿤이었지만 전력은 크게 상승한 것 같지 않았다.

"페페펭. 결국 병사들만 늘어난 셈이로군. 내가 소환을 해도 저 정도는 아닐 텐데…… 역시 마왕님답구만."

"헤헤헤. 저희 마왕님이 이런 쪽으로는…… 헙!"

"무엇을 그리 호들갑을 떨…… 페펭?!"

낄낄거리며 몰래 구경을 하고 있던 위르겐과 헥토르의 온몸이 돌처럼 굳어버렸다. 속삭임의 귀걸이가 사라졌다고 하지만 용찬은 의외로 귀가 밝았다.

그날, 새로운 병사들과 함께 두 명의 피해자가 발생했고 용찬은 뼈아픈 결과를 안고 다음 단계로 넘어갔다.

'지금 내 수준이면 팔람과 맞붙어도 전혀 뒤처지진 않아. 하지만 역시 그놈의 수하들이 문제겠지.'

27층을 지배하면서 수하들을 육성시켜 왔던 팔람은 거의 전쟁 규모의 병사들을 소유하고 있다. 클리어 조건대로 일대일 승부를 제안한다면 병사들을 상대할 것도 없이 팔람과 공정한 대결을 치르게 되겠지만 그렇게 되면 놈을 죽여 표식을 얻을 수 없었다. 기존의 파티 멤버였던 마왕들과 합류를 한다 쳐도 도시를 중심으로 한 공성전은 피할 수 없을 터.

판단을 마친 용찬은 미리 스킬 북과 특성 북을 구매해 둔

뒤 지하감옥으로 내려갔다.

"윽. 눈 부셔. 또 음식만 가지고 온 거야? 차라리 마왕님을 불러달라고 몇 번이나……."

"그동안 잘 지내고 있었나?"

"아아, 마왕님. 기다리고 있었습니다!"

용찬의 목소리에 문틈 사이로 스며드는 빛줄기 속에서 한 명의 인간이 쇠창살에 달라붙는다.

평소에 그레고리가 식사를 제공해 준 덕분인지 몰골은 예전보다 양호해졌지만 덥수룩하게 자라난 수염만큼은 어쩌지 못하는 듯했다.

용찬은 감옥에 갇혀 애걸복걸하는 그를 내려다보며 입가를 말아 올렸다.

"결론을 내렸다."

"어, 어떤 결론이십니까?"

"널 받아들이도록 하지."

"세상에 맙소사!"

살 수 있다는 안도감에 절로 눈물이 흐르는 것이 보인다. 얼마나 기쁜 것인지 놈이 대뜸 입을 막고 소리 죽여 울기 시작했다.

[플레이어 유한성을 성공적으로 영입했습니다.]
[유한성이 바쿤의 정식 용병으로 등록됩니다.]

흑마법사 유한성. 샤들리 가문의 도구로 전락해 이리저리 모진 고초를 겪은 플레이어였지만 이젠 바쿤의 정식 용병으로 새로운 삶을 살아가게 됐다. 다소 엉뚱한 성격이긴 했지만 목숨의 소중함은 그도 절실히 느끼고 있을 터.

다만 안타깝게도 도구란 것은 전혀 변함이 없었다.

"넌 앞으로 날 위해서 일하게 될……."

"용찬 님 만세! 마왕님 만세! 만만세!"

"……."

어느새 자신이 플레이어란 것도 잊은 채 용찬을 찬양하고 있는 한성이었다.

27층이 팔람의 지배 구역이란 것은 누구나 알고 있는 사실이다. 지배자인 팔람 또한 플레이어들 사이에서 소문이 자자했고, 몇 명의 자신감 넘치는 랭커들도 그에게 무수히 많은 도전을 해왔다.

하지만.

콰직!

거의 대부분 강력한 지배자의 힘 앞에 절명을 피하지 못했다.

"별것도 아닌 놈들이 대련을 걸어오는구만. 퉤! 손풀기도 안 되는 놈들 같으니라고. 이것들 깨끗이 치워놔."

"예. 알겠습니다. 팔람 님."

우락부락한 근육의 사내가 지시를 내리자 대기하고 있던 수하가 움찔 몸을 떨었다.

사막의 지배자인 팔람. 어느 날 불현듯 27층에 나타난 그는 타의 추종을 불허하는 강력한 힘으로 단숨에 필드를 지배하기 시작했고, 많은 인간들을 강제로 굴복시키며 자신의 수하로 만들어왔다. 그리고 시스템의 순리에 따라 플레이어들을 위한 세 가지 클리어 조건을 만들었는데 그중 하나가 바로 팔람과의 정식 대련이었다.

'오늘만 해도 벌써 여섯 명째야. 그냥 다른 두 가지 조건을 클리어할 것이지. 왜 굳이 정식 대련을 신청해서!'

눈앞의 머리가 으깨진 플레이어도 정식 대련의 희생자 중 한 명이었다.

유독 길게 늘어진 코가 인상적이던 수하는 잽싸게 시체를 치웠고, 정식 대련을 위해 개설된 대련장 내부까지 깨끗이 청소를 했다.

'후우. 이제 좀 한결 낫네. 그래도 재빨리 저 자식의 밑으로 들어간 보람이 있어. 안 그랬다면 나도 다른 놈들처럼 필드 이곳저곳을 돌아다니며 플레이어들과 대치했을 거야.'

차라리 궁전 내에서 잡스러운 심부름을 하는 것이 한결 편할 것이다.

수하, 아니, 제스커는 자신의 역할에 만족하며 시체를 마저 처리하기 위해 궁전 지하로 내려갔다.

"……물. 물이 필요해. 더 이상은…… 더 이상은 못 버티겠어. 제발 물 좀 줘."

'응? 저 자식. 아직도 살아 있었나?'

모퉁이 옆에 위치한 수감실에서 절박한 목소리가 들려온다. 보통 인간이라면 한 달도 버티지 못하고 명을 다 하겠지만 지금 들려오는 목소리의 주인은 달랐다.

한 달 전 즈음, 자신의 마왕이라고 소개하며 팔람에게 대련을 신청했던 사내. 결과는 볼 것도 없이 저 사내의 패배였지만 그나마 다른 플레이어들보다 오래 버틴 것 때문인지 지배자의 흥미를 끌게 됐다. 그리고 도망칠 틈도 없이 수하들에게 사로잡혀 감옥에 갇히게 됐는데 한 달이 지난 지금까지 수감실에서 꿋꿋하게 버텨내고 있었다.

"어, 어이. 이봐!"

"바빠 죽겠는데 왜 부르는 거야. 시체 치우는 거 안 보여?!"

"제발 나에게 물 좀 주게! 이대로 가다간 죽고 말 거야!"

"하이고. 27층에서 가장 귀한 게 물이란 것도 몰라? 그런 귀한 물을 너 같은 놈한테 줄 리가 없잖아."

"······제발."

앙상한 몰골의 사내가 바닥을 질질 기어 다니며 부탁을 해왔다. 한동안 물과 음식은 입에도 대지 못했기 때문에 기력은 한계에 달해 있을 것이다.

하지만 저런 상태로 죽어가는 인간들을 수두룩하게 봐온 제스커였다.

"쯔쯧. 그렇게 팔람에게 정식 대련을 걸지 말았어야지. 목숨 아까운 줄도 모르고 덤비니까 그렇게 되는 거라고."

"끄으으으!"

"뭐, 여태까지 잘 버텨왔으니까 좀 더 버텨봐. 누가 알아? 갑자기 기적처럼 구원자가 나타날지. 아, 이름이 뭐더라. 개펄이었던가. 여튼 개펄. 힘내라고!"

거의 조롱하다시피 응원을 건넨 제스커는 그대로 지하 감옥을 빠져나갔다.

그리고.

털썩!

얼마 되지 않아 개펄이라고 불린 사내의 고개가 힘없이 떨궈졌다.

"······게펄트다."

그 시각, 마왕으로서 다시 27층에 입장한 용찬은 반쯤 초토화된 한성의 거처에서 모습을 드러낸 상태였다.

"으아아아. 내 숨겨진 거처가!"

"팔람의 수하들이 강제로 안에 들어왔던 모양이군. 그나마 거처의 공간이 유지되고 있어서 다행인가."

"크흐흡. 공들여 만들어 낸 키메라들까지 전부 죽여 버리다니. 제발 꿈이라고 해줘."

숨겨진 거처의 주인이던 흑마법사가 허망한 표정으로 바닥에 주저앉았다. 하루 전 정식으로 바쿤에 영입된 세 번째 용병 유한성.

아이리스에 이어 바쿤에 속한 두 번째 인간이었지만 그녀의 영향 때문인지 아니면 샤들리 가문의 흑마법사였던 것을 알고 있던 덕분인지 병사들 사이에서 불협화음은 크게 없었다.

"누님. 저 인간 좀 이상한 것 같지 않아요?"

"몰라. 내버려 둬. 뭘 하든 내 알 바 아니야."

물론 루시엔은 마음에 들어 하지 않는 눈치였지만 흑마법사로서의 가치 때문인지 샤들리 가문처럼 한성을 도구 수준으로 취급하고 있었다.

시체 조종, 포이즌 노바, 본 스피어, 시체 육체 강화, 시체 폭발, 효과 해제…….

포란 숲에서 실감했던 대로 한성은 B급 상위 흑마법사였다. 흑마법에 관련된 스킬 및 특성도 무려 20여가지가 넘었기 때문에 여러모로 활용 가치는 많았다. 게다가 아티팩트 제작 및 마법진에 대해서도 상당히 조예가 깊지 않던가.

미리 27층에 이런 거처까지 마련해 둔 것을 생각해 봤을 때 팔람과의 충돌에서도 크게 도움이 될 것으로 판단했다.

'일단 거처에서 나가서 다른 네 명의 마왕들과 합류부터 해야겠군.'

대략적인 위치는 통신을 통해 알고 있었다. 용찬은 주저앉아 있던 한성의 목덜미를 붙잡아 자리에서 일으켰다.

"그만 지껄이고 나가는 길이나 말해."

"큿. 지금 나가면 팔람에게 금방 위치가 발각될 겁니다. 차라리……."

"아니, 이번에는 놈들에게 제대로 골드를 지급하고 머물 예정이다."

"그래도 일 인당 백만 골드씩은 나갈 텐데 그걸 전부 감수하실 생각이십니까?"

"네가 내야지."

"예?"

혹여 잘못 들은 것은 아닐까. 한성이 벙찐 표정으로 다시 물어왔지만 돌아오는 대답은 한결같았다.

"네가 내란 소리다. 설마 네가 꿍쳐둔 골드를 내가 모를 거라 생각한 것은 아니겠지?"

"에, 에이. 설마요. 다, 당연히 제가 내는 게 맞겠죠. 으드득."

"불만이 있으면 언제든 말해라."

"……아닙니다. 마왕님."

바쿤에 정식으로 영입되면서 소속까지 완전히 바뀐 한성이었다. 이제 용찬은 그의 주인이었으며 절대 주인을 배신할 수 없는 관계로 시스템이 적용되어 있었다.

특히 본연의 플레이어 목표까지 전부 달라진 상황.

[1. 고용찬을 도와 모든 진영을 함락시킨다.]
[2. 고용찬을 도와 모든 마왕을 처치한다.]

이제 한성은 완전히 용찬과 같은 배에 올라탄 것이나 마찬가지였다. 때문에 주인의 명령은 절대적이었고 그는 피눈물을 삼키며 헥토르, 루시엔, 록시, 칸, 켄 것까지 골드를 준비했다. 그리고 모든 준비가 끝나자 일행은 즉시 거처에서 나와 찾아오는 수하들을 맞이했다.

"그때 도망쳤던 마왕 중 한 명이었군. 골드는 준비했나?"

"물론. 여기 챙겨가라."

"흐음. 인원에 맞게 정확히 준비했군. 하지만 기억해 둬라.

팔람 님의 지배 구역에서 소란을 피울 시 언제든 우리가 찾아온다는 것을. 괜히 헛짓거리하지 말고 정해진 조건을 클리어하고 조용히 다음 층으로 넘어가도록."

대장 격으로 보이던 수하가 철수 명령을 내렸다. 아마 놈들이 정한 규칙대로 골드를 건넸으니 소란을 피우지만 않는다면 앞으로 간섭은 해오지 않을 것이다.

[지배자가 당신을 주시하고 있습니다.]

'지배자의 눈을 믿고 저러는 것이겠지. 어떤 수작을 부리든 필드 내에서 팔람의 시야가 닿지 않는 곳은 거의 없으니까.'

여태껏 팔람의 지배에 저항해 온 자들이 없을 리 없었다. 회귀 이전엔 진영 상관없이 플레이어들끼리 뭉쳐 레지스탕스까지 설립했던 적이 있었으니까.

용찬은 사막에서만 살고 있는 대형 익룡을 타고 날아오르는 수하들을 보며 쓴웃음을 흘렸다.

"마왕님. 거리 쪽에서 인간들이 다수 접근하고 있습니다."

플라이를 유지하고 있던 록시가 보고를 해왔다. 평소 때라면 플레이어들과 마주치는 즉시 교전을 벌어야 하겠지만 용찬은 오히려 당당히 골목을 빠져나갔다. 그리고 천천히 걸어오던 플레이어들과 금방 눈이 마주쳤다.

"응? 저건 다크 엘프랑 고블린들이잖아?"

"뒤에 마족으로 보이는 마법사도 있어. 보아하니 앞에 서 있는 놈은 마왕 같은데?"

"쯔쯧. 내버려 둬. 굴람에서 교전을 벌였다간 금방 팔람의 수하들이 날아온다고. 지금 마왕이 대수냐."

"하긴 그건 그렇지."

일행을 곁눈질하던 세 명의 플레이어는 그대로 용찬을 지나쳐 갔다. 잔뜩 긴장한 채 전투태세를 갖추고 있던 루시엔은 황당한 표정으로 이내 레이저 소드를 집어넣었다.

"뭐, 뭐야. 방금 쟤들 우리를 무시한 거야?"

"어……. 그런 것 같은데요?"

"키에에엑. 이상한 인간들!"

실로 충격적인 광경이 아닐 수 없었다. 플레이어 목표에도 명시되어 있듯이 마족들은 그들의 반대되는 종족이자 최종적으로 쓰러트려야 할 존재였다. 한데, 덤벼들긴커녕 그대로 병사들은 무시하고 지나가 버렸다.

전혀 예상치 못한 플레이어들의 태도인 것이다.

하지만 27층을 지배하고 있는 팔람을 생각해 보면 그렇게 이해가 안 되는 태도는 아니었다.

'서로 클리어 조건을 수행하기 바쁜 입장인 것은 동일하니까. 게다가 괜히 교전을 벌였다간 팔람의 수하들에게 붙잡혀

감옥에 갇히게 될 뿐. 그다지 현명한 선택은 아니지.'

이미 한성은 알고 있던 것인지 태연히 어깨를 으쓱 거리고 만 있었다. 그렇게 용찬은 어안이 벙벙해진 병사들을 데리고 굴람의 중앙으로 향했다.

그리고 여관으로 보이던 건물에 도착했을 즈음.

"헨드릭 프로이스?"

게시판에 붙여진 의뢰서를 둘러보고 있던 네 명의 마왕을 만날 수 있었다. 땅 위로 머리만 빼꼼 내밀고 있던 가우론은 용찬을 보자마자 가까이 다가왔고 이내 뒤에 서 있던 한성을 발견해 냈다.

"뭐야. 여기에 인간을 데려오면 어쩌자는 거야."

"우연히 사로잡은 흑마법사다. 27층을 클리어하는 동안 많은 도움이 될 거다."

"으음. 뒤통수만 안 친다면 괜찮긴 하지만. 에휴. 일단 너도 가만히 서 있지 말고 얼른 의뢰서부터 골라. 우린 벌써 팔람 코인을 백여 개쯤 모아뒀으니까."

예상한 대로 마왕들은 팔람의 지배를 순응하고 세 번째 클리어 조건인 '팔람 코인 500개 모으기'를 수행하고 있는 듯했다.

아마 용찬이 떠난 이후 팔람의 수하들에게 백만 골드도 따로 지불 했을 터.

한참 대화를 듣고 있던 병사들은 연달아 충격에 빠질 수밖에 없었다.

"근처에 이렇게 플레이어들이 많은데 마왕들이 잠자코 의뢰만 수행하고 있다고?"

"대체 팔람이 누구길래 다들 이러는 걸까요."

"……지배자."

루시엔, 헥토르, 록시는 멍하니 눈을 깜빡거리며 서로를 번갈아 쳐다봤다.

"키에엑. 반짝거리는 동전들이 보인다."

"키엑. 훔치자. 훔치자."

그사이 칸과 켄은 주변을 지나다니는 플레이어들의 뒷주머니를 노리며 몰래 도둑질을 시도하고 있었는데, 아무래도 위르겐의 영향을 크게 받은 듯했다.

[칸이 팔람 코인을 훔치는 데 성공했습니다.]
[켄이 팔람 코인을 훔치는 데 성공했습니다.]
[칸과 켄이 도둑질 스킬을 습득합니다.]

'……'

갈수록 이상한 기술들만 늘어나는 바쿤의 병사들이었다.

하지만 그것도 잠시. 칸과 켄이 훔치는 데 성공한 팔람 코인을 보자마자 세 명의 마왕이 눈을 반짝거리며 달려왔다.

"오오. 그것은 팔람 코인이 아니더냐!"

"팔람 코인 하나면 물을 구할 수 있어. 이봐. 헨드릭 프로이스. 네 병사들은 정말 대단하군!"

"차라리 의뢰만 할 게 아니라 우리도 이렇게 도둑질을 해볼까 하는데 다들 어떻게 생각하지?"

파티를 하던 때만 해도 체면을 운운하던 놈들이 이젠 도둑질까지 시도하려 했다. 할 수 없이 용찬은 칸과 켄이 쥐고 있던 팔람 코인을 멀리 던져 버렸다.

알마인, 타그란스, 루즈가 동시에 경악을 내질렀다.

"아아, 헨드릭. 지금 제정신인가. 여기선 팔람 코인 하나면 며칠을 버틸 수 있다고!"

"더 이상 세 번째 클리어 조건을 수행할 필요는 없다."

"하? 그럼 대체 어쩌자는 건가. 이제 와서 두 번째 클리어 조건으로 바꾸자고?!"

"아니."

눈짓을 전달받은 한성과 록시가 동시에 사일런스를 펼쳤다. 그 속에서 용찬은 입가를 말아 올리며 선언했다.

"팔람을 친다."

"팔람은 지배자들 중에서도 가장 서열이 낮지만 무시할만한 놈은 아니야."

"B급 히어로 수준의 보스잖아. 27층에 도착할 즘엔 대부분 C급 혹은 B급일 텐데 다들 뭉쳐서 다굴하면 끝 아냐? 수하들이라고 해봤자 그렇게 많은 것도 아니잖아."

"어림도 없는 소리. 등급으로만 따져선 안 돼. 무력으로만 따졌을 땐 이미 B급 수준을 넘어선 지 오래인 놈이야. 게다가 대규모 전쟁을 일으키려 해도 동조해 주는 플레이어들이 없으면 말짱 꽝이라고. 그런 상황에서 27층의 모든 생필품 및 아이템들이 팔람 코인으로 교환되고 있으니 팔람의 지배가 끊이질 않을 수밖에. 그놈은 단순히 힘으로 27층을 지배하고 있던 게 아니라 머리까지 영리해서 그렇게 오랫동안 필드를 쥐락펴락할 수 있었던 거야. 알아듣겠어?"

"놉!"

"에휴. 말을 말자. 멍청한 자식아."

회귀 이전 동료들 사이에서 지배자를 주제로 토론이 펼쳐진 적이 있었다. 그때 당시만 해도 이미 팔람은 한 명의 신흥 강자에게 목숨을 잃은 지 오래인 터라 후발 주자였던 동료들은 그에 대해 아는 게 그다지 없었다.

하지만 유일하게 두뇌파로 통했던 선욱은 장기적인 지배의 원인을 단숨에 파악했었는데, 그중 하나가 바로 27층의 교환

수단인 팔람 코인이었다.

'사막 필드인 27층에서 물은 어떤 레어급 이상의 아이템들보다 귀한 생필품이지. 바깥에서 가져온 생활 수단들은 대부분 사용 불가 판정이 되어버리니 팔람 코인이 더욱 소중해질 수밖에.'

네 명의 마왕이 이렇게 코인에 매달리는 것도 어찌 보면 당연했다. 아무리 강인한 마족의 육체라고 한들 물 없이는 결코 오래 살아가지 못하는 생명체였다. 즉, 지금 그들은 27층의 열악한 상황에 굴복해 버린 것이나 다름없는 것이다.

"하아. 헨드릭 프로이스. 우리라고 해서 그런 생각을 안 해 본 게 아냐. 이미 수차례 시도했었다고. 하지만 병사들을 소환해 끝없이 저항해 본들 달라지는 것은 없었어. 오히려 마왕성으로 돌아갈 수도 없는 표식만 생겨 버렸지. 이것 보라고."

알마인이 팔뚝에 새겨진 왕관 표식을 보였다.

[팔람의 표식]

[설명:지배자가 새긴 표식이다. 이 표식이 새겨진 존재는 27층에 있는 동안 메신저, 이동 관련 기술 등 갖가지 패널티를 받는다.]

지배자의 권한으로 새길 수 있는 팔람의 표식. 한동안 마왕성으로 돌아가지 않는다 했더니 병사들을 소환해 난동을 피우던 도중 표식이 새겨진 듯했다. 아마 이 표식이 팔람의 장기적인 지배의 두 번째 원인일 것이다.

　그리고 게펄트가 감옥에 갇혀 마왕성으로 돌아가지 못하는 것 또한 표식 때문일 터. 결국 네 명의 마왕 입장에선 빠르게 클리어 조건을 수행하고 다음 층으로 넘어가는 것이 가장 현명한 방법이라고 볼 수 있었다.

　"그러니까 헨드릭 너도 우선 클리어 조건에만 집중하라고. 여기서 괜히 소란을 피워봤자 좋을 것 하나 없어."

　"그렇군."

　"이해한 것 같아 다행이군. 일단 아까 병사가 보였던 기술부터……."

　파지지직!

　도시 한복판으로 천둥 벼락이 내리꽂힌다.

　"꺄아아악!"

　"다들 도망쳐! 마왕이 미쳐 날뛰고 있다!"

　"팔람 님의 수하들이 올 때까지 대피하고 있어. 결국 저놈도 표식이 새겨져 꼼짝달싹 없이 클리어 조건을 수행해야 할 거야!"

　다급히 대피하는 NPC들부터 시작해 용찬을 한심스럽게 쳐다보는 플레이어들. 그리고 박살 나는 건물들을 보며 당황해하는 마왕들까지.

　클리어 조건을 수행해도 모자랄 판에 직접 소란까지 펼친 용찬의 행동을 그 누구도 이해하지 못했다. 특히나 표식에 대해 설명해 주었던 알마인은 심각한 표정으로 하늘에 떠오른 눈을 주시했다.

-이번에는 또 다른 마왕 놈이군. 동료들에게 제대로 설명을 듣지 못했나 본데. 네놈은 특별히 수하를 부를 필요도 없겠어. 그 잘난 마왕성으로 돌아가지 못하고 물 한 모금에 빌빌거리는 고통을 직접 겪어봐라.

역시나 우려하던 사태가 벌어졌다. 다소 분노 섞인 목소리가 굴람 전체로 울려 퍼지자마자 천공에서 거부할 수 없는 빛줄기가 쏟아졌고 이내 용찬의 볼에 왕관 모양의 표식이 새겨지기 시작했다.

"……."

"……."

"……."

단 한순간에 자신들과 같은 처지가 된 바쿤의 마왕. 마왕들은 잠잠해진 도시 한가운데에서 멍하니 그를 쳐다봤다.

그리고.

"이제야 똑같아졌군. 다시 한번 말해주지. 우리는 팔람을 친다."

끝까지 바뀐 게 하나 없는 용찬의 주장에 모두들 입을 떡 벌리고 있었다.

팔람의 지배 구역엔 총 네 개의 대도시가 존재한다. 동쪽의 대도시 언 델, 서쪽의 대도시 굴람, 남쪽의 대도시 카라즈, 북쪽의 대도시 첸.

그리고 네 개의 대도시들 사이에 팔람이 거주하고 있는 궁전이 위치해 있었는데, 대부분 지배 구역의 중심부에 세워진 궁전을 팔람의 심장부라고 칭했다.

몇 년간 27층을 지배해 온 팔람은 심장부를 통해서 동서남북에 위치한 대도시로 대량의 물을 주기적으로 배분했고, 일부 수하들을 시켜 팔람 코인과 물을 교환하게 만들었다. 오직 지배 구역에서만 사용할 수 있는 새로운 화폐 수단만을 계속 이용케 한 것이다.

그런 이유 때문에 플레이어들과 NPC들은 계속 팔람 코인을 갈구하게 되었고, 의뢰를 수행해 받은 코인을 매번 물로 소모하는 탓에 27층에 머무는 시간은 더욱 늘어만 갔다.

'여기서 의문점은 역시 코인이 팔람에게 어떤 득이 되는지, 그리고 플레이어들이 27층에 머무는 시간이 늘어날수록 놈에겐 어떤 영향을 주는지겠지. 아무런 이유도 없이 이런 구도를 만들진 않았을 거야.'

단순히 굴복시키는 게 이유의 전부는 아닐 것이다. 일찍이 지배 구역에 진입해 거처를 만들어놨던 한성은 그렇게 추측하고 있었다.

'그나저나 27층엔 처음 온 것 같더니 어떻게 이곳 구조를 이리도 잘 아는 거야? 마왕이 플레이어 시스템을 다루는 것부터 어이가 없긴 했지만 이건 더더욱 당황스럽네.'

악몽의 탑에 입장하기 직전 용찬은 자신의 계획을 일부 언급했었다.

"가장 먼저 플레이어들과 NPC들을 굴복시킨 원인부터 차단한다."

"원인을 차단한다면 역시 수하들이겠군요."

"수하도 수하들이지만 물의 보급부터 끊는 게 가장 관건이겠지. 지배 구역에서 물은 팔람의 방패이자 플레이어들을 굴복시키는 최고의 수단 중 하나니까."

그때만 해도 굳이 그럴 필요까지 있을까 싶었다.

사실상 용찬 정도의 실력이라면 충분히 팔람을 꺾을 만했고 병사들을 이끌고 곧장 궁전으로 진격한다면 대도시의 수하들까지 상대하지 않아도 돼서 오히려 이게 더 편한 방법이었다.

한데도 용찬은 일부러 지배 구역의 구조부터 없애려 들었다. 무언가 팔람에 대한 비밀을 알고 있지 않고서야 이런 계획을 세울 리 없는 것이다.

'내가 봤을 때 적어도 고용찬은 멍청한 놈은 아니야. 굳이 이

런 힘든 방법을 택한 데는 다 이유가 있겠지. 게다가……'

문득 도시 한복판에서 소란을 일으켰던 용찬이 떠올랐다. 이미 지배 구역의 악순환에 물들어버린 마왕들을 설득시키기는 쉽지 않았을 터.

때문에 용찬은 일부러 자신의 몸에도 표식을 새겨 그들과의 동질감을 유발했다.

마왕들 앞에서 굴복당하지 않는 정신을 보여준 것이다.

비록 표식이 새겨져 자유를 잃은 꼴이 되어버렸지만 팔람코인에 매달려 있던 마왕들을 정신 차리게 만들었으니 결과적으로 첫 번째 목적은 달성한 셈이었다.

그리고 지금 그들과 함께 여관으로 들어와 본격적으로 계획을 세우는 상황.

따로 용찬에게 지시를 받아 복도를 지키고 있던 한성은 끝내 호기심을 참지 못하고 문에 귀를 바짝 붙여댔다.

"아저씨. 지금 뭐 하는 거예요?"

언제 다가온 것일까.

불현듯 들려온 목소리에 등을 돌리자 장궁을 등에 멘 뱀파이어 소년이 눈에 들어왔다.

"헉! 노, 놀래라. 아, 어디 보자. 이름이 헥토르라고 했던가?"

"네. 맞아요. 아저씨 이름은 유한성이었죠. 아마?"

"크흠흠. 맞긴 한데 아저씨는 아니란다."

"그러면 겉늙은 건가."

한성의 인상이 와락 구겨졌다.

어찌 이리도 순진무구한 얼굴로 남의 외모를 비하하는 것일까.

'하멜에 소환될 때부터 줄곧 24살의 청춘이던 이 몸에게 무슨 그런 망발…… 아, 아니. 아니지. 벌써부터 이런 어린놈에게 휘둘리면 마왕성에서 오래 살아남지 못할 거야.'

순식간에 평정심이 무너졌지만 벌써부터 병사들에게 얕잡아 보여선 안 됐다. 한성은 뒤늦게 표정을 관리하며 헥토르에게 물었다.

"아무튼 여기서 뭐 하는 거니."

"누님이 록시 님이랑 함께 마왕님의 지시를 받고 나간 상태여서 말이죠. 그래서 제가 대신 아저씨를 감시하고 있는 거예요, 헤헤헤."

"누구 지시를 받고?"

"루시엔 누님이요."

"……그 다크 엘프인가."

바쿤에서부터 살기를 잔뜩 내비치고 있던 루시엔이 떠올랐다. 아무래도 플레이어에 대한 악감정이 보통은 아닌 듯했다.

잠시 실실거리고 있는 헥토르를 곁눈질해 봤지만 쉽게 물러나진 않을 것 같았다. 할 수 없이 한성은 인벤토리에서 비장의 무기를 꺼내 들었다.

"사탕 먹을래?"

"아뇨."

"쳇."

회유는 쉽지 않았다.

-페페펑. 마왕님. 지시하신 대로 굴람에 있는 수하들의 위치를 대부분 파악했습니다. 중심부에서 보급한 것처럼 보이는 물통들을 꼭꼭 숨겨두고 있더군요.

-그래서 언제까지 땅굴을 파야 하는 건지 좀 물어봐. 계속 굴착기 취급당하는 것도 한두 번이지!

-페펭. 가우론 마왕님. 원하시는 대로 말씀을 전해 드릴 테니 대신 그에 합당한 대가를……. 크흠흠!

-뭐야. 마왕한테도 돈을 받는 거야?!

미리 지시해 둔 대로 가우론과 병사들은 수하들의 위치를 정확히 파악해 내고 있었다. 지배자의 눈이 닿지 않을 정도로 깊숙히 땅굴을 파내는 가우론과 뒤늦게 소환시킨 위르겐의 조합은 매우 만족스러웠다.

거기다가 보조 역할로 루시엔과 록시까지 함께 보냈기 때문에 뒤탈은 전혀 없었다.

'우선 굴람부터 시작해 나머지 세 개의 도시도 차례대로 위

치를 확보한다.'

용찬에게 새겨진 표식의 효과는 그대로 병사들에게까지도 적용이 되고 있었다. 하지만 굴착기(?)가 있는 한 지배자의 감시를 받지 않고 충분히 이동 경로를 확보할 수 있을 터.

미리 한성의 골드를 수하들에게 건네 시간까지 확보해 놨으니 도중에 방해받을 요소는 거의 없었다.

"우리가 착각하고 있었어. 이대로 27층만 넘어가면 모든게 다 괜찮을 거라 생각하던 우리가 멍청했던 거야. 크윽. 마계에서 74좌라고 불리는 우리들이 언제부터 이런 신세가 되어 있었던 것인지!"

방 안에 앉아 있던 알마인이 진심으로 분노를 표했다.

세 명의 마왕 중에서도 유독 자존심이 드셌던 그였기에 지배 구역의 악순환에 굴복했던 자신을 무척 한심하게 여기고 있었다.

"헨드릭. 네가 아니었더라면 우리는 계속 마왕으로서의 긍지도 자존심도 잊은 채 코인에 허덕이고 있었을 거다. 진심으로 고맙다. 역시 넌 다른 마왕들과 그릇 자체가 달라!"

"그 의견에 격하게 동감하는 바다. 헤르덴 성에서도 느꼈었지만 역시 헨드릭 프로이스는 마왕들을 이끌 재목이야."

"어쩌면 홍염의 패자를 뛰어넘어 그녀의 의지를 이어받을지도 모르겠군."

알마인, 타그란스, 루즈의 호감도가 단숨에 급상승했다. 루즈의 마지막 말만큼은 이해가 되지 않았지만 아무튼 그들을 계획에 끌어들이는 데 성공한 것이다.

지금 분위기만 놓고 보면 완전히 용찬을 신뢰하는 상황. 다만, 아직까지 계획에 대한 의문이 남는 것인지 얼마 되지 않아 타그란스가 대표로 용찬에게 불안한 점들을 물어왔다.

"대도시에 있는 수하들을 처리하는 것은 찬성이지만 과연 물의 보급을 끊는다고 해서 우리에게 도움이 될까. 팔람을 처치하는 것과는 전혀 연관이 없어 보이는데?"

"아니, 오히려 물이 놈의 치명적인 약점이 될 거다. 두고 보면 너희들도 금세 알게 되겠지."

"으음. 그렇군. 솔직히 말해서 아직까지 이해되지 않는 부분들이 많지만 네가 우리를 믿어준 만큼 우리들도 너를 따라주마."

예상대로 그들은 단단히 착각하고 있었다.

다른 마왕들을 믿는다?

웃기지 않는 소리다. 지금 네 명의 마왕들은 그저 팔람을 처치하기 위한 도구 중 하나일 뿐. 만약 그들에게 활용 가치가 없었더라면 애초에 접근하지도 않았을 것이다.

'일단 전력은 충분히 마련해 두었고 이제 남은 것은……'

띠링!

마침 적절한 순간에 메신저를 통해 한 통의 메시지가 날아왔다.

[리우청:지금 김민아와 디어스 길드원들이 팔람의 심장부로 출발했습니다. 중간에 다른 진영의 길드와 잠시 충돌한 듯했지만 일정엔 특별히 문제가 없는 듯하더군요. 아무튼 전 이쯤에서 빠지면 안 되겠습니까. 정말 전쟁이라도 치를 기세인데…….]

일찍이 안개섬에서 회유했던 네 번째 정보통(?)이었다.

성공적으로 디어스 길드에 들어간 리우청은 민아와 동행하게 된 것부터 시작해 길드의 목적, 길드원의 숫자, 길드원들의 등급, 내부 정보 등등까지 줄곧 용찬에게 정보를 퍼다 날랐었다. 그리고 소희가 민아에게 팔람을 토벌하라는 과제를 내려준 것까지 용찬은 미리 전해 들어 알고 있던 상황.

여기서 디어스 길드원들이 계속해서 궁전을 견제만 잘해준다면 계획은 더더욱 깔끔히 성공시킬 수 있었다.

'차소희의 목적이나 안 봐도 뻔하지. 27층의 지배자를 제거해 리미트리스의 신흥 강자들을 줄기차게 상층으로 진입시킬 생각이겠지. 디어스 길드원들은 내가 잘 이용해 주마. 차소희.'

만약 민아와 리우청이 27층에 오지 않았더라면 다소 계획을 수정했을지 모른다. 하지만 둘은 소희의 지시대로 27층에 도착했고 지배 구역에 남아 있던 길드원들과 함께 팔람의 목을 노렸다. 이이제이를 노리기엔 더할 나위가 없는 것이다.

용찬은 흡족한 미소로 파이오니아에 인챈트되어 있던 레비를 불러냈다.

"째째쨱?"

"앞으로 네가 할 일이 많아질 거다. 레비."

"쨱!"

팔람은 완벽한 지배를 위해 물과 관련된 마법들을 일제히 차단시켜 두었다. 그것은 정령사들이 소환시키는 물의 정령도 마찬가지였고 일부 플레이어들이 지니고 있는 속성력 또한 동일했다.

하지만 그렇다고 해서 빈틈이 없는 것은 아니었다.

지배자조차 예상하지 못한 또 다른 경우의 수.

투두두둑!

용찬은 물방울이 뚝뚝 떨어지는 천장을 올려다보며 레비의 머리를 쓰다듬고 있었다.

🐏

"들었어? 물을 유통해 주던 팔람 님의 수하들이 갑자기 사라졌다던데?"

어느 날 대도시들 사이에서 이런 소문이 돌았다. 처음만 해도 반신반의하던 플레이어들이었지만 하루가 지나고 이틀이 지나도 수하들이 돌아오지 않자 그들은 불안을 느끼기 시작했다.

"대체 언제까지 기다리게 할 셈이야. 팔람 코인은 이미 잔뜩 모아놨다고!"

"설마 팔람 님이 우리를 버린 것은 아니겠지?"

"그래. 기존의 수하들이 사라졌다고 하지만 얼마 되지 않아서 새로운 수하들이 물을 들고 도시로 찾아올 거야. 그럴 거야."

몇 명은 희망을 가지며 애타게 새로운 수하들을 기다렸지만 그들은 모르고 있었다. 수하들을 습격한 것이 바쿤의 병사들 이란 것을. 그리고 궁전으로 진격한 디어스 길드 때문에 물을 보급해 오던 수하들이 전부 전투에 휘말렸다는 것을.

결국 플레이어들과 NPC들의 갈증은 갈수록 심해져만 갔고 열심히 모아왔던 팔람 코인은 그저 클리어 조건을 채우는 용 도로만 사용되고 있었다.

그런 소식에 팔람은 펄쩍 뛰며 전쟁을 최단 기간 내에 종결시 키려 했지만 길드원들을 이끄는 민아의 화력이 만만치 않았다.

"쥐새끼 같은! 치고 빠지는 게 고작인 인간에게 이리도 휘둘 릴 줄이야. 다시 한번 나타나기만 해봐라. 바로 멱을 따줄 테다!"

"저희는 급하게 상대할 필요가 없어요. 그저 이렇게 깎아 먹기 식으로 수하들부터 처리하면 되니까요."

디어스 길드는 교묘한 여우같았다. 이번 전쟁을 위해 한동
안 팔람 코인을 모아 두고두고 물을 모아왔고 미리 인원을 둘
로 나눠 근처 거처에서 번갈아가며 보급을 지원했다.

그리고 저장해 둔 물들을 수단으로 전쟁에 참여할 지원자
를 모집하기도 했는데, 물을 배급해 주던 수하들이 사라진 탓
에 은근 지원자들이 몰려들기도 했다.

장기전만 바라보고 꾸준히 준비를 해왔던 것이다. 그 덕분
에 디어스 길드의 명성은 27층에서 더욱 빛을 발했고, 이 계획
을 준비해 왔던 민아는 길드원들 사이에서 한껏 주목을 받고
있었다.

그리고 며칠 뒤.

"비다. 비가 내리고 있어! 다들 얼른 집에서 튀어나와 봐!"

대도시 굴람에서부터 비를 내리게 만드는 마왕의 소문이 떠
돌기 시작했다.

27층 지배 구역에서 물은 오직 팔람의 심장부를 통해 공급
됐다. 그리고 팔람은 그런 희귀한 물을 잘 이용할 줄 알았다.

그 증거로 필드에서 물 관련된 마법들은 전부 차단되어 있지 않던가.

심지어 속성력 및 정령들까지 차단된 가운데 물을 구할 방법은 그저 수하들이 유통하는 물을 구매하는 것뿐이었다.

헌데.

쏴아아아아!

어찌된 일인 것인지 대도시 굴람에 비가 내리고 있었다.

"저, 정말 비가 내리잖아. 소문은 거짓말이 아니었어!"

"더 이상 고통받지 않아도 돼. 이제 수하들이 없어도 괜찮다고!"

"저기 봐. 비를 내리는 마왕이야!"

가뭄 속에 단비처럼 NPC들과 플레이어들이 온몸으로 떨어지는 비를 맞으며 환호했다. 그리고 비를 내리게 만드는 마왕이 도시 중앙으로 천천히 걸어오자 일부는 무릎까지 꿇고 경배를 하기도 했다. 그만큼 물이 절박했단 의미일 것이다.

하지만 그들은 착각하고 있었다. 비를 내리게 하도록 지시를 내린 것은 마왕이었지만 직접적인 원인은 그가 아닌 단 한 마리의 파랑새였다.

[물의 정령 레비가 레인 드롭을 시전하고 있습니다.]

레비의 세 번째 스킬인 레인 드롭.

날씨를 변화시켜 강제로 비를 내리게 만드는 효과로서 마력을 소모해 지속적으로 레인 드롭을 유지할 수도 있었다. 때문에 항상 마력 포션을 몸에 달고 살았지만 용찬은 만족스러웠다.

"물에 관련된 마법들은 전부 금지되었는데 저 마왕은 어떻게 비를 내리게 만드는 거야?"

"마력의 흔적은 보이지 않는 것 같은데. 그렇다면 정령인가?"

"말도 안 되는 소리. 마족은 정령과 계약이 불가능하다고. 친화력도 그저 그렇잖아. 게다가 만약 정령과 계약했다고 해도 27층에선 소환 자체가 불가능하다고."

예상대로 플레이어들은 비의 정체가 레비의 스킬이란 것을 알아채지 못하고 있었다. 아마 마족이 정령과 계약했단 사실이 믿기지 않을뿐더러 팔람의 권능 하에 소환이 금지되어 의심 자체를 하지 않는 것일 터.

하지만 안타깝게도 이미 마족 중에선 물의 정령과 계약한 자가 있었다. 그리고 그것은 용찬 또한 마찬가지였다.

'팔람이 예상 못 한 또 다른 경우의 수. 그것은 마족이 정령과 계약하는 것이었지.'

놈은 그저 플레이어들의 정령 소환을 금지시켰을 뿐. 마족들과 관련되어선 단순히 플레이어들과 동일하게 물과 관련된 마법 및 기술들만 금지시켜 놓은 상태였다. 게다가 체서와 레비는 정령 중에도 특수한 정령에 속하지 않던가. 만약 소환이 불가능해진다고 해도 장비에 인챈트시킨 상태로 스킬을 시전하면 그만이었다.

-째째쨱?

'아주 잘하고 있다. 레비.'

-쨱!

로브로 인상착의를 가리고 있던 용찬은 인챈트되어 있던 레비를 칭찬해 주며 주위에 몰려든 자들을 살펴봤다. 하나같이 갈증에 허덕이며 물을 필요로 하는 플레이어들과 NPC들이다.

"아아, 마왕님."

'이건 거의 교단 수준이군.'

마치 찬양을 하는 듯한 눈빛이다. 이미 팔람도 지배자의 눈으로 이 광경을 보고 있겠지만 디어스 길드 때문에 수하들을 보내지 못하고 있었다.

이제 남은 것은 그들을 이용해 심장부로 진격하는 일뿐.

"언제부터 물이 팔람의 소유물이 되었지?"

"……"

처음엔 그저 모두들 당황하는 눈치였다. 당연히 지배자가 27층을 관리하고 있어 그가 물을 공급하고 있단 사실을 정상이라고 받아들이고 있었다.

하지만 이젠 달랐다.

용찬은 고개를 갸웃거리는 플레이어들을 보며 선언했다.

"물은 이제 지배자만의 것이 아니다. 내가 그것을 증명하고 있고 너희들은 지금도 나를 보고 있지. 원하는 만큼 비를 내려주마. 대신 앞으로는 나를 따르도록 해라."

"서, 설마 팔람 코인을 달라고 하는 건 아니겠지?"

"그딴 건 필요 하지 않다. 난 오히려 여기 지배자를 없애고 너희들에게 자유를 선사해 줄 예정이다."

"자유?"

"언제까지 27층에 이렇게 묶여 있을 셈이지?"

첫 번째 클리어 조건은 거의 달성이 불가능하다. 그렇다고 두 번째 클리어 조건인 바스칼 용병단을 토벌하자니 필드 곳곳에 흩어져 있어 놈들을 찾는 것부터 힘들었다.

결국 가장 간단한 방법은 의뢰를 완수해 팔람 코인을 모으는 것이었지만 그것 또한 물을 구매하는 탓에 쉽지가 않았다.

이미 몇 개월 동안 27층에 잔류되어 있는 플레이어들도 다수 보이는 상황. 특히 표식이 새겨진 자들은 진영으로 돌아가지도 못하고 계속해서 이 지옥 같은 굴레 속에서 허덕이고 있었다. 용찬은 그런 자들에게 희망을 심어주었다.

"굳이 강요는 하지 않으마. 그저 내 말이 옳다고 생각하는 자들만 나를 따르면 돼."

"……."

그날, 용찬의 선언은 대도시 굴람뿐만 아니라 나머지 세 개의 대도시까지 널리 알려졌다.

'어째서 지배자를 없애는 게 불가능하다고 여기는 거지? 혼자서 불가능하다면 모두 함께 힘을 합치면 되는 건데 무엇을 그리 어렵게 생각하는 거야.'

회귀 이전 최초로 27층의 대도시들을 통합시켰던 플레이어는 이렇게 말했었다. 단순히 첫 번째 클리어 조건대로 대결을 신청하지 않고 모두들 단합하여 심장부를 노리는 작전.

대부분은 불가능하다고 여긴 작전이었지만 그는 성공시켰다. 그리고 직접 팔람의 목을 따내며 27층의 플레이어, 마족, NPC들에게 자유를 선사해 주었다.

처음으로 지배자를 처치하는 데 성공한 것이다.

'물론 그때는 거의 한계 직전까지 몰려 있어서 플레이어들이 놈을 따른 것이었지만 지금은 다르지. 아직 여기 있는 놈들에겐 절박함이 부족해.'

그래서 용찬은 가장 먼저 수하들을 제거해 물의 보급을 끊었다. 그리고 레비를 이용해 비를 내리게 만들어 마치 구원자처럼 그들 앞에 나타났다.

"폐폐펭. 언 델에서부터 마왕님의 소문을 듣고 플레이어들이 이백여 명 찾아왔습니다."

"카라즈에서도 NPC들과 함께 플레이어들이 백오십 명 정도 찾아왔더군요."

"첸에선 사백 명의 플레이어들이 이곳에 방문했습니다."

지금 물을 제공해 줄 수 있는 자는 오로지 용찬뿐. 때문에 마왕의 지시를 달갑게 여기지 않는 플레이어들도 어쩔 수 없이 내키지 않는 발걸음을 내밀고 있었고, 일부는 디어스 길드의 선전에 나름 희망을 품고 대도시 굴람으로 모여들고 있었다.

"……그저 비를 내리는 것이 이토록 효과가 좋을 줄이야."

타그란스는 아직도 믿기지 않는 것인지 여관 바깥으로 몰려든 인간들을 내려다보며 얼떨떨해했다.

"이런 상황에서 물은 좋은 협박 수단이 될 수 있지."

"으음. 처음엔 불안한 점들이 한두 가지가 아니었는데 아무래도 내 생각이 틀렸던 것 같군."

"아직 단언하긴 일러. 좀 더 그들에게 희망을 심어줘야 해."

"하지만 헨드릭. 굳이 이렇게 플레이어들까지 모이게 할 필요는 없지 않을까 싶은데."

"글쎄. 과연 그럴까."

용찬은 칸과 켄이 새로 훔쳐온 팔람 코인 하나를 매만지며 입가를 말아 올렸다. 아직까지 다른 마왕들은 팔람의 비밀을 아무것도 모르고 있었다.

특히 팔람 코인이 놈에게 어떤 영향을 주는지조차 누구도 알지 못하는 상황. 여기서 팔람의 비밀을 알고 있는 것은 오로지 회귀자인 용찬뿐이었다.

"그나저나 디어스 길드가 의외로 선전하고 있군요. 심장부로 진격한다고 했을 때만 해도 금방 전멸당할 줄 알았는데 말이죠"

혹여 샤들리 가문 측으로 자신의 정보가 새어 나갈까 싶어 미리 로브로 얼굴을 가리고 있던 한성이 의문을 제기했다. 아무리 디어스 길드가 치고 빠지기식 전술을 사용하고 있다지만 지배자의 눈이 유지되고 있는 한 그들의 위치는 계속해서 탄로가 나고 있었다.

팔람이 직접 나서서 주요 인원을 제거만 해도 전쟁은 쉽게 종결이 나는 상황.

하지만 어째서인지 놈은 줄기차게 수하들을 보내 방해를 할 뿐 단 한 번도 심장부에서 벗어난 적이 없었다.

"페페펭. 이유를 추측해 본다면 두 가지겠죠"

"헉. 펭귄이 말은 한다?!"

"시끄럽다. 인간. 페펭!"

"맙소사."

"크흠흠. 아무튼 첫 번째로는 지배자가 자리를 비우는 것에 불안을 느끼고 있다는 것. 두 번째로는 지배자에게 어떤 제약이 걸려 있단 것 정도겠군요. 여태껏 팔람이 바깥으로 나온 적이 없단 것과 첫 번째 클리어 조건을 만든 것을 생각해 보면 전 개인적으로 후자인 것 같지만 아직 확실치는 않습니다. 펭."

위르겐의 추측에 당황하던 한성의 눈빛이 날카롭게 변했다.

'이 펭귄 자식. 의외로…….'

단순히 겉모습만으로 얕잡아 보고 있던 게 실수였다. 아직 위르겐이 바쿤 내에서 두뇌파로 통한다는 것을 알지 못하던 한성은 즉시 자신의 판단을 수정했다.

그런 한성의 묘한 눈빛을 알아챈 용찬은 피식 웃었다.

'위르겐을 그저 펭귄처럼 생겼다고 얕잡아보면 곤란하지. 안개섬 때도 거의 혼자서 모든 비밀을 풀어냈었으니까.'

위르겐이 제시한 두 가지 추측은 정확했다. 당장 본인은 후자를 크게 꼽고 있었지만 사실상 두 가지 모두 맞는 말이다.

팔람은 특정 제약이 걸려 심장부를 벗어나지 못하고 있었고 심장부에 있는 무언가 때문에 크게 불안을 느끼고 있었으니까.

만약 그게 아니었으면 애초에 첫 번째 클리어 조건을 일대일 승부로 만들지도 않았을 것이다.

끼이익!

마침 바깥을 둘러보고 있던 록시가 방 안으로 들어왔다.

"자신을 디어스 길드원이라고 밝히는 플레이어가 찾아왔습니다."

"디어스 길드?"

"디어스 길드라면 지금 팔람과 전쟁을 치르는 플레이어들 집단이었던가."

예상보다 소문이 빠르게 돈 듯했다. 벌써부터 냄새를 맡은 들개들이 이리로 찾아왔지 않은가.

아마 디어스 길드원들은 민아의 지시를 받고 제의를 건네기 위해 이곳에 찾아왔을 터. 서로의 목적이 같은 이상 27층에서 더 이상 종족은 아무런 상관이 없었다.

"그럼 이제 움직일 준비를 해야……."

쾅!

자리에서 일어나려던 찰나, 루시엔이 급하게 문을 열고 방 안으로 들이닥쳤다.

"마왕님. 그놈들이에요!"

"그놈들?"

"타이탄 길드원들도 찾아왔다구요!"

용찬의 인상이 와락 구겨지는 순간이었다.

'젠장! 조심하십시오. 놈의 앞에서 방어는 아무런 소용도 없습니다!'

처음 거울성에서 놈에게 공격을 받기 전까지만 해도 아둔은 자신감이 넘쳤다.

태현을 제외하고 근접 전투에서 거의 패배해 본 적이 없었기에 승리를 당연시했다.

하지만 그것은 단순히 자만에 불과했다.

'항상 아래를 내려다볼 수 있다고 생각하지 마라.'

아직도 놈이 안면을 걷어차 올리며 자신을 내려다보던 모습이 눈앞에 선했다. 물론 그런 결과를 납득하지 못하는 것은 아니다. 단지 성격상 굴욕을 참지 못하는 것일 뿐.

어찌 보면 놈에게 패배한 기억이 그에게 동기 부여로 작용한 셈이기도 했다. 그 증거로 태현의 지시를 받고 악몽의 탑에 오르기 전까지 무수히 많은 노력을 해왔지 않던가.

이젠 27층에서 지배자를 제거해 성과를 드러낼 시간…….

"아, 대체 언제 나오는 거야. 불렀으면 누구든 얼굴이라도 비춰야 할 것 아니야."

지난 시절을 회상하던 아둔이 구시렁거리는 유이치를 보며 인상을 굳혔다. 지금 둘은 팔람의 심장부로 진격하기 전에 길드원들과 함께 대도시 굴람에 찾아와 있는 상황이었다.

물의 공급이 끊긴 탓에 타이탄 길드도 다른 자들과 동일하게 물이 필요했고, 디어스 길드처럼 비를 내리게 만드는 마왕의 소문을 듣고 즉시 이리로 찾아온 것이다.

한데, 소문의 주인공은 여관에서 전혀 나올 생각이 없었고 곁에 있던 유이치의 불만만 계속 늘어가고 있었다.

"참을성을 좀 가져라. 유이치."

"에휴. 그 말만 벌써 몇 번째 듣고 있는지. 아둔. 넌 그런 판금 갑옷을 입고도 안 더운 거냐. 대체 언제까지 이 땡볕 아래서 기다려야 되는 건데."

"음. 물과 관련된 마법은 전부 차단되어 있으니 어쩔 수 없지."

"거참. 말이 안 통하네. 됐수다. 유태현, 그 자식은 왜 갑자기 지배자를 처치하라고 하는 건지. 하아. 도통 이해가 안 되네."

이유도 제대로 설명해 주지 않고 무작정 지시를 내렸던 태현이었다. 그 때문에 마왕에게 협조를 구하러 언 델에서 굴람까지 힘들게 찾아왔지 않던가.

생고생도 이런 생고생이 없었다.

게다가 근처에서 대기하고 있는 디어스 길드원들의 시선도 그리 좋지만은 않은 상황. 가끔씩 적의 어린 시선을 보이는 것을 봐선 타이탄 길드의 방문을 그다지 반기는 분위기는 아니었다.

끼이이익!

그렇게 얼마나 기다렸을까. 마침내 여관 문이 열리며 안쪽에서 로브를 입은 자가 걸어 나왔다.

"오래 기다렸나?"

"기다리다가 목 빠지는 줄 알았다면 설명이 될까."

"잠시 준비할 게 있어서 좀 늦었군. 우선 두 길드 다 안쪽으로 들어오도록 하게."

"아, 잠깐."

등을 돌리던 마왕이 순간 멈칫했다.

유이치는 사뭇 달라진 눈빛으로 검집을 움켜쥐며 물었다.

"우리가 듣고 온 소문이 좀 있어서 말이지. 후드 좀 벗어주면 안 될까?"

"부탁치고는 벌써부터 디텍터들이 감지계 기술을 준비한 것 같은데 말이지. 부탁이 맞긴 한 건가."

"디어스 길드. 네놈들과는 관계없을 텐데?"

디어스 길드원들 중 대표로 보이던 사내가 유이치와 신경전을 벌였다. 자칫 잘못하면 두 길드간의 충돌로 이어질 지도 모르는 긴박한 상황.

할 수 없이 그 광경을 지켜보고 있던 마왕이 뒤늦게 후드를 벗어재끼며 중재에 나섰다.

"설마 여기까지 와서 싸울 작정은 아니겠지?"

"……."

"……."

전혀 기억에 없는 얼굴.

게다가 디텍터들의 스킬에도 생전 들어보지 못한 이름이 떠오르고 있었다. 미리 태현에게 통신을 받았었던 아둔과 유이치는 두 눈을 깜빡이며 서로를 쳐다보다 이내 고개를 끄덕였다.

"물론 아니지. 이제 안으로 들어가서 대화란 것을 한 번 해보자고."

'설마 타이탄 길드가 27층에 올 줄이야. 하마터면 계획을 시작도 하기 전에 일이 꼬일 뻔했어.'

다행스럽게도 여관까지 찾아온 두 길드와는 거래가 깔끔히 성립됐다. 용찬의 대역으로 나갔었던 알마인은 다른 마왕들과 동일하게 처음부터 인상착의를 숨기고 다녔기에 아무런 문제가 없었고, 몰래 레비의 스킬을 사용해 비를 내림으로써 소문이 사실임을 증명했다.

그리고 두 길드 모두 돌아가자마자 알마인이 피곤한 안색으로 돌아왔다.

"다신 이런 것을 시키지 말아다오. 헨드릭."

"미안하군. 저놈들과는 악몽의 탑을 오르던 도중 몇 차례 충돌한 적이 있어서 말이지."

"빌어먹을. 플레이어 놈들과 얼굴을 맞대고 진지하게 대화를 하는 날이 올 줄이야."

"그만큼 놈들에게 물이 절실하단 의미이기도 하지."

"하아. 그놈들도 그렇고 저놈도 그렇고. 아주 곳곳에서 난리로군. 난 좀 쉬겠어."

마법사들 중 대다수는 정화 마법을 가지고 있다. 하늘에서 내리는 비를 정화시켜 충분히 씻고 마시는 물로 활용할 수 있는 것이다. 때문에 용찬이 플레이어들에게 주목받는 것은 당연했고 알마인도 그것을 알기에 더는 토를 달지 않았다.

물론.

"아니, 내가 무슨 잘못을 했다고?"

괜히 가만히 있다가 싸늘한 눈초리를 받은 한성은 억울하기만 했다.

"내가 사로잡아서 데려왔다긴 하지만 지금은 너도 물 때문에 나를 따르고 있는 것처럼 보이니까 그러는 것이겠지."

"뭐, 따르고 있는 것은 맞지만 약간 억울하군요. 그나저나 저놈들과 실제로 부딪힌 적이 있으셨던 겁니까?"

"유태현이란 놈. 그리고 그놈의 동료들과 몇 차례 충돌한 적이 있었지. 자세한 얘기는 나중에 따로 해주마."

다소 묘한 눈빛을 띠고 있던 한성이 고개를 끄덕이고 방을 나갔다. 아무래도 급하게 변명을 만든 터라 약간 의심을 산 것 같았지만 지금 중요한 것은 그게 아니었다.

'어차피 저놈이야 바쿤에 소속되어 있으니까 상관없고. 중요한 것은 타이탄 길드인데…… 역시 유태현이 지시해서 27층에 찾아온 것이겠지. 그렇다면 놈의 목적도 차소희와 같다고 해야 되나?'

아마도 그럴 것이다. 회귀 이전 때도 가장 먼저 첫 번째 목표인 악몽의 탑 클리어를 노렸으니까. 이제 문제는 여기까지 찾아온 타이탄 길드를 어떻게 처리하는 가였지만 사실상 답은 간단했다.

'이렇게 된 거 놈들도 제대로 이용해 줘야겠지.'

전력?

유이치와 아둔의 실력 정도면 충분히 도움이 되고도 남았다. 손에 쥔 패가 추가되었다면 실컷 사용하다 버리면 될 뿐. 레비를 통해 원하던 바를 이루었으니 더 이상 기다릴 것도 없었다.

그 날 용찬은 신도처럼 자신을 따르는 플레이어 및 NPC들과 함께 팔람의 심장부로 향했고, 미리 거래를 맺었던 두 길드와 성공적으로 합류할 수 있었다.

"디어스 길드의 김민아라고 해요. 사정은 길드원을 통해 들었을 거라 생각해요. 그리고 당신들은……."

"아둔 프라이언이다."

"난 그냥 간단히 유이치라고 불러줘."

임시로 지어진 막사 안에서 세 명의 랭커들이 시선을 마주했다.

유독 길게 땋은 머리가 돋보이던 민아는 나비 계곡 이후 두 번째로 만나는 것이었는데, 나름 노력을 해온 것인지 장비부터 기세까지 완전히 달라져 있었다.

'아직도 복수를 노린다고 했던가. 과연 저 여자는 복수의 대상이 눈앞에 있다는 것을 알고나 있을까.'

여행자복 로브로 인상착의를 가리고 있던 용찬은 몰래 쓴웃음을 흘렸다. 미리 정보 차단 주문서까지 사용한 상태이니 디텍터들의 스킬이 적용돼도 따로 준비한 가명만 보일 것이다. 그리고 이번에도 마찬가지로 알마인이 대역으로 나서고 있는 상황.

정작 본인은 후드 속으로 울상을 짓고 있었지만 용찬을 따르겠다고 선언한 만큼 자신의 역할에 충실하는 듯했다.

"비를 내리게 만드는 마왕이라고 했던가요?"

"알마인 그란디스다."

"솔직히 마족만큼은 절대 손을 잡고 싶지 않았지만 상황이 상황인 만큼 협조를 부탁드려요."

"으드득. 그렇게 하도록 하지."

사뭇 살기가 느껴지는 눈빛이었지만 간신히 고개를 끄덕이는 알마인이었다.

그렇게 대충 통성명이 일단락되자 금방 하늘에서 비가 쏟아져 내리기 시작했고, 여분의 물을 충분히 채운 디어스 길드는 곧장 심장부로 다시 진격했다.

[플레이어 김민아가 대형 룬화살을 시전합니다.]
[지배자 팔람이 마력 결계를 시전합니다.]

예상대로 마탄의 사수인 민아는 예전보다 한층 강력해져 있었다. 비록 팔람이 직접 발현한 마력 결계에 화살들이 막히고 있긴 했지만 서서히 결계에 금이 가고 있었고, 얼마 되지 않아 디어스 길드원들의 후속타가 쏟아졌다.

콰콰콰콰쾅!

온갖 마법 및 원거리 스킬들이 결계에 적중한다. 뒤늦게 성벽 위로 팔람의 수하들이 뛰쳐나와 수성을 도맡고 있었지만 다소 부족한 감이 없지 않아 있었다.

"위우. 저 김민아라는 여자 꽤 하는 것 같은데?"

"적어도 B등급 정도는 되겠지."

"그나저나 27층의 지배자라고 하더니 왜 팔람이란 놈은 코빼기도 안 보이는 거래."

"무언가를 준비하고 있는 건가?"

슬슬 후방에서 뛰쳐나갈 준비를 하던 유이치와 아둔이 의문을 제기했다. 정작 지배자의 눈으로 필드를 모두 꿰뚫고 있으면서 직접 전투에 나서지 않고 있으니 수상하게 여길 만도 했다.

'아니, 무언가를 준비하긴커녕 제약을 풀지 못해 안에서 수하들만 부리고 있는 상태지. 나올 수 있었으면 진작에 나왔을 거라고.'

그런 면에서 볼 때 민아의 전략은 꽤나 안정적이었다. 단순하지만 마치 팔람의 상황을 꿰뚫어 보는 듯한 안성맞춤인 전략.

용찬은 그녀에 대한 판단을 다소 수정하며 네 명의 마왕들에게 지시를 내렸다. 그리고 그들이 병사들을 소환하기 시작하자 몰려 있던 NPC들과 플레이어들이 불안해했다.

하지만 그것도 잠시.

"끄아아악!"

"아악. 팔람 님!"

"플레이어들과 마왕이 연합했다! 좀 더 화살을 준비해!"

서서히 수하들의 기세가 꺾여 나가자 조금씩 희망의 싹이 피어나기 시작했다.

'설마 지배자를 상대로 이길 수 있는 거야?'

'김민아란 플레이어도 그렇고 저쪽 창기사와 이도류 검사까지. 저런 강력한 랭커들이 여기 있을 줄이야!'

'벌써 수하들의 숫자가 절반으로 줄었어. 이건 잘하면!'

팔람의 속사정을 알지 못하던 플레이어들은 그저 승기를 잡았다고 여기고 있었다. 그리고 뒤늦게 등을 돌린 용찬의 한마디에 그들의 사기가 급격히 상승했다.

"이제 자유를 되찾을 시간이다."

"그래. 언제까지고 27층에 머무를 순 없어!"

"젠장. 모 아니면 도겠지. 전부 달려들어!"

마침내 용찬이 데려왔던 플레이어들과 NPC들까지 전장에 합류했다. 이로써 적당한 제물들은 전부 준비가 완료된 셈.

미리 준비를 하고 있던 한성은 입가를 쭉 찢으며 흑마력을 발현했다.

"이건 완전 노다지구만!"

시작은 수하들의 시체부터였다.

-그어어어어!

-그어어!

-그르르륵!

포란 숲에서 보였던 시체 조종이 다시금 발현되자 죽어 있던 수하들의 시체가 한성의 의지대로 움직이기 시작했고, 얼마 되지 않아 근처에 있던 동료에게로 달려들고 있었다.

"흐, 흑마법사다. 흑마법사가 시체를 조종……. 컥!"

-그으으으!

-그르르!

이젠 본래 수하들이 가지고 있던 기술까지 사용하며 성벽 위를 혼란케 만드는 상황. 그런 광경에 민아와 유이치는 와락 인상을 구겼지만 한성은 멈추지 않고 흑마법을 시전했다.

"얼씨구나. 여기도 저기도 전부 시체구나!"

"거기 당신 지금 제정신인가요?"

"아, 김민아 씨라고 하셨던가. 갑자기 왜 그렇게 저를 노려보시는 걸까나."

"설마 지금 몰라서 묻는 것은 아니겠죠?"

"당연히 몰라서 묻는 건데요?"

가증스러운 미소에 분노가 맺힌다.

단순히 팔람의 수하들의 시체만 조종했다면 아무런 문제도 없었겠지만 지금 한성은 디어스와 타이탄 길드원들의 시체까지 조종하고 있었다.

퍼엉! 펑!

게다가 시체란 시체는 모두 폭발시켜 버리며 주변 동료들에게까지 피해를 입히는 상황. 도저히 화를 참을 수 없던 민아는 시위의 방향을 바꿔 플라이를 유지하고 있던 한성에게로 화살을 쏘려 했다.

그 순간 마왕들이 있던 바닥이 쑥 꺼지더니 이내 일행과 함께 한성이 땅 밑으로 사라져 버렸다.

"⋯⋯사라졌어?"

민아는 당혹스러워하며 재빨리 감지계 기술을 시전했다.

하지만 스킬 범위 내에 존재하지 않는 것인지 그들은 감지되지 않았고, 그들이 사라진 땅은 마치 싱크홀처럼 밑으로 뻥 뚫려 있었다. 단숨에 마왕들의 행적이 묘연해진 것이다.

"⋯⋯."

"리우청 씨. 당장 마법사들을 불러와 줘요. 어서요!"

"아, 알겠습니다."

멍하니 서 있던 리우청이 움찔거리며 뒤늦게 길드원들 쪽으로 달려갔다. 아마 한성이 남긴 마력이라도 추적하려 드는 것일 터.

하지만 용찬의 계획을 전부 알고 있던 리우청은 그녀의 지시가 부질없단 것을 알고 있었다.

왜냐하면⋯⋯.

콰아아앙!

이미 용찬은 궁전 내부로 진입했으니까.

[팔람의 마력 원천이 발견됐습니다.]

[팔람의 물 저장고가 발견됐습니다.]

[지배자의 눈이 소멸됩니다.]

궁전의 내부에서 폭발음이 울리더니 이내 지배자의 눈이 사라졌다. 다만, 안타깝게도 이변은 거기서 끝이 아니었다. 플레이어들은 흔들리는 바닥의 진동을 느끼며 곧장 뒤를 돌아봤고 얼마 되지 않아 몰려오는 무리를 볼 수 있었다.

"팔람의 목을 쳐라-!"

전혀 예상치 못한 바스칼 용병단의 출현이었다.

'팔람. 네놈은 27층을 지배하도록 해라. 최대한 탑을 오르는 플레이어들에게 희망을 주고 널 따르게 만드는 거다. 발판은 내가 만들어주마. 인간들을 한계까지 몰아붙여 네 원천으로 삼도록 해라.'

상위 지배자들은 팔람에게 27층을 맡기고 두 가지 선물을 내려주었다. 하나는 무한대로 공급되는 물 저장고였고 나머지 하나는 영구적으로 유지되는 마력 원천이었다.

사막에서 물은 보물 그 자체나 다름없었고 팔람은 물 저장고를 통해 가장 먼저 수하들을 만들었다. 그리고 네 개의 대도시와 중앙의 궁전을 개설시켜 플레이어들을 맞이할 준비를 했다.

하지만 과정이 그리 순탄치만은 않았는데, 그중 가장 큰 원인이 바로 사막을 주름잡고 있던 바스칼 용병단이었다.

"뭐? 우리 바스칼 용병단이 있는데 감히 왕 노릇을 하겠다고? 어림도 없지. 저 뻔뻔한 놈의 목을 쳐라!"

"이런 개미만도 못 한 자식들이 내게 대항해?!"

처음에만 해도 팔람은 득의양양했다. 이미 자신만의 도시들을 재건 중이었고 수하들도 수천 명 이상씩 거두어들이며 승리를 장담하고 있었던 것이다.

하지만 그것은 단순히 자만에 불과했다. 태생이 사막이었던 바스칼 용병단은 개개인이 모두 B급의 무력을 가지고 있었고, 숫자도 5천여 명을 훌쩍 넘어 전쟁이 시작되자마자 그들이 우위를 점하는 것은 당연한 결과였다.

그제야 위기를 직감한 팔람은 다시금 상위 지배자들에게 도움을 청했고, 얼마 되지 않아 바스칼 용병단을 억제할 새로운 수단을 얻게 됐다.

'팔람 코인. 앞으로 이게 마력 원천을 채울 재료이자 바스칼 용병단에게 족쇄를 걸 수단으로 적용될 거다.'

그들이 내려준 팔람 코인은 만능의 동전이었다.

마치 샘처럼 생긴 마력 원천에 동전을 넣을수록 팔람의 마력은 계속해서 증가했고, 한창 날뛰고 있던 바스칼의 용병들도 하나둘씩 기억을 잃고 사막 곳곳을 맴돌기 시작했다.

전쟁은 당연히 팔람의 승리.

하지만 상위 지배자들이 내려준 팔람 코인은 무한정 하지 않았다.

'팔람 코인으로 족쇄를 건 탓에 바스칼 용병단은 내가 직접 건들지 못해. 수하들을 대신해서 그들을 처리 해줄 손이 필요해. 그리고 사막을 완전히 지배하려면 이 팔람 코인도 더욱 많이 필요해지겠지.'

갈수록 불안해졌지만 팔람의 그런 고민들은 도시와 궁전이 완성되는 날 싸그리 사라졌다.

[27층의 지배자가 되셨습니다. 클리어 조건을 설정해 주십시오.]

마침내 하멜의 시스템마저 그를 지배자로 인정한 것이다.

비록 시스템의 권능을 얻는 대신 심장부라고 칭한 궁전에서 나가지 못하는 제약을 받게 됐지만 팔람은 만족스러웠다.

세 가지 클리어 조건을 직접 정할 수 있다면 자신의 고민들은 한 번에 해결할 수 있었다. 그리고 탄생한 것이 지금의 조건들이었는데, 팔람은 여기서 물을 이용해 코인을 모으자는 기발한 생각을 해냈다.

'강제로 뺏을 수 없는 제약이 걸려 있다면 물과 생필품 등을 이용해 받아내면 돼. 어차피 저장고의 물은 무한대니까 우선 시스템의 권능으로 물과 관련된 기술들부터 전부 봉인해야겠어.'

수하들을 시켜 물을 공급하고 대가로 코인을 받아낸다. 또한 지배자의 눈을 이용해 사막의 모든 자들을 감시하고 표식을 새겨 27층에서 빠져나가지 못하게 만든다.

이런 지배 구역만의 굴레가 탄생하자 차츰 27층에 도착하는 플레이어들은 자연스레 물에 대한 갈망이 심해졌고, 팔람은 무한대의 마력을 즐기며 대련을 신청해 오는 자들을 편하게 처리해 갔다.

그리고 자신의 욕심을 채우기 위해 플레이어 및 마왕들에게 백만 골드씩을 거둬들였는데, 이런 행동이 오히려 27층의 화폐 단위를 팔람 코인으로 몰아가게 만드는 큰 원인으로 작용하고 말았다.

'크흐흐흐. 부는 지배자의 상징이지!'

물론 본인은 모르는 눈치였지만.

아무튼 그가 지배자로서 완전히 자리 잡은 것은 확실했고, 귀찮은 바스칼의 용병들까지 플레이어가 대신 처리해 주니 더할 나위가 없는 생활이었을 것이다.

"하지만 그것도 오늘로써 끝이지."

답답한 후드를 벗어재낀 용찬은 거의 말라가는 지하의 샘터를 보며 입가를 말아 올렸다. 이 샘이 27층을 지배할 수 있었던 원동력일 것이다.

하지만 레비를 이용해 새로운 물의 주인이 되면서 마력 원천은 이미 자신의 역할을 제대로 수행해 내지 못했다.

팔람 코인을 갖다 바칠 자들이 되려 용찬에게로 몰렸으니 더 이상 마력은 무한대가 아닐 터.

그리고.

[마력 원천을 파괴했습니다.]
[팔람에게 공급되던 무한대의 마력이 사라집니다.]
[바스칼 용병단의 기억이 되돌아왔습니다.]

이제 팔람의 적은 플레이어와 마왕뿐만이 아니었다.

"아, 안 돼. 이럴 수 없어!"

가장 먼저 끊임없이 솟아오르던 강대한 마력이 사라졌다. 궁전 내부에서 한창 불안해하고 있던 팔람은 대경실색하며 자리에서 벌떡 일어났지만 거기서 끝이 아니었다.

"와아아아아아!"

"팔람을 죽여라!"

"그동안 우리를 농락해 왔겠다?! 이제 대가를 치를 시간이다. 팔람!"

몰려온다. 가장 두려워하던 사막의 전사들이. 이제야 기억을 되찾고 몰려오고 있었다.

그제야 마력 원천이 파괴됐단 것을 직감한 팔람은 재빨리 지하로 내려가려 했다. 그 순간, 상층으로 통하는 계단 아래서부터 한 무리가 올라왔다.

"어딜 그리 바쁘게 가십니까. 지배자님."

"너는 그때 그 흑마법사?!"

"유한성이라고 하옵니다. 그래서 이번에 제 새로운 주인님을 소개시켜 드리려고 하는데…… 괜찮겠습니까?"

어둠 속에서 걸어 나온 한성이 입가를 쭉 찢었다. 그동안 지배자의 눈치를 살피며 27층의 거처를 오가고 있었지만 더 이상 그럴 필요는 없었다. 이젠 바쿤에 소속되어 마왕의 충실한 부하가 되었지 않은가. 마침 곁에 있던 용찬이 푸른 뇌전을 뿜어내며 한성의 앞으로 걸어 나왔다.

"유한성. 네가 할 일은 말 안 해도 알고 있겠지?"

"당연하죠. 그러려고 데려온 추종자들 아닙니까. 확실히 이용해 먹겠습니다. 흐흐흐."

플레이어들과 NPC들을 회유한 것은 팔람 코인 때문도 있었지만 한성의 시체 조종 스킬을 위한 이유가 가장 컸다.

팔람의 수하들, 플레이어와 NPC.

그리고 마침 바스칼의 용병들까지 몰려오니 흑마법을 위한 제물로는 충분할 터. 그렇게 병사들과 함께 한성을 바깥으로 내보낸 용찬은 홀로 남아 27층의 지배자인 팔람과 대치했다.

"그래. 네놈이 이 일의 주동자였지. 대체 어떻게 비를 내리게 만든 거냐. 분명 물과 관련된 마법들은 전부 봉인해 두었을 텐데!"

"정령을 활용하는 건 전혀 생각지도 않고 있었나 보군."

"마족이 정령과 계약한다고?!"

"그리 놀랄 것 없어. 나보다 먼저 정령과 계약한 마족도 있었으니까. 지금 네놈한테 중요한 것은 어떻게 이 상황을 극복하는 지겠지. 아닌가?"

"건방진 새끼. 오냐. 아예 여기서 네놈부터 죽이고 차례대로 정리해 주마!"

어차피 제약 때문에 궁전 안에서 벗어날 수 없다. 그것을 알고 있었기 때문에 팔람도 여기서 모든 것을 정리하려 들었다. 만약 마력 원천이 그대로 유지되고 있었다면 아무리 용찬이라도 꽤나 애를 먹었을 것이다.

하지만 마력 원천과 물 저장고는 이미 파괴된 지 오래였다.

[물의 정령 레비가 아쿠아 인챈트를 시전합니다.]
[어둠의 정령 체셔가 다크 인챈트를 시전합니다.]

왼손에는 수 속성력이. 그리고 오른손에는 어둠 속성력이 깃든다. 우락부락한 근육을 드러내고 있던 팔람도 마침 준비가 끝난 것인지 양손에 너클을 착용했다.

지배자의 직업은 마력 무투가.

가장 먼저 놈이 땅을 박차고 뛰어오르자 강한 풍압이 일었다. 무한대의 마력이 사라졌다곤 하나 B급 히어로 수준의 실력자였다.

"최소한의 배려는 해주지. 적어도 바스칼의 용병들에게 죽지는 않을 거다."

"개소리 작작 지껄여라!"

콰앙!

최상층의 바닥이 단숨에 무너져 내린다. 마력뿐만 아니라 가공할 힘 능력치를 소유하고 있던 팔람은 주변의 파편들을 던지며 가볍게 견제에 들어갔다.

그리고 용찬이 균형을 잡는 사이 팔람이 발을 놀리며 하단으로 깊숙이 파고들었다.

'저 마왕 놈도 무투가라면 가장 먼저 방어를 취하겠지. 그게

아니라면 다른 스킬을 이용해 피해낼 거야. 하지만 그걸 가만히 놔둘 내가 아니지.'

팔람은 용찬이 마력 무투가에 대해 자세히 알지 못한다고 여겼다. 어떤 스킬을 운용하는지, 무슨 방법으로 전투를 이끌어 나가는지, 직접 자신과 대련을 해본 적도 없던 용찬이 알리 없지 않은가.

때문에 팔람은 속전속결을 택했다.

위이이잉!

마력이 부여되어 가속력이 붙는 다리. 그와 동시에 육체가 강화되어 물리 방어력과 마법 저항력도 대폭 상승했다. 그리고 발밑으로 솟아오르던 불길이 용찬을 휘감은 순간 너클에 잠재되어 있던 마력이 연달아 그의 몸을 속박했다.

'내 승리다. 멍청이 같은 자식!'

뒤로 크게 젖혀지는 오른팔. 애초에 팔람은 용찬과 지겨운 공방전을 치를 생각이 없었다. 마력 원천이 파괴되어 전투를 길게 끌수록 자신만 손해였기 때문이다.

그래서 단숨에 마력을 쏟아부었다.

이로써 건방진 마왕은 꼼짝달싹 없이 소멸당하게 될 터.

다만, 안타깝게도 그것은 팔람의 착각이었다.

"내가 C급이었다면 마력 원천을 잃은 너라도 상당히 애를 먹었겠지."

"잔말 말고 뒤……."

쨍그랑!

마치 유리 깨지듯 마력 속박이 박살 난다. 어느새 핏물로 온
몸이 흥건해져 있던 용찬이 악귀 같은 얼굴로 물어왔다.

"내가 네 기술을 모를 거라 생각했나?"

"너, 너 뭐야! 어떻게?!"

"직접 생각해 봐."

복부를 걷어차자 팔람의 신형이 땅에 처박혔다. 자존심은
있는 것인지 금방 자리에서 일어나는 듯했지만 레이지 드라이
브를 시전한 용찬은 이미 그의 뒤를 점하고 있었다.

찰나의 순간 교차하는 두 시선. 급하게 몸을 틀어 연타를
막아낸 팔람이었지만 대가는 가혹했다.

쩌저저적!

가장 먼저 놈의 오른팔이 얼어붙었다. 어떻게든 마력을 운
용해 치유해 보려 하는 것 같았지만 그것을 가만히 놔둘 용찬
이 아니었다.

[라이트닝 볼텍스를 시전합니다.]
[지배자 팔람이 라그하임을 시전합니다.]

정사각형 모양의 마력 큐브가 천둥 벼락을 막아냈다. 마력

무투가의 주력 방어 스킬인 라그하임. 마법 및 속성력 기술을 막아낼 때는 탁월한 효과를 발휘하는 팔람만의 방어술이었다.

하지만 용찬은 머뭇거리지 않고 오른팔을 크게 젖혔다.

"물어뜯어라."

그저 단 한마디, 단 한마디의 지시에 광폭한 성질을 가지고 있던 어둠 속성력이 날뛰기 시작했다. 그리고 연달아 일점 격발로 큐브의 모서리를 가격하자 마력의 흐름이 흔들려 왔다.

그 틈을 놓칠세라 마력을 물고 늘어지는 어둠 속성력.

그제야 무언가 잘못됐다는 것을 직감한 팔람이 식은땀을 흘리며 갖가지 기술들로 반격을 시도해왔다.

[지배자 팔람이 서펀 레이킹을 시전합니다.]
[뇌안을 시전합니다.]
[지배자 팔람이 브링거를 시전합니다.]
[백호신권을 발동합니다.]

주로 마력을 운용해 근접 격투술을 특화시키는 팔람만의 전투 방식이 펼쳐진다. 나름 한 구역의 지배자답게 능수능란한 무투술을 선보이고 있었지만 끝내 우위를 점하진 못했다.

어찌 무투가로서 10년 간 활동하던 자를 무투술로 꺾는단 말인가.

그 사실을 알지 못하던 팔람은 갈수록 빈틈을 허용당하는 상황이 그저 당황스럽기만 했다. 게다가 백호의 형상이 깃든 건틀렛은 무슨 효과를 가지고 있는 것인지 계속해서 자신의 마력을 파훼시키고 있지 않은가.

'내가 이렇게까지 밀린다고?'

물론 그렇다고 해서 용찬도 피해가 아예 없는 것은 아니었다. 오히려 레이지 드라이브 효과 때문에 출혈량이 상당했고 팔람의 스킬을 막아낼 때마다 가끔씩 눈살을 찌푸리기도 했으니까.

다만.

'대체 어떻게 내 기술들을 모조리 파악하고 있는 거야. 저렇게 깔끔히 막아내는 경우는 거의 없었는데?!'

그런 것치곤 너무도 완벽한 파훼법을 보이고 있었다. 믿기 힘들 정도로 변화무쌍한 움직임과 세 가지의 강력한 속성력. 그리고 도저히 따라가지 못할 무투가로서의 실력까지.

갈수록 절망만 쌓여가는 전투 속에서 마침내 팔람이 남은 마력을 모두 짜내 주먹을 뻗었다.

[파이오니악의 스킬인 나이기스가 발동됩니다.]

하지만 그마저도 꽃처럼 피어난 얼음 방패에 가로막혔다.

털썩!

"씨발. 못 이겨. 이걸 어떻게 이기라는 거야! 제길, 내게 무한한 마력이라도 있었더라면!"

이렇게 외치고는 있지만 내심 무한한 마력이 있었더라도 결과는 달라지지 않았을 거라 생각했다.

팔람의 눈에 용찬은 보통 마왕이 아니었다. 다른 마왕들과 본질적으로 무언가 달랐고 지배자마저도 어찌 할 수 없는 강대한 그릇이 엿보였다. 수준 자체가 달랐다.

결국 팔람은 절망을 느끼며 두 손, 두 발 다 든 채로 자리에 주저앉았다.

"아하하하. 기분 한 번 엿 같네. 몇십 년 동안 27층을 지배하며 왕이 된 기분을 만끽하고 있었는데 이토록 허무하게 끝나다니. 대체 너 뭐하는 놈이냐."

"지배자의 눈으로 보고 있었을 텐데? 보다시피 마왕이다."

"웃기고 있네. 누가 그딴 걸 모르냐. 무슨 목적으로 이 지랄을 떠는지 물어보고 있는 거다. 개자식아!"

이 정도 실력을 가지고 있었더라면 마력 원천이 있든 말든 제한 시간이 정해진 정식 대련에서 승리했을 것이다. 한데도 군이 플레이어들과 NPC들을 끌어들이면서까지 심장부를 노린 이유가 대체 무엇일까.

팔람은 당최 저 마왕의 속내를 알 수 없었다.

하지만 안타깝게도 용찬이 팔람을 직접적으로 노린 이유는 간단했다.

"지배자의 표식. 내가 원하는 것은 그것뿐이다."

"······뭐?"

혹여 잘못 들은 것은 아닐까.

팔람이 멍하니 두 눈을 깜빡이며 재차 물었지만 달라지는 것은 없었다.

"고로 네놈은 여기서 죽어야겠어."

"아, 아니. 잠깐만! 그냥 주겠어! 이걸 원하는 거잖아. 맞지?!"

"음?"

"자, 보라고!"

두 가지 속성력을 발현하며 다가오던 용찬이 멈칫했다.

어느새 품속에서 무언가를 꺼낸 팔람이 절박한 표정으로 그것을 들어 올리고 있었다.

[지배자의 표식]

[등급:?]

[설명:지배자가 가지고 있는 표식이다. 이것을 모아 탑의 감시자에게 건네면 특별한 보상이 지급된다.]

큐브 모양의 갈색 표식. 회귀 이전에 봤던 팔람의 표식이 확실했다. 하지만 지배자의 표식은 오직 지배자를 처리해야만 얻을 수 있는 아이템이라고 알려져 있지 않던가.

팔람을 죽인 플레이어에게 그 사실을 직접 전해 듣기까지 했었던 용찬은 와락 인상을 구겼다.

"……빌어먹을."

그 시각, 궁전 외곽은 때 아닌 바스칼 용병단의 출현과 마왕들의 배신으로 인해 삼파전 구도가 벌어지고 있었다.

[클라우드 토템을 설치했습니다.]

[일정 시간 동안 지정된 범위로 은신 효과가 부여된 안개가 생성됩니다.]

'시야를 방해하는 것도 모자라 은신 효과까지 부여해 주는 안개라니. 대체 이런 아이템은 어디서 얻은 거야.'

용찬에게서 클라우드 토템을 건네받았던 한성은 주변을 감싼 안개를 보며 감탄했다. 미리 궁전 내부로 진입했던 마왕들의 병사들은 안개의 효과 덕분에 원거리 피해를 거의 받지 않고 효율적으로 플레이어들을 처리하고 있었고, 무작정 안개

속으로 달려든 근접형 플레이어들도 되려 불한당의 희생양이 되어 한성의 새로운 시체 병사가 되고 있었다.

게다가 반대편에서 급습해 온 바스칼 용병단들마저 플레이어들을 장애물이라 여기고 달려들고 있지 않은가.

결국 앞뒤로 둘러싸인 플레이어들만 계속해서 손해를 볼 수밖에 없는 구도였다.

"페펭. 저기 마법사들이 이동 마법을 시전하려 한다!"

"웃차. 저한테 맡겨주세요!"

"페페펭. 저기 디텍터들부터 처리해. 안개의 효과를 제대로 받으려면 시야부터 우리 것으로 만들어야 해!"

"말 안 해도 알고 있다. 제피르!"

그 와중에 위르겐의 지시도 한껏 빛을 발했다. 지형의 우위를 이용하는 것은 물론 클라우드 토템의 효과를 더욱 이끌어내기 위해 마법사들과 디텍터들부터 가장 먼저 처리하려 든 것이다.

부대를 이끄는 헥토르와 록시가 지시대로 목표를 깔끔히 처리해 주는 것은 당연지사. 마치 물 흐르듯 완벽히 연계되는 바쿤의 전투에 한성은 감탄을 금치 않을 수가 없었다.

[로드멜이 채널 링을 통해 그룹 힐을 시전합니다.]

'범위를 거의 따지지 않고 단체 치유를 하는 저 치료술사도 그렇고. 생각 외로 엄청 잘 싸우잖아. 다른 마왕의 병사들이랑 비교 자체가 불가능한 수준이야.'

물론 그렇다고 해서 다른 마왕의 병사들이 쓸모없는 것은 아니었다. 가우론은 데스웜들과 마계 두더지 병사들을 통해 적들을 교란하고 있었고, 알마인은 방패병 위주의 트롤들과 함께 정문을 사수하고 있었다. 그리고 타그란스는 금속 골렘들과 함께 적들의 방패병을, 루즈는 비행형 병사인 하피들과 함께 궁수와 마법사들에게 피해를 주고 있었다.

다들 각자 역할에 맞춰 제 몫을 해내고 있는 것이다. 거기서 바쿤은 그저 가장 중요한 역할을 맡아 엄청난 실력을 보이고 있을 뿐. 절대 다른 마왕성 병사들이 약한 것은 아니었다.

"뭐, 그래 봤자 거기서 거기지만."

"아까부터 자꾸 혼자 뭐라고 중얼거리는 거야."

"아무것도 아닙니다. 그나저나 루시엔 님은 뭐하고 계십니까?"

안개 속에서 대기하고 있던 루시엔이 불만 가득한 표정으로 고개를 돌렸다.

"몰라도 돼."

"흐음."

어느샌가 사막 위를 향하고 있는 그녀의 시선. 그곳엔 바스칼 용병대장을 상대로 교전을 벌이고 있는 두 명의 플레이어가 있었다.

　아마 디어스 길드가 마왕들을 막는 사이 타이탄 길드가 바스칼 용병단을 상대하고 있는 것일 터. 한성은 이도류를 다루는 유이치와 거대한 창을 휘두르는 아둔을 보며 턱을 매만졌다.

[바스칼 용병대장]
[등급:B(히어로)]
[상태:분노, 광기.]

　'B급 히어로 수준의 대장을 상대로 저 정도까지 버티고 있단 것은 저 두 놈도 B급이란 거겠지. 그리고 이 다크 엘프는 저 둘을 보며 손이 근질근질한 것 같고. 무언가 따로 고용찬에게 지시라도 받은 건가.'

　특히 유이치를 향하는 시선엔 적의가 가득했다. 무언가 사연이 있는 듯했지만 플레이어인 자신에게 이유를 알려줄 리는 만무할 터. 할 수 없이 한성은 시체 조종을 유지한 채 궁전 내부로 들어왔다.

　'마력 원천을 감싸고 있던 마법진은 깔끔히 제거했지만 전 이제 시체를 조종할 정도의 마력밖에 남지 않았습니다. 흑마력은 보통 마력과 달라서 포션으로는 회복하지……'

'알고 있다. 너는 일단 전투가 시작되고 따로 궁전으로 들어와 감옥에 갇힌 마왕을 찾아라.'

'마왕 말입니까?'

'그래. 게펄트란 마왕이 감옥에 갇혀 있다고 하더군. 위치는 지하일 거다.'

마력 원천을 보호하고 있던 마법진을 제거했을 즈음 용찬은 한성에게 이런 지시를 내렸었다. 지하 감옥에 갇힌 게펄트란 마왕을 찾아 구출하는 것. 미리 내부의 수하들을 거의 제거해 두었기 때문에 그리 어려운 점은 없었지만 이번에도 약간의 의문은 남았다.

'나 말고도 다른 흑마법사를 만난 적이 있었던 건가. 따로 설명해 준 적도 없는데 어떻게 흑마력에 대해 그리 잘 알고 있는 거지?'

처음 심장부로 진입했을 때도 감지계를 차단시키는 지하의 마법진을 무시하고 단숨에 마력 원천을 찾아냈지 않던가. 이젠 플레이어 시스템을 다루는 것을 떠나 다방면으로 의심스러운 용찬이었다.

'플레이어 명이 있는 것으로 봐선 완전한 마족은 또 아닌 것 같은데. 하아. 그놈과 한배를 탔다곤 하지만 이리도 아는 게 없어서야…… 응?'

계단을 통해 1층으로 내려가던 도중 헐레벌떡 뛰어가는 수하 한 명이 보였다. 유독 쭉 늘어진 코가 인상적인 장발의 사내. 달려가는 방향으로 볼 때 자신과 동일한 목적지인 지하로 내려가는 듯했다.

잠시 그의 뒤를 가만히 쳐다보던 한성은 조용히 흑마력을 발현하며 입가를 말아 올렸다.

"수고를 덜 수 있겠어."

🐐

'지배자를 죽였더니 이런 표식이 드랍됐었어. 아마 지배자들을 처치해 표식을 얻는 방식인 것 같아. 근데 문제는 이걸 어디에 써먹어야 할지 감이 안 잡힌다는 거야.'

회귀 이전 팔람을 죽인 신흥 강자는 그대로 랭커가 되어 하나의 길드를 이끌었다. 그리고 시간이 흘러 마계와의 전쟁 당시 용찬과 인연이 닿아 자주 이런저런 대화를 나누곤 했다.

그런 대화 도중 주워들었던 것이 바로 지배자의 표식.

그런데 아이템의 설명만 봐도 그가 한 얘기와 사실이 달랐다. 오히려 표식은 지배자를 처리하지 않아도 얻을 수 있고 용도마저 설명창에 얼추 적혀져 있던 것이다.

'그놈한테 속은 건가? 아니, 무언가 이상해. 5년 차에 접어들던 나를 표식으로 속여 얻을 이점은 없을 텐데. 그러면 설마 다른 이유라도 있던 건가.'

무려 50층의 지배자들까지 대부분 직접 처치한 놈이다. 표식을 거의 독점하다시피 소유하고 있었기 때문에 아예 아이템 설명을 숨기고 무언가 비밀을 감추고 있었을 가능성도 컸다.

하지만 그것은 단순히 추론의 단계. 정확히 표식의 용도를 알기 위해선 아이템 설명대로 탑의 감시자를 찾아가 봐야 될 듯했다.

오히려 문제는 눈앞에 털썩 주저앉아 있는 팔람이었다.

"대체 표식을 왜 그렇게 원하는지는 모르겠지만 그렇게 원하던 표식을 건네줬으니 이제 더 이상 나한테 용건은 없는 거잖아. 그렇지?!"

"그렇긴 하지."

"좋아. 그러면 거래는 성립한 거야. 넌 표식을 원했고 난 표식을 건네서 내 목숨을 산 거라고."

"근데 지금 네놈이 착각하고 있는 게 있는데 말이지."

"뭣? 착각?"

곰곰이 생각에 잠겨 있던 용찬의 손끝에서 어둠의 쇠사슬이 날아갔다. 마력이 거의 고갈 직전이던 팔람은 저항할 겨를도 없이 쇠사슬에 속박되었고, 얼마 되지 않아 볼썽사납게 바닥에 쓰러져야만 했다.

"이건 거래가 아니야. 그저 승자의 권리대로 패자의 모든 것을 빼앗는 것일 뿐. 네놈에게 그걸 거부할 권리는 없어."

"아니, 쌍! 원하는 대로 표식도 줬잖아!"

"그냥 여기서 네놈을 처치하고 드랍템까지 가지고 가는 게 나에겐 더 이득인 일이지. 다만, 그렇게 되면 일부 아이템을 얻지 못할 수도 있으니까……."

머리를 밟고 올라선 용찬이 싸늘한 눈빛으로 놈을 내려다 봤다.

"우선 입고 있는 것부터 다 벗어. 그다음 가지고 있는 것도 전부 다 바닥에 내려놓고."

"미, 미친!"

NPC와 몬스터들은 대부분 드랍 아이템이 제한되어 있다. 때문에 모든 아이템을 차지하기 위해선 강제로 가지고 있던 장비들을 뺏는 게 가장 확실한 방법일 터.

그렇게 팔람은 울며 겨자 먹기 식으로 가지고 있던 모든 아이템들을 바닥에 내려놓았고, 마침 지하에서 게펄트를 구출해 온 것인지 한성이 코가 길쭉한 수하와 함께 초췌한 몰골의 사내를 데리고 최상층으로 올라왔다.

"헉. 마왕님에게 이런 취미가 있을 줄이야!"

"헛소리 말고. 데려오라던 마왕은?"

"으음. 이 코쟁이 수하 말로는 이놈이 개펄이라고 하던데 일단 이름이 비슷해서 데려왔습니다."

"끄으으으. 내 이름은 게펄트다."

거의 바닥을 질질 기어 다니던 사내가 충혈된 두 눈으로 나직이 중얼거렸다. 초췌한 몰골 때문에 정확히 얼굴을 분간하기 어려웠지만 언뜻 회귀 이전에 봤던 진한 눈썹이 그대로 남아 있었다.

'꼴을 보아하니 게펄트가 맞는 것 같고, 옆에 있는 수하 놈은 정신계 마법에 당한 건가?'

반쯤 눈이 풀려 헤벌레 거리는 코가 길쭉한 수하 한 명. 게펄트가 수감된 위치를 정확히 파악하기 위해 정신계 마법을 사용해 정보를 얻어낸 듯했다.

이로써 27층에서 원하던 것은 전부 다 얻은 상황. 마지막에 들어서 약간 일이 꼬이긴 했지만 이젠 마무리를 할 시간이었다.

"유한성. 흑마력은?"

"아, 마법 한두 개 정도는 발현할 수 있을 정도로 회복은 했습니다."

"그렇다면 이놈에게 흑마도를 걸어라."

"이거 참. 끝까지 잔혹하시군요."

"그런 것 치곤 매우 즐거워 보이는데 말이지."

대답과 달리 히죽 올라가 있는 양쪽 입꼬리가 돋보였다.

흑마법사로서의 본성은 감출 수 없는 것인지 한성은 금방 뜻을 알아채고 콧노래를 불며 흑마도를 시전했다. 그리고 얼마 되지 않아 두 배로 덩치가 불어나는 팔람의 신형.

모든 능력치가 두 배로 뻥튀기되는 대신 지속적으로 생명력을 소모하는 흑마도의 효과 때문인지 놈은 고통스러워하면서도 강력해진 힘을 이용해 쇠사슬을 풀어내려 했다.

"개같은 새끼들. 내게 이런 힘을 준 것을 후회하게 만들어주마. 모조리 죽여……."

그때, 팔람의 말을 끊고 용찬이 쇠사슬을 잡아당겼다.

"똥개가 할 일은 정해져 있지. 가서 실컷 물어뜯어라."

"미, 미…… 이 개자식들아아아아아-!"

가볍게 힘을 실어 쇠사슬을 던져 버렸을까. 팬티 차림새로 묶여져 있던 팔람이 그대로 전장 한복판까지 멀리 날아갔다. 아무런 장비도 없이 달랑 속옷 하나만을 입은 채로 사막에 내동댕이쳐지는 지배자.

얼마 되지 않아 디어스 길드원들이 놈을 발견했는지 이곳저곳에서 소리를 치기 시작했다.

"지, 지배자가 갑자기 날아왔다!"

"꺄악! 근데 왜 팬티만 입고 나타나는 거야!"

"미친. 저 변태 지배자 놈을 죽여 버려!"

이젠 변태란 오명까지 덮어 씌워진 지배자 팔람. 플레이어들은 그가 거의 맨몸 상태인 것을 확인하고 단숨에 목을 따려 들었다.

하지만 아무리 장비가 없다고 해도 팔람은 27층의 지배자였다. 단지 용찬이 그를 뛰어넘을 정도로 강했을 뿐, 절대 팔람이 약한 것은 아니었다.

"끄흐흐흐. 그래. 원하는 대로 물어뜯고 또 물어뜯어 주마. 반드시 여기서 살아남아 네놈에게로 다시 가고 만다. 기다려라. 마왕 새끼야!"

"커억! 장비도 없는데 뭐 이리 강한 거야!"

"조, 조심해. 흑마법이 걸려 있는 것 같아!"

묵직한 위력이 담긴 주먹이 허공을 가르자 주변 일대가 진동했다. 흑마도의 영향으로 인해 마력도 충분히 회복된 것인지 자신에게로 몰려드는 플레이어들을 학살하기 시작한 팔람이었다.

최상층에서 그 광경을 지켜보고 있던 용찬은 서서히 놈에게서 빠져나가는 생명력을 보며 흡족해했다.

아마 생명력이 전부 고갈되기 직전까진 쉽게 쓰러지지 않을 터.

[플레이어 김민아가 무궁련폭을 시전합니다.]
[지배자 팔람이 라그하임을 시전합니다.]

정사각형 큐브 위로 포탄처럼 투하되는 칠색 기운의 화살들. 마침 거슬리던 B급 랭커인 민아까지 상대해 주고 있었으니 대충 시간은 번 셈이었다. 이제 남은 것은 바스칼 용병단을 상대하고 있는 타이탄 길드뿐.

용병대장을 상대하고 있는 유이치와 아둔의 실력으로 보아 민아와 동일한 B급으로 추정됐다.

'그렇다면 유태현과 다른 동료들도 B급에 올랐다는 얘기겠군.'

때아닌 팔람과 바스칼 용병단의 출현 때문일까. 일부 타이탄 길드원들이 통신 수정구를 통해 누군가에게 새로운 지시를 받는 것이 눈에 들어왔다.

아마 상황을 파악하고 태현이 퇴각 지시를 내리는 것일 터. 갑자기 유이치와 아둔이 용병대장을 놔두고 물러서는 것이 그 증거였다.

용찬은 급히 귀환 주문서를 찢어 주변 대도시로 돌아가는 길드원들을 보며 입가를 말아 올렸다.

"저놈들은 전부 표식이 새겨져 있지 않은 것 같군요."

"그렇겠지."

"그래서 이제 어쩌실 생각이십……. 엇, 마왕님?"

한성이 고개를 돌리던 차, 용찬의 몸이 뇌전으로 물들었다. 그리고 얼마 되지 않아 뇌안을 통해 타이탄 길드원들 쪽으로 이동하는 신형.

마지막으로 이동 주문서를 찢으려 하던 창기사의 눈앞에 마왕이 강림했다.

"어딜 그리 바쁘게 가는 거지?"

"……너는?"

"그때 얻어맞은 얼굴은 좀 괜찮아졌나 모르겠군."

어느새 암살왕의 머플러를 착용한 용찬이 여유를 부리며 물었다.

"아둔 프라이언?"

"네노오오오오옴-!"

아둔이 분노에 집어 삼켜져 달려드는 순간이었다.

태현의 명령은 간단했다. 어떤 수단과 방법을 써서라도 27층의 지배자를 제거하라는 것. 정확한 의도 및 이유는 알 수 없었지만 유이치와 아둔은 지시대로 27층에 진입했고, 얼마 되지 않아 세 가지 소식을 듣게 됐다.

하나는 민아를 중심으로 디어스 길드가 심장부로 진격했다는 것. 또 하나는 물을 공급해 주던 수하들이 하루아침 사이에 감쪽같이 사라졌다는 것. 그리고 마지막은 비를 내리게 만드는 마왕이 대대적으로 플레이어 및 NPC들을 모집한다는 것이었다.

'그렇다면 결국 디어스 길드가 마왕들에게 협력을 요청하겠군요. 약간 공교롭긴 하지만 저희라고 해서 못할 것은 없죠. 저희 타이탄 길드도 마왕들과 협력합니다. 다만, 27층에 있는 마왕들을 확인하는 즉시 제게 먼저 그들의 정보를 알려주시기 바랍니다. 이것은 필수입니다.'

태현은 시시각각 변하는 지배 구역의 상황을 받아들였다. 가장 중요한 목적은 팔람을 처치해 28층으로 향하는 길을 뚫는 것이었기 때문에 마왕들과의 협력도 마다치 않은 것이다.

'그래도 디어스 길드는 좀 그런데. 꼭 걔네들이랑 손을 잡고 심장부를 쓸어버려야 하는 거야?'

'아, 깜빡하고 미처 말씀을 못 드렸네요. 물론 저희가 그들과 협력하는 것은 맞지만 굳이 힘을 보태준답시고 애를 쓸 필요는 없습니다. 적당히 치고 빠지는 느낌으로. 뭐, 대충 그러면 될 것 같습니다.'

'누가 팔람을 죽이든 아무런 상관이 없다 이거구만?'

'예. 저희로선 그저 지배자만 사라지면 만사 오케이니까 말이죠.'

언제든 다른 세력의 배반을 예상에 두고 겉으로나마 협력을 이룬다. 만약 팔람 처치에 실패해도 제때 발만 빼면 전력 방면으로 거의 손해도 없었기 때문에 타이탄 길드로선 아쉬울 게 없었다.

그리고 태현의 예상대로 가장 먼저 마왕들이 플레이어와 NPC들을 배신했다.

불현듯 몰려오는 바스칼 용병단, 궁전을 사수한 채 시체를 조종하는 마왕들, 아무런 장비도 없이 전장 한복판으로 날아와 발악하는 지배자까지.

여기서 더 이상 개입해 봤자 아무런 득 될 게 없는 것이다. 할 수 없이 태현은 퇴각 지시를 내렸고 한창 바스칼 용병단을 상대하고 있던 타이탄 길드원들은 미리 챙겨둔 귀환 주문서를 통해 주변 대도시로 돌아가야만 했다.

한데.

"뭐야. 아둔. 이놈은 왜 안 돌아오는 건데?"

어찌된 것인지 단 한 명이 돌아오지 않고 있었다.

'아둔 프라이언. 회귀 이전 때는 말 한 번 붙이기 어려울 정도로 무뚝뚝한 놈이었지.'

영국 출신의 리오스 진영 랭커 아둔 프라이언. 겉으로 볼 땐 냉철하기 그지없고 소란스러운 것을 싫어하는 무뚝뚝한 성격이지만 속은 다르다. 오히려 그는 지는 것을 무척이나 싫어했고, 항상 승부욕을 불태우며 남에게 도전하는 것을 삶의 목표로 살아왔다.

물론 그런 저돌적인 성격 탓에 마계와의 전쟁 당시 일찍 목숨을 잃긴 했지만 죽기 직전까지도 창을 손에서 놓지 않고 장렬히 전사한 아둔이었다.

"네놈이 제 발로 내 눈앞에 나타날 줄이야. 거울성 때의 그 일은 아직도 잊히지 않는다. 마족!"

"말은 똑바로 해야겠지. 마족이 아니라 마왕이다. 그래서 실력은 좀 갈고닦았나?"

"충분하고도 넘치지. 직접 확인해 봐라."

태현을 따라 진영 근처의 히든 피스들을 대부분 회수한 것일까. 새로운 장비들로 무장한 아둔이 나름 자신감을 표하며 거대한 장창을 앞으로 내세웠다.

[플레이어 아둔 프라이언이 창기사의 돌격을 시전합니다.]

'역시 앞뒤 생각 않고 달려드는 것은 여전하군.'

이미 다른 길드원들은 전부 귀환한 상태임에도 불구하고 한

치의 물러섬도 없었다.

온몸을 감싸는 기력을 중심으로 맹렬히 돌진해 오는 신형. 빨갛게 물든 커다란 장창은 금방이라도 몸을 꿰뚫을 것처럼 매우 위협적이었지만 용찬은 피하지 않았다. 오히려 레벨 5에 근접한 카운터를 시전하며 그대로 놈의 기세를 마주했다.

쿠웅!

강렬한 충격에 온몸이 절로 떨려온다. 아까 전의 태도는 단순히 자만이 아니었던 것인지 눈 깜짝할 사이에 신형이 저만치 뒤로 밀려나 있었다.

'돌진에 특화된 창인가?'

적어도 레어급 수준의 장창. 제대로 반격이 먹혀들지 않은 것으로 보아 방어 무시 효과가 적용되고 있는 듯했다.

"더 이상 그 잘난 반격은 사용하지 못할 거다."

"나름대로 준비를 해왔다 이거군."

"여기서 끝이 아니지. 후웁!"

다시 거리를 좁혀온 놈이 흑색 기력이 뿜어냈다. 한 번 몸을 숙여 좌측 하단으로 창을 내지르더니 이내 궤도를 틀어버리는 현란한 창술. 위력뿐만 아니라 민첩 능력치도 상당히 신경을 쓴 것인지 갈수록 빨라지는 속도를 자연스럽게 소화하고 있었다.

[플레이어 아둔 프라이언이 타란튤라의 창술을 발동합니다.]

어느새 변칙적인 패턴을 구사하며 상단부를 압박해 오는 장창. 전신에서 뿜어져 나오던 흑색 기력이 뒤늦게 타란튤라의 형상을 띄우자 차분히 공방을 이어나가고 있던 용찬의 인상이 굳어졌다.

'설마 타란튤라의 창술을 벌써 터득한 건가? 적어도 1년 뒤에나 얻을 거라 생각했는데.'

생각 외로 그들의 성장력이 남달랐다. 다른 동료들도 이 정도 수준이라면 유이치와 아둔 둘이서 팔람을 처치하는 것도 불가능은 아닐 터.

조금씩 자신의 마력을 빨아들이는 타란튤라의 기력에 용찬은 할 수 없이 뇌안을 시전해 거리를 벌렸다. 그리고 다시금 양손으로 두 정령을 인챈트 시키며 가볍게 마력탄으로 견제를 시작했다.

"쓸데없는 짓을!"

이젠 판금 아머의 효과를 받아 전면 쉴드까지 시전하는 아둔. 단순히 장비의 덕을 보며 싸우는 것이었다면 금방 결판을 내겠지만 최대한의 효율로 한껏 실력을 드러내고 있어 은근 상대하기 까다로워진 상태였다.

[플레이어 아둔 프라이언이 리빌 던을 시전합니다.]

'이젠 리빌 던까지?'

하단에서 상단으로 치고 오른 창격에 풍압이 일었다. 얼마 되지 않아 사막을 가르고 검기처럼 날아드는 반달 형태의 기력. 위력으로 치면 거의 일점 격발의 두 배인 리빌 던에 다간의 정밀한 흉갑이 급히 반응해 왔다.

[다간의 정밀한 흉갑의 스톤 아머 스킬이 발동됩니다.]
[일시적으로 석화 상태에 걸립니다.]

콰아아앙!

아찔한 순간 굳어지는 신형. 얼마나 위력이 엄청났던 것인지 주변 일대 플레이어들과 NPC들의 시선이 한데 모일 정도였다. 그나마 다행이라면 디어스 길드가 한창 팔람에게 정신이 팔려 있단 것.

그사이 아둔은 다시금 선수를 칠 속셈이었는지 스톤 아머의 효과가 풀리자마자 재빨리 좌하단으로 파고들었다.

까앙!

찌른다.

깡!

그저 찌르고 찌를 뿐이었다. 마치 무아지경에 돌입한 것처럼 아둔은 쉴 새 없이 창을 내질렀다. 그리고 조그마한 빈틈도 놓치지 않겠다는 듯 눈에 불을 밝히며 이리저리 좌우를 공략했다.

'역시 창기사 플레이어 중에서 이놈만 한 인재는 없어. 이대로 가만히 놔두면 언제고 내 앞을 가로막을 정도로 실력을 쌓겠지.'

이미 놈을 통해 태현과 그 동료들의 수준을 대략적으로 파악한 상태다. 판단을 마친 용찬은 무릎을 치켜 올려 창날을 팅겨냈다.

"크윽?"

"우선 거슬리는 기력부터."

놈이 균형을 되찾던 차, 거친 손길에 타란튤라의 형상이 붙잡혀 왔다.

[데스 그랩 스킬을 터득했습니다.]

나름 지루한 공방전의 보상인 것일까. 최근 들어 뜸하던 NPC 고유 시스템이 발동되더니 이내 새로운 스킬이 생겨났다.

하지만 용찬은 시스템 메시지를 신경 쓰지 않고 백호신권에 붙잡혀 온 흑색 기력부터 단숨에 찢어버렸다.

"두 번째로 돌진력을 부여하는 어마어마한 기동력."

찌저저적!

아둔의 탄탄하던 양다리가 얼어붙기 시작한다. 반사 신경을
통해 일찌감치 뒤로 물러나긴 했지만 발목 부분은 완전히 얼
어붙어 둔화 효과가 적용됐다.

"세 번째로 출중한 방어력을 자랑하는 판금 아머."

이번에는 왼손에서부터 포악한 성질을 띤 어둠 속성력이 튀
어 나왔다. 인챈트가 된 상태로 체서의 고유 스킬인 기체화가
적용되자 연기처럼 피어오른 어둠이 은색 판금 갑옷에 달라붙
었다.

[길시언의 풀 플레이트 아머의 내구도가 하락합니다.]
[길시언의 풀 플레이트 아머의 내구도가 하락합니다.]
[길시언의 풀 플레이트 아머의 내구도가 …….]

어떤 레어급 이상의 장비라고 한들 내구도는 무한이 아닐
터. 어둠 속성력은 그런 점을 노려 풀 플레이트 아머의 내구도
를 야금야금 갉아먹었다.

"마지막으로……."

"입 다물어!"

패색이 짙다는 것을 직감한 것인지 둔화 효과가 걸린 두 발
로 과감히 전진해 온다. 한 때 창기사로서 하이 랭커에 도달했

던 남자. 그리고 타이란트 길드의 부 마스터로서 A급에 도달했던 플레이어. 마침내 그를 정상으로 이끌었던 주력기 심판의 창이 대지에 내리꽂혔다.

"여기서 기필코 네놈을 죽여 증명하겠다."

"……."

"오늘 나는 한 단계를 뛰어넘는다!"

사방으로 비산하는 모래 먼지 속에서 붉은 안광이 빛을 발한다.

'이게 내 운명이라면 달게 받아들이지. 최소한 타이란트 길드에 들어와 후회는 없었다.'

거대한 창날들을 비집고 주먹을 내뻗자 또 다른 아둔이 용찬을 맞이했다. 모두가 후퇴한 와중에도 홀로 전장을 누비고 다니던 고독한 창기사.

하지만 지금 그는 여기에 없었다. 그저 분노에 집어 삼켜져 무작정 달려들고 있는 창기사가 눈앞에 보일 뿐. 그때의 아둔은 더 이상 하멜에 존재하지 않았다.

"마지막으로 자기 주제도 모르고 덤벼든 네놈."

"죽……."

타앙!

총성과 함께 휘청거리는 신형. 금속으로 제작된 투구가 종이처럼 구겨졌음에도 이글거리는 두 눈빛은 꺼지지 않았다.

타앙!

하지만 그런 강인한 의지도 일점 격발 앞에서 점점 싸늘히 식어갔다. 한 번, 두 번. 그리고 세 번째를 넘어 다섯 번째.

이젠 자리에 제대로 서 있기조차 힘들 텐데도 놈은 꿋꿋이 버텨냈다.

"끄아아…… 쓰러질…… 쓰러질 수 없어. 나는……."

"이만 쓰러져라. 아둔 프라이언."

"나, 나는……."

털썩!

전장을 찾아 유랑하던 하늘의 별이 떨어진다. 이로써 질기고 질긴 악연의 고리 중 하나를 끊어버린 셈이다.

"끄르르륵. 대체 나에게 무슨 짓거리를 해둔……. 크아아아!"

마침 흑마도의 부작용으로 인해 팔람의 신형도 한껏 부풀어오르고 있었다. 생명력이 한계에 달한 와중에 플레이어들에게 집중적인 공격까지 받았으니 몸 내부는 거의 붕괴 직전일 터.

[지배자 팔람이 소멸했습니다.]
[팔람의 표식이 사라집니다.]
[새로운 클리어 조건이 갱신됩니다.]
[바스칼 용병단의 우호도가 급격히 상승합니다.]

결국 지배자는 육신의 한계를 버티지 못한 채 소멸하고야 말았다. 그렇게 27층에 온 목적은 전부 달성한 셈이었지만 아직 디어스 길드가 온전히 남아 있었다.

이번 지배 구역에서 가장 중요한 역할을 맡았던 민아 또한 갑자기 울려 퍼진 총성에 반응한 것인지 이리저리 주위를 둘러보는 상황.

할 수 없이 용찬은 마왕들과 병사들을 먼저 철수시킨 뒤 바닥에 쓰러진 아둔을 내려다봤다.

'기대해라. 유태현. 이것은 단순히 시작에 불과하니까.'

◀ 57장 ▶
배신자

-27층 클리어 조건이 다른 것으로 바뀌었습니다. 대충 바스칼 용병단의 의뢰를 수행하는 것 같은데 갑자기 확 태도가 바뀌어 버리니 약간 적응이 안 된달까. 아무튼 김민아도 수긍은 하는 것 같은데 마왕들이 배신한 것도 그렇고 뒤늦게 들려온 총성 때문인지 혼란스러워하는 것 같기도 합니다만······.

"더 할 말이 남았나?"

-아뇨. 아무것도 아닙니다.

리우청은 보기보다 눈치가 빨랐다. 어떻게 마왕들과 함께 행동하고 있었는지 물어보고 싶었겠지만 자신의 처지를 생각해 끝내 참은 듯했다. 회귀 이전에는 단 한 번도 들어보지 못한 인물이었지만 이전 생에서도 눈치껏 생존해 갔으리라.

'그가 이전 생과 다른 삶을 살게 된 이유 중 하나가 내 영향 때문일지도 모르지.'

많은 것이 태현과 용찬을 중심으로 바뀌어가고 있었다. 휴먼 메트로 때만 해도 오히려 레드 클리프 일당이 죽고 차혜림이 살아남았지 않던가.

이번 27층만 해도 차후에 어떤 변화를 가져올지 지금 당장은 알 수 없는 일이었다.

'팔람이 일찍 죽어버렸으니 그놈도 자연스레 상층으로 합류하겠군.'

문득 이전 생에서 팔람을 죽였던 플레이어가 떠올렸다. 지배자의 표식에 대한 거짓 정보를 발설하기도 했던 장본인.

과연 그가 어떤 의도로 그런 거짓말을 했는지 지금부터 알아봐야 했다.

"허허. 이것은 지배자의 표식이 아니던가. 몇 달 전까지만 해도 그저 신입으로 보였는데 용케도 지배자를 처치했군."

처음 만났을 때만 해도 침침한 두 눈을 비비며 피곤한 얼굴로 용찬을 맞이했던 델 마구스.

하지만 지금은 두 눈을 크게 뜬 채 용찬이 가져온 지배자의 표식을 살피고 있었다.

"처치한 게 아니라 놈한테 직접 받아낸 거다."

"뭐, 얻었으니 된 거 아닌가."

"……아이템 설명대로 탑의 감시자인 네놈에게 가지고 왔다. 그래서 표식을 모아서 건네면 어떤 보상이 주어지는 거지?"

"흐음. 진정 아무것도 모르는 눈치로군. 간단히 말해서 권리 일세."

"권리?"

갑자기 뜬구름 잡는 듯한 소리다. 용찬이 뜻을 이해하지 못해 인상을 구기고 있자 델이 실실 웃으며 표식을 돌려주었다. 그리고 자리에서 일어나더니 이내 층수별로 표시한 탑의 현황을 지도로 구현했다.

"자, 여기를 보면 알겠지만 자네가 다녀온 27층은 이렇게 지배자가 사라졌다네. 지금은 지배자가 없는 자유로운 층수가 된 거지. 뭐, 그렇다고 해도 클리어 조건이 있는 것은 동일하지만."

"요점만 말해."

"허허, 그러니까 지배자가 사라진 빈자리를 자네가 가질 수도 있단 것일세. 바로 이 표식을 모아서 말이지."

전혀 예상치 못한 보상에 용찬의 두 눈이 휘둥그레지고 있었다.

한편 용찬의 제의를 받아 바쿤에 들어오게 된 다페스는 심정이 복잡했다.

'아니, 뭐 이런 마왕성이 다 있어?'

분명 한창 주가를 올리고 있는 바쿤이었다. 샤들리와의 가문전을 통해 명성을 널리 알리기도 했고, 망나니란 오명을 벗고 서열 40위까지 올라오기도 했으니 그것은 분명했다.

한데, 대체 눈앞의 풍경은 무엇이란 말인가. 다페스는 영역에 자리 잡은 꽃밭을 보며 한참이나 멍을 때렸다.

"망령 아저씨. 아직 저쪽에 물을 안 줬잖아요."

-끄응. 소환 지속 시간도 얼마 되지 않는데 너무 재촉하는 거 아니…… 으아아악!

"그러니까 얼른 되돌아가기 전에 물을 줘야죠! 앗, 네펜아. 그거 먹는 거 아냐!"

물뿌리개를 쥐고 있던 망령이 네펜데스의 입안으로 사라진다. 다행히 로브를 뒤집어쓰고 있던 소녀의 지시에 금방 망령을 내려놓았지만 커다란 입안에선 아직도 위액이 질질 흐르고 있었다.

만약 망령이 아닌 인간이었더라면 산성이 담긴 위액에 온몸이 녹아 버렸을 터.

다페스 곁에 있던 정보원들은 포악한 네펜데스의 성질에 온몸을 부르르 떨며 뒤로 물러났다.

"마스터. 저희가 마왕성을 잘못 찾아온 것 같습니다."

"네펜데스뿐만 아닙니다. 저 꽃들 전부 다 저주 들린 식물들이라구요!"

"세상에 맙소사. 이런 악독한 정원이 있었다니! 역시 헨드릭 프로이스야."

순수한 얼굴로 저주 들린 식물을 재배하는 소녀 정원사. 그리고 그런 정원사를 도와 물을 주고 있는 망령까지.

더 페이서 상단원들은 네펜데스가 무섭지도 않은 것인지 무덤덤하게 식물들을 수확하고 있었다.

가만히 그 광경을 쳐다보고 있던 다페스는 식은땀을 뻘뻘 흘리며 마왕성으로 돌아왔다.

"정원은 잘 둘러보고 오셨습니까?"

언제부터 지켜보고 있던 것인지 로버트가 환한 미소를 지으며 계단에서 내려왔다. 일찍이 바쿤에 자리 잡고 있던 그로선 이런 광경들이 익숙하기 그지없을 터. 하지만 바쿤에 온 지 얼마 되지 않은 다페스에게는 황당 그 자체였다.

"대, 대체 무엇을 가꾸고 계신 겁니까?"

"아, 보신 대로 저주 들린 식물들입니다. 마법사들과 일부 마족들 사이에서 꽤나 값어치 있게 팔려 나가는 중이죠."

"네펜데스 말입니다! 네펜데스!"

"아아, 너무 크게 걱정하실 것 없으십니다. 아이리스 님이 계신 이상 네펜데스가 저희를 건드릴 일은 절대 없을 겁니다. 그나저나 다페스 님의 정보 단체를 위해 상단처럼 아예 건물을 하나 지으려고 하는데……."

도통 말이 통하지 않는다. 그것을 직감한 다페스는 이마를 짚으며 고개를 돌렸다.

그 순간, 1층에 있던 게이트 속에서 다크 엘프로 추정되는 소녀들이 헥토르를 따라 총총 걸어 나오고 있었다.

"오빠. 여기가 마왕성이야?"

"그냥 마왕성이 아니야. 마왕성 바쿤이라고! 다들 날 따라와. 내가 구경시켜 줄게."

"루시엔 언니는 어디 있는데?"

"연무장에 있을 거야. 지금은 훈련 중일 테니 방해하면 안 돼."

"치. 알았어."

이젠 이종족들까지 자유롭게 드나드는 바쿤. 설마설마했지만 이 정도일 줄은 몰랐던 다페스는 넋이 나간 얼굴로 마왕성 내부를 구경하고 다니는 다크 엘프들을 쳐다봤다.

하지만 그것도 잠시.

"인정할 수 없군요. 예술성이 없는 장비라니. 전 이런 장비는 도저히 제작할 수 없습니다."

"무슨 소리야. 장비는 효과만 좋으면 장땡이라고! 매일 천, 가죽만 만지고 다니는 주제에 제작에 대해 무엇을 안다고 그런 소리를 지껄여!"

"잭 펠터님. 방금 뭐라고 하셨습니까?!"

이번에는 지하 1층에서 올라오던 대장장이와 재봉사가 서로 의견 충돌을 일으켰다. 분명 유능한 기술력으로 인정받던 프로이스 가문의 잭과 월트릿 아니던가. 얼마 전까지 잠잠하던 둘이 말다툼을 일으키자 원래 소란스럽던 1층이 더욱 시끌벅적해졌다.

'여기가 정말 로저스 샤들리를 이겼던 바쿤이 맞긴 한 거야?'

내심 용찬에게 제의를 받던 당시 한창 발전하는 바쿤에 대한 기대를 품었던 다페스의 환상이 와르르 무너져 내렸다. 이미 로버트의 세세한 설명은 귀에 들려오지도 않는 상황.

그런 와중에 광산으로 이어지는 게이트 속에서 제피르와 고블린 두 마리가 광석들을 쥔 채 슬금슬금 걸어 나왔다.

"페펭. 챙길 건 다 챙겼겠지?"

"키에에엑. 이제 저희는 부자입니다."

"좋아. 약속했던 장소로 가자. 펭."

손에 들린 철광석들이 유난히 반짝거렸다.

어찌 저리도 사악한 미소를 지을 수 있는 것일까. 진정 도둑질이라도 하는 듯 그들은 철광석을 품속에 숨긴 채 조용히 2층으로 올라가려 했다.

다만, 안타깝게도 그들을 이전부터 감시하고 있던 마족이 한 명 있었다.

"그리도 말했는데 정녕 알아듣지를 못하는군. 분명 철광석을 빼돌리지 말라고 몇 번이나 경고했을 텐데?"

"페페펭. 모두 도망쳐라! 괴력 마법사다!"

"누, 누가 괴력 마법사라는 거냐!"

얼굴이 잔뜩 붉어진 록시가 모래바람을 일으키며 성질을 냈다. 그러자 손에 들고 있던 철광석도 모두 던져 버리고 후다닥 달아나는 일당들.

결국은 그녀의 손에 붙잡혀 울상을 짓고 있는 위르겐, 칸, 켄이었지만 얼마 전까지만 해도 하이델 가문의 일원이었던 록시가 직접 도둑(?)들을 붙잡는 광경은 매우 생소했다.

"……."

"다페스 님. 제 말씀을 듣고 계신 겁니까?"

얼마나 충격을 받았던 것일까. 순간 눈앞에 있던 로버트의 존재를 감쪽같이 잊고 있었다.

다페스는 뒤늦게 정신을 차리며 고개를 돌렸다.

"죄송한 말씀이지만 아무래도 제가 마왕성을 잘못 찾아온 것 같습니다."

"아하하하. 무슨 그런 섭섭한 말씀을. 어차피 계약직 아니십니까."

"으음."

분명 제의 내용에 완벽한 소속은 언급된 적이 없었다. 하지만 이미 결심이 선 다페스는 그를 돌려보낸 뒤 즉시 짐을 싸서 돌아갈 예정을 세웠다.

그 순간, 로버트가 익숙한 계약서를 앞으로 내밀었다.

'뭐, 계약금을 준다고 해봐야 얼마 되겠…… 컥?!'

계약서에 작성된 금액에 다페스의 두 눈이 휘둥그레졌다. 그런 표정 변화를 빠르게 확인한 로버트는 암울한 표정을 지으며 한숨을 내쉬었다.

"정 마음에 안 드신다면 어쩔 수 없……."

덥석!

어느새 로버트의 손을 잡고 눈을 반짝이는 다페스.

"아니, 제가 언제 그런 말을 했습니까? 맡겨만 주십시오. 로버트 님!"

골드 앞에서 노예를 자처하는 순간이었다.

[팔람이 숨겨두고 있던 골드 상자를 획득합니다.]

[그란디올의 너클(유니크)]

[유혈의 팔찌(레어)]

[사이간의 전신 경갑 세트(레어)]

바쿤 최상층으로 돌아와 얻은 것들을 정리한 결과는 이러했다. 우선 팔람이 착용하고 있던 장비 세 종류와 그동안 플레이어들을 협박해 모아오던 골드가 있었는데, 안타깝게도 골드 상자에 쌓인 골드는 그렇게 많지 않았다.

정확히 추려 봐도 2천만 골드가량.

바쿤의 재정을 생각해 본다면 그리 적은 돈은 아니었지만 용찬은 만족하지 못했다.

'한동안 플레이어들의 돈을 빨아들인 거면 이것보다 더 많을 텐데 대체 나머지 골드는 어디로 빼돌린 거지?'

뒤늦게 아쉬움이 밀려온다. 골드 상자의 골드가 이 정도인 것을 알았더라면 진작 한성의 정신계 기술을 통해 정보들을 빼냈을 것이다.

할 수 없이 용찬은 골드를 그레고리와 로버트에게 맡겨두고 나머지 장비부터 확인했다.

[그란디올의 너클]

[등급:유니크]

[옵션:마력 능력치 2 상승, 마력 회복량 소폭 상승, 공격 시 일정 확률로 차밍 게이지 상승, 차밍 게이지를 한 칸 사용 할 때마다 다음 시전되는 스킬의 레벨이 일시적으로 2 상승.]

[설명:지배자 그란디올이 제작한 너클이다. 특별히 마력을 다루는 팔람을 위해 푸른 운석 조각을 통해 제작한 장비로서 평소엔 무게가 가볍지만 타격 시 자동으로 무게가 증가한다.]

'효과는 상당히 쓸 만해. 일단 이 너클은 부 무기로 놔둬야겠어.'

지금 주 무기는 파이오니악이다. 전투 도중 두 가지 무기를 적절히 바꾸면서 싸운다면 큰 효율을 발휘할 수도 있을 것이다.

그렇게 판단한 용찬은 다른 두 개의 장비도 마저 살폈지만 안타깝게도 사이간의 전신 경갑 세트는 현재 착용하고 있는 장비에 비해 효율이 무척 떨어졌다.

'이건 병사들에게 나눠주거나 혹은 상단을 통해 팔아 버리면 될 것 같고. 그러면 남은 것은 이 팔찌인가.'

마지막 남은 유혈의 팔찌. 이름대로 흡혈 관련 효과를 가지고 있는 이 팔찌는 착용자의 흡혈 욕구를 증가시키고 추가로 블러드 나이츠란 스킬을 부여해 주었다.

'팔람이 직접 착용하고 있던 것은 팔찌는 아니었지. 그렇다면 다른 누군가에게 뺏었다는 건데 대충 게펄트인가. 쯧. 지배자가 뭐 이리 가지고 있는 게 없는 건지.'

골드를 모을 시간은 있어도 장비엔 크게 관심이 없었던 모양이다. 다소 불만스러워하던 용찬은 팔찌의 주인을 헥토르로 추려놓고 구매해 두었던 스킬 부여권과 특성 부여권을 꺼내 들었다.

'궁전에서 유한성의 활약이 꽤 컸었지. 일단 특성은 한성에게 부여하기로 하고. 남은 스킬은 헥토르에게 부여해 볼까.'

매번 동일한 병사들에게 투자하는 것은 효율이 좋지 못했다. 판단을 마친 용찬은 즉시 스킬 부여권과 특성 부여권을 찢었다.

[스킬 부여권을 사용했습니다.]
[헥토르에게 스나이핑 스킬이 부여됩니다.]

[특성 부여권을 사용했습니다.]
[유한성에게 흑련 특성이 부여됩니다.]

'이번에는 그래도 제대로 된 스킬과 특성이 나와주는군.'

스나이핑은 궁수의 주류 스킬로서 기력과 마력을 절반 소모하는 대신 일격을 담은 정밀한 원거리 사격을 가능케 하고, 흑련은 시체들에게서 피어나는 검은 꽃을 회수해 흑마력을 회복하는 특성이었다.

나름 만족스러운 결과에 용찬은 흡족해하며 전투로 얻은 성과를 마저 확인했다.

[루시엔이 섬무 스킬을 습득합니다.]

'음? 루시엔은 분명 유치이와 아둔 때문에 겉으로 모습을 드러낸 적이 없을 텐데.'

섬무는 유이치가 주로 사용하는 기술 중 하나였다. 그렇다면 루시엔이 전투를 관전하며 홀로 스킬을 터득했다는 의미일 터. 괜히 마왕성으로 돌아오자마자 연무장에 간 게 아닌 듯했다.

점점 라이벌로 여기는 유이치를 통해 성장하고 있는 루시엔. 다른 병사들도 꽤 스킬의 숙련도를 상승시킨 것 같았지만 그녀만 한 성과는 거의 없었다.

'직접 전투를 치르지도 않았는데 다른 병사들보다 성과가 높다니. 참으로 아이러니 하군.'

아무튼 좋은 현상인 것은 분명했다.

이제 남은 것은 지배자의 표식뿐. 하지만 고대신을 불러내기 위해선 세 개 이상의 표식이 필요하다고 베로니카가 말했었다. 게다가 이번에 확인한 탑의 감시자의 보상 또한 무척이나 애매했다.

'지배자의 표식을 다섯 개 이상 모아오게. 그러면 자네에게 지배자의 권리를 주겠네. 단, 관리할 수 있는 층수는 반드시 지배자가 사라진 빈 층수란 것을 명심하게.'

혹여 거짓 정보를 풀었던 놈은 더 높은 상층을 지배하기 위해 계속 지배자의 표식을 모아오던 게 아닐까. 문득 그런 생각이 들 정도로 표식에 대한 보상은 엄청 달콤했다.

일단 용찬의 입장에선 고대신을 불러내기 위해서라도 더더욱 지배자를 제거해야 할 터. 하지만 그전에 앞서 할 일들이 꽤 많이 쌓여 있었다. 그리고 그 일들을 처리하기 위해선 미처 잊고 있던 숙제부터 먼저 해결해야 할 것이다.

"그레고리. 다페스와의 계약은 어떻게 됐지?"

-예. 로버트가 직접 계약서를 건네 사인을 받아낸 듯합니다.

"잘됐군."

-예?

손에 쥐고 있던 통신 수정구 속으로 되묻는 그레고리의 목소리가 들려왔지만 용찬은 대답하지 않았다. 그저 시스템의 화면 속으로 비치는 다페스를 보며 입가를 말아 올릴 뿐.

'어디 한 번 마계 정보 길드의 실력을 좀 볼까.'

본격적으로 노예를 굴릴 시간이었다.

미첼의 수도 헤임달의 대표적인 건물은 프로이스 가문의 저택으로 꼽힌다. 드워프들의 기술력으로 탄생한 15층 저택은 겉에서부터 우아한 자태를 뽐냈고, 외부 정원도 몹시 넓어 거의 숲을 방불케 했다.

대부분의 하위 신분 마족들은 그런 저택에 들어가고 싶어 했고 또 그 일을 무척 영광스럽게 여겼다. 특히나 샤틀리 가문과의 가문전으로 인해 현 마계의 최고 가문은 고민할 것도 없이 프로이스 가문이라고 한목소리로 외치는 상황. 비록 헨드릭의 활약을 폄훼하는 자들도 다소 존재했지만 가문의 위상 자체는 이전보다 더욱 올라갔다.

때문에 바쿤과 병사들을 제외한 가문의 일원들도 더더욱 마족들의 관심 및 시선들을 한껏 받고 있었는데, 특히나 그중에서도 최근 관심사로 크게 떠오르고 있는 자들이 바로 가문의 원로들이었다.

무장 기사 굴쉬, 독마 마델, 섬광의 마도사 포비온, 정신 추적자 나이언.

현역 시절부터 명성이 자자했던 그들은 세월이 흘렀음에도 불구하고 강대한 마력을 지녀 여러 마족들에게 칭송을 받았다. 한데, 며칠 전부터 그들의 행방 및 정보들을 파악하는 일당이 생겨났다.

"이거 잘못 하다가 걸리면 우리 다 비명횡사하는 거 아닐까요?"

"걱정 마. 원로들 근처 범위로 접근만 하지 않으면 들킬 일은 없어. 게다가 우린 오히려 당당하다고. 바쿤의 일원으로 헤임달에 방문한 상태니까 신분상으로는 문제없어. 다만, 최대한 은밀히 움직이면서 헤임달에서부터 정보들을 끌어모아야겠지."

"그래도 무려 A급이라고 알려진 원로들인데……."

정보원, 아니, 바쿤의 정보 요원으로 재탄생한 가빈이 울먹이며 말했다. 그러자 곁에서 감지계 기술을 시전하고 있던 다페스가 그의 뒤통수를 치며 버럭 화를 냈다.

"새끼가. 무작정 겁부터 먹고 있어. 걱정하지 말라고 했잖아. 지금은 헨드릭 그 자식도 자주 저택을 드나들고 있고 근방 마족들부터 조사하면 들킬 일도 없는데 울긴 왜 울어. 네가 애냐? 내가 그렇게 가르쳤어?"

"아, 머리는 왜 쳐요. 머리는."

"맞을 짓을 하지 말던가. 크흠, 아무튼 계약금만 해도 어마어마한데 여기까지 와서 포기할쏘냐. 너도 네 몫 챙기고 싶으면 후딱 증인들 살펴보고 와!"

"히잉. 맨날 나만 그래!"

"허, 저 녀석 보게. 하이고. 지랄을 한다. 지랄을 해."

눈물을 훔치며 달려가는 꼴이 마냥 한심하기 짝에 없었다.

물론 이해가 안 되는 것은 아니다. 애초에 다페스도 원로들에 대한 감시 및 정보 파악 의뢰를 받았을 때 내심 심장이 벌렁벌렁거렸으니까.

실제로 패기롭게 원로들에게 덤벼들었다가 비명횡사한 마족들도 수십 명은 더 됐다.

'헨드릭의 휘하에 있다고 해도 원로들에게 걸리면 어떤 결말을 맞을지는 뻔할 뻔 자겠지. 하지만 계약금이 계약금인 만큼 완벽히 해낸다.'

우선 근방 마족들을 통해 정보를 수집. 그리고 원로들의 동태를 멀리서 감시하며 저택 내부에서 마저 정보를 수집. 혹여 발각 될 시 책임을 지기 위해 자결.

무척 짧고도 간단한 일이지만 그들에겐 목숨이 달려 있었다. 아마 헨드릭 딴엔 자신들을 시험해 보는 느낌도 없지 않아 있을 터.

하지만 변방에 박혀 있던 소규모 지부라고 해서 절대 실력이 낮은 것은 아니었다.

'바쿤의 정보 단체 테오스라고 했었지. 좋아. 테오스의 이름을 달고 확실한 일 처리를 보여주도록 하지!'

벌써부터 두 눈에 의지가 불타오르고 있었다.

🐐

'녹색 매 가면을 쓴 마족. 기억 속에서 놈은 가주의 복부에 대거를 찌르기도 했었지. 그 대거가 어떤 효과를 가지고 있는

지는 몰라도 펠드릭은 그 대거 때문에 기세가 몹시 약해졌을 거야. 실제로 놈이 그렇게 말하기도 했었으니까.'

약간은 소름 돋는 말이기도 했다. 정녕 그 기억이 맞다면 이전 생에서 홍염의 패자는 힘이 약화된 채 하이 랭커들을 그렇게 학살했다는 뜻이 된다.

'가끔씩 불을 제대로 제어하지 못하는 것 같기도 했는데……. 일단 좀 더 두고 봐야 하겠지.'

어렴풋이 그가 전투 도중 머뭇거리던 모습이 떠올랐지만 아직 확신은 섣불렀다. 지금은 오직 샤들리 가문의 협력자를 찾기 위해 저택과 마왕성을 이리저리 오가고 있는 상황.

일단은 당장 눈앞에 놓인 목표부터 집중해야 할 것이다.

그렇게 판단한 용찬이었지만 금방 앞으로 다가온 여인의 모습에 인상이 구겨졌다.

"왜 그런 눈으로 보시는 거죠. 제가 저택에 머무르고 있다는 사실은 일찍이 알고 계셨을 텐데요?"

"그냥 보기만 해도 불쾌하군."

"그것은 저도 마찬가지거든요. 누군 짜증이 안 나는 줄 아나. 최근에 당신 때문에 다른 제단을 찾는 것도 힘들어 죽겠다구요. 알기나 해요?"

고대신을 불러내기 위한 재료는 지배자의 표식으로 충분했지만 베헬름의 사원에 있던 제단은 이미 사용된 이후라 재사용이 불가능했다.

때문에 그녀, 아니, 베로니카도 다른 제단을 찾아놓기 위해 대륙 곳곳을 뒤지고 있는 상태였다. 하지만 그런 것을 떠나서 그녀의 성격은 도저히 적응되지 않았다.

'예언의 마녀가 이런 성격을 가지고 있었을 줄이야. 역시 사람은 겉만 보고 판단하면 안 되는 건가.'

과연 수백 년을 산 조율자를 사람이라고 표현할 수 있을지도 의문이다. 용찬은 굳이 베로니카와 할 말이 없었기 때문에 무심한 눈길로 금방 등을 돌렸다.

그 순간, 그녀가 묘한 눈빛으로 뜬금없이 경고를 해왔다.

"부디 조심하시길. 정령과 계약해 영혼의 결합은 늦춰졌지만 조짐이 좋지 않네요. 얼마 되지 않아 특이한 현상이 벌어질지도⋯⋯."

특이한 현상?

이미 동기화율로 인해 헨드릭의 숨겨진 기억이 엿보이고 있었다. 용찬은 가볍게 실소를 던지며 그 경고를 무시했다. 그리고 기존의 일정대로 원로들을 차례대로 만나며 그들과 얘기를 나누었다.

가장 먼저 무장 기사 굴쉬.

"가문전은 무척 인상적이었다. 끄응. 뭐, 굳이 더 말해줄 것도 없는 것 같구나. 에잉! 나이가 들면 이래서 서럽다는 거지. 아까 전까지만 해도 할 말들이 무척 많았었는데 벌써 까먹어 버리다니. 역시 세월은 못 속이는 건가."

켄드릭 프로이스의 휘하에서 기사단을 이끌던 그는 굽어진 등을 두들기며 별말 없이 대화를 끝냈다.

두 번째로 독마 마델.

"역시 너에겐 어마어마한 잠재력이 있었어. 무척 기쁘구나. 이토록 잘 성장해 주었다니. 하늘에 있는 네 어미도 무척 기뻐하고 있을 게다."

켄드릭 프로이스의 휘하에서 암살대를 이끌던 그는 첫 만남 때부터 보였던 인자한 미소로 진심을 담아 용찬을 칭찬했다. 물론 도중에 오르비안을 언급해 몸이 움찔거리긴 했지만 그것은 영혼의 영향일 뿐, 용찬의 반응이 아니었다.

세 번째로 섬광의 마도사 포비온.

"끄응. 펠드릭. 그놈은 예전부터 자신의 감정을 주체하지 못해 가끔씩 옷을 태워 먹곤 했었지. 그 탓에 윌트릿이 항상 고생했었지만 지금은 뭐 바쿤의 전속 재봉사가 되었다고 하니 괜찮을 테지. 아무튼 놈은 평소에도 권능을 제어할 줄 알아야 해. 싸울 때만 그렇게 침착하면 뭐 해. 쯧. 글러 먹은 놈 같으니라고."

켄드릭 프로이스의 휘하에서 마병단을 이끌던 그는 시시콜콜한 과거 얘기를 꺼내며 한숨을 푹푹 내쉬었다. 용찬으로선 우연히 펠드릭의 약점을 알게 된 격이었지만 헨드릭이 된 지금은 그다지 쓸모가 없었다.

네 번째로 정신 추적자 나이언.

"......"

켄드릭 프로이스의 휘하에서 추적대를 이끌던 그는 사뭇 달라진 눈빛으로 용찬을 대했다. 그리고 얼마 되지 않아 긴 상체를 굽히며 깍지를 끼고 말했다.

"그래. 헨드릭. 네가 달라진 것은 알겠다. 마음가짐 자체가 달라진 것도 인정하마. 한데, 지금 무슨 술수를 꾸미는 것이냐."

"술수라니. 갑자기 무슨 말씀을 하시는 건지 모르겠군요."

"다른 원로들은 몰라도 정신계 마법을 익힌 내 앞에서까지 숨길 생각은 하지 말거라. 현재 헤임달에서 돌아다니고 있는 네놈의 병사들. 그놈들이 원로들에 대해 조사를 하고 있다는 것을 모를 줄 알았더냐."

감지계, 추적계 기술은 피해도 정신계 기술까진 피하지 못하는 것일까. 정보 수집에 능숙한 정보 길드원들이었지만 그들도 모르는 사이에 나이언에게 속내를 간파당한 듯했다.

하지만 여기까진 어느 정도 예상하던 바다. 애초에 A급의 괴물들을 감시한다는 것 자체가 거의 불가능에 가까웠으니까. 오히려 지금은 의외로 뛰어난 다페스의 실력에 놀라울 따름이었다.

'그래도 다른 원로들에겐 걸리지 않았다 이건가.'

바쿤의 소속으로 헤임달에 들어왔을 때부터 진작 의심은 받고 있었을 것이다. 하지만 발각된 것과 의심하는 것은 완전히 다른 경우였다.

게다가 정체를 간파한 원로가 다행히 나이언이라는 것. 파이멀린 가문에서 픽스의 정신 문제를 해결한 이후 그가 던졌던 질문은 아직도 뇌리에 박혀 있었다.

"잠깐. 이건 내 개인적인 궁금증이다만. 네놈의 최종 목표가 무엇이더냐."

"군림."

"군림이라고?"

"마계에 군림해 모든 마족들을 무릎 꿇리는 것. 오직 그것뿐입니다."

너무 가볍게 대답하긴 했었지만 그때 당시 심하게 흔들리던 나이언의 눈빛은 결코 잊혀지지 않았다. 때문에 용찬은 두 가지 의도가 섞인 제의를 냅다 던져 버렸다.

"저를 좀 도와주셔야겠습니다. 나이언 님."

-부하들을 통해 정보가 담긴 서류를 보냈습니다. 확인해 보
시죠.

다페스는 지부를 관리하던 당시의 습관 때문인지 모든 정보
를 서류로 전달했다. 글과는 그리 거리가 멀었기 때문에 서류
를 확인하는데 다소 번거로움이 있긴 했지만 그레고리의 보고
덕분인지 그다지 큰 어려움은 없었다. 그리고 모든 서류를 확
인하자마자 다시금 다페스의 정보 수집력에 감탄을 하게 됐다.

-원로들의 뒷배가 있을지도 몰라 직접적인 접근은 금했습니
다. 하녀들 사이에서 오고 가는 소문, 저택 내 마족들이 맡은
직책, 원로들의 행동반경, 원로들이 주로 찾아가는 건물 등등
세세하게 정리해 놓았고 따로 마왕님께서 부탁하신 대거와 녹
색 매 가면에 대해서도 철저히 조사해 놓았습니다.

"완전히 내 예상을 뛰어넘는군."

-만족하셨습니까?

"만족 수준이 아니야. 이런 정보력을 가진 길드원들이 겨우
지부에 있었다니. 믿기질 않는군."

-후후후후. 어떤 의뢰든 맡겨만 주십시오. 앞으로도 잘 부

탁드립니다.

다페스는 굳이 겸손을 떨지 않았다. 그렇다고 해서 자만하는 것도 아니다. 그저 적정선을 지키며 계약대로 의뢰를 수행할 뿐이었다. 그런 태도 때문인지 용찬은 더더욱 흡족해하며 서류를 태워 버렸다.

'무엇을 도와달라는 거냐. 설마 원로들을 감시하는 일을 말하는 것은 아니겠지?'

'맞습니다.'

'네놈. 정말 제정신이 아니었군. 그런 일을 내가 도와줄 거라 생각한 것이냐. 그리고 넌 아직 가주의 자리를 물려받지 않은 후계자일 뿐이다. 한데……'

'그래도 이제 정식 후계자란 것은 인정하시는 모양이군요.'

'……'

나이언을 몰아세우는 것은 간단했다. 항상 갑작스러운 심경 변화에는 반드시 이유가 있게 마련이었고, 그의 경우 다른 원로들과 반대되는 패도적인 성향이 원인이었다.

즉, 헨드릭의 발언과 가문전에서 보인 강대한 잠재력 때문에 급격히 태도가 바뀌어버린 것. 물론 아직도 망설이는 것은 여전했지만 한 번 생긴 균열은 쉽게 메꿔지지 않았다.

'배신자가 있다면 찾아서 처단하는 것이 지당하지 않겠습니까? 제게 기회를 주십시오. 성심껏 기대에 부응하도록 노력하겠습니다.'

'헨드릭. 네놈, 설마 원로들을 의심하는 것이냐?!'

'아무리 원로들이라고 해도 용의 선상에서 제외할 수는 없는 노릇이죠. 게다가 나이언 님도 슬슬 눈치채고 계시지 않습니까. 이젠 고인 물을 덜어낼 시간입니다.'

지금까지 이런 일들을 벌여놓고 덜미가 잡히지 않았다는 것은 있을 수 없는 일이지만, 가문에서 영향력이 큰, 상당한 직책을 가지고 있다면 이해할 수 있는 일이다.

그렇지 않고서야 가문의 내부에서부터 이렇게 일을 크게 벌일 수 없었다. 게다가 내부 협력자들이 붙잡힌 이후 얼마 되지 않아 모르안과 질시언도 감옥에서 탈출했지 않던가.

결국 남은 후보들은 정략결혼을 제의하기도 했던 원로들밖에 없었다. 그리고 내심 정신계 기술을 다루는 자신이 가장 유력한 후보라고 생각했던 것인지 나이언은 한참 망설이다 이내 승낙했다.

'나 또한 범인일 수도 있다 생각하고 있는 거군. 좋다. 진정으로 네놈이 가문을 위하는 것이라면 응당 도와줘야 할 테지. 프로이스 가문에 배신자가 있을 자리 따윈 없으니까.'

'바로 그것입니다.'

'다만 이거 한 가지는 꼭 기억해 둬라. 만약 네 짐작이 잘못된 것이라면 네가 앉아 있는 후계자 자리가 위태로워질 수도 있다는 것을.'

무려 몇십 년 동안 감추고 있었던 패도적인 성향. 하지만 용찬이 직접 발판을 만들어주자 그도 더 이상 속내를 감추지 않고 본격적으로 움직이기 시작했다.

이제 나이언도 자신의 결백을 밝히기 위해 성실히 범인 추적을 도와줘야 할 터. 만약 그가 범인이라고 해도 들키지 않기 위해 추적을 방해할 테니 결국은 꼬리가 밟힐 수밖에 없었다.

'이게 두 가지 의도가 섞인 제의의 장점이긴 하지만……. 그 기억 때문인지 나이언이 범인일 것이라곤 생각이 안 드는군.'

오늘만 해도 가주와 원로들이 외출한 사이 직접 정신계 마법을 발현하며 저택 내부 마족들을 모두 확인한 나이언이 아니던가.

아직 단정을 내리지 못했지만 용찬은 오히려 다른 원로들을 의심하고 있었다. 그리고 기억 속 증거들부터 차근차근 조사를 해나가기 시작했다.

-가면을 전문적으로 제작하는 마족은 저택 내에도 있긴 하지만 마왕님의 지시를 따라 최대한 도시 중심으로 조사를 해 두었습니다.

"대거는?"

-원로 중 굴쉬와 마델이 대거를 수집하는 취미가 있다고 소문이 들려오긴 했는데, 마왕님께서 설명해 주셨던 그런 생김새의 단검은 아직까지 발견되지 않고 있습니다.

"그렇다면 가면을 제작하는 마족들부터 둘러봐야겠군."

-서류에 위치가 함께 동봉되어 있으니 확인해 주시기 바랍니다.

다른 원로 중 하나가 범인이라면 정신 추적자인 나이언을 고려해 외부에서 가면을 제작했을 가능성이 컸다.

물론 기억 상의 시간과 일치하지 않아 아직 가면을 제작하지 않았을 가능성도 있긴 했다. 하지만 네 명의 원로가 각자 몇 번씩 가면의 제작 의뢰를 맡겼다는 정보가 들어온 만큼 직접 찾아가서 확인해 볼 필요가 있었다.

그렇게 용찬은 다페스가 표시한 위치를 따라 도시를 돌아다니기 시작했고, 원로들의 반응을 이끌어내기 위해 오히려 당당히 모습을 드러낸 채 서류에 적힌 마족들을 차례대로 만나봤다.

"흐음. 저번에 포비온 님께서 찾아오셔서 가면 제작 의뢰를 맡기신 적은 있었습니다. 미스릴 소재로 된 은가면이었었죠."

"제작 의뢰를 맡기신 분은 바로 포비온 님이셨습니다. 워낙 가주님께서 옷을 불태우고 다니신다고 눈을 보호하기 위한 가면이 필요하다고 하셨었죠. 뭐, 그런 가면이 실제로 필요한가 싶기도 합니다만."

"몇 달 전이었나. 굴쉬 님께서 찾아오셔서 이런 비슷한 가면을 요구하시더군요. 참 독특하신 분이시죠?"

역시 금방 찾아낼 수는 없었던 것일까. 차례대로 만나본 증인들은 각자 기억 속 모양과 다른 가면을 언급하며 성심껏 질문에 대답해 주었다.

용찬은 굴쉬가 요구했었던 땡땡이 안경 모양의 가면을 매만지며 인상을 구겼다.

'이놈들이 일부러 거짓말을 하고 있을 가능성도 있긴 하지만……아니, 일단 마지막 남은 마족까지 확인하고 고민해 봐야겠어.'

그때 기억 속 놈은 나이언 앞에서 직접 가면을 벗어 얼굴을 보였었다. 물론 그 실체까지 전부 확인하진 못했지만 그때와 지금은 시간 차가 상당히 클 가능성이 컸다.

즉, 범인이 가면을 쓰고 활동하기 전일 수도 있다는 것이다. 때문에 용찬은 포기하지 않고 마지막 증인을 찾아갔다.

"아, 얼마 전에 가면을 의뢰하신 적이 있으셨죠."

"어떤 모양이었지?"

"허어. 그게 뭐였더라. 매처럼 생긴 가면이었⋯⋯."

덥석!

급격히 뒤바뀌는 공기.

어느새 서릿발처럼 차가워진 용찬의 두 눈빛이 마족을 직시했다. 그리고 어깨를 붙잡힌 마족이 당황해하는 순간 싸늘한 목소리가 공방 내부로 나직이 울려 퍼졌다.

"누구였지?"

"그, 그분은⋯⋯."

"게헤헤! 그래. 타이탄 길드의 창잡이가 하나 뒈졌다고?"

"창잡이가 아니라 아둔 프라이언이라니까. 그걸 또 못 알아처먹으시네."

"건방진 자식. 뭐, 랭커가 뒈졌으면 우리로선 행운이지. 지스를 습격했을 때 가장 애를 먹였던 놈이었으니까. 아마 리오스 진영 내부에서도 타이탄 길드의 영향력이 크게 줄어들었을 거다. 이런 상황이 기회가 아니고서야 뭐겠냐. 사혁아."

"안 그래도 다른 대형 길드와의 마찰 때문에 지원군의 숫자가 꽉 줄어들었다고 소식이 들려오긴 합디다."

아둔 프라이언의 사망 소식은 악몽의 탑을 통해 각 진영별로 전해졌다. 처음엔 어떻게든 리오스 진영에서 소식을 숨기려 했지만 디어스 길드 외 플레이어 등 목격자들이 많아 사실을 숨기는 것은 불가능했다.

그리고 일파만파로 퍼져 나간 사망 소식에 가장 먼저 반응한 것이 바로 체이서 집단이었는데, 한창 제7도시 지스를 노리고 있던 사태후로선 기회가 아닐 수 없었다.

그날 사혁은 사태후의 지시대로 1만 명의 머더러를 데리고 지스 정문 공략에 나섰다.

"두령 새끼가 지스 토벌을 원하신단다. 도시에 틀어박힌 겁쟁이 새끼들한테 체이서가 어떤 집단인지 알려줘라."

"다른 길드의 지원이 올 때까지 버텨라. 저런 머더러 놈들에게 지스를 빼앗길 수 없다!"

리오스 진영에게 있어서 제7도시 지스는 가장 변방에 위치한 최전선이나 다름없었다. 게다가 주변에 온갖 천연자원들이 널려 있어 생산성 관련으로 이점이 많았기 때문에, 지스를 맡고 있던 브라이트 길드로선 무조건 지켜내야 하는 도시 중 하나였다.

하지만 체이서의 집중적인 공성에 단단히 쌓아 올린 벽은 금세 허물어졌고, 금강석으로 제작된 성문마저 얼마 되지 않아 사혁의 칼끝에 두 동강이 나고야 말았다.

"자, 이제 지스의 내부를 좀 구경해 볼까."

"그렇게는 안 되지. 여태까지 우리가 버틴 게 무엇을 위해서 인지 모르는 것은 아니겠지?!"

"하? 그래서 고작 준비한 게 이 정도의 지원군이냐? 참. 많 이도 준비했수다."

사혁은 브라이트의 길드장을 보며 비웃었다.

먼 지척에서부터 산세를 따라 쏜즈, 타이탄, 적월 길드 등 리오스 진영의 지원군들이 나타나기 시작 했지만 이전보다 숫 자가 판이하게 줄어들어 있었다. 게다가 지원군은 그들만 있 는 게 아니었다. 사혁은 길드장의 마법을 간단히 파훼시키며 통신 수정구를 꺼내 들었다.

"슬슬 기어 나오슈. 두령 양반."

-게헤헤헤. 그 말만 기다렸다. 사혁아.

여태껏 체이서 집단은 단순무식하게 지스를 습격만 한 것 은 아니다. 오히려 사전에 디텍터들을 제거하며 시야를 확보했 고 미리 소환계 기술을 봉인하는 마법사들을 처리해 틈을 만 들어두었다. 그리고 지금 그 빈틈을 통해 사태후의 본대가 소 환되려 했다.

하지만 그 순간, 브라이트 길드장 장 위엔이 입가를 말아올 렸다.

[플레이어 아놀드의 사방진 특성이 발동됐습니다.]

[플레이어 레이 안이 역소환 스킬을 시전합니다.]

[플레이어 유태현이 공간전이 주문서를 사용했습니다.]

가장 먼저 일정 시간 동안 적들의 이동 관련 기술을 차단하는 아놀드의 사방진이 지스를 휘감았다. 그와 동시에 도시에 있던 브라이트 길드원들이 대대적으로 탈출을 시도했고, 얼마 되지 않아 레이의 역소환이 사태후의 본대에게 적용됐다. 그리고 뒤따라 태현의 공간전이 주문서의 효력이 다시금 본대에게 적용되자 소환의 좌표가 전혀 엉뚱한 곳으로 바뀌기 시작했다.

"어이. 두령! 두령 새끼야! 본대를 가지고 어디로 간 거야?!"

"아마 통신은 불가능할 거다."

"대체 무슨 짓거리를 한 거냐. 장 위엔."

"이날을 위해 무려 5개월간 준비를 하면서 기다렸지. 이제 사태후와 체이서의 본대는 절대 돌아오지 못할 거다. 왜냐하면 놈들은……."

사혁의 부대가 있는 지스를 향해 서서히 진격해 오는 네 개의 대형 길드들. 본대를 잃은 사혁은 진퇴양난의 상황에 인상을 와락 구기며 장을 노려봤다.

하지만 장은 오히려 실실 웃으며 말을 이어갈 뿐이었다.

"미궁 타르타로스에 갇혀 버렸으니까."

※

-마왕님. 다문 가문에서 통신을 보내왔습니다. 계약한 조건대로 수입원을 양도해 주신다고 하더군요. 조만간 다문 가문의 일원들이 찾아와 바쿤에 게이트를 개설할 것 같습니다.

게롤트는 계약대로 조건을 이행했다. 비록 게펄트의 몸 상태가 말이 아니었지만 그것은 팔람에 의해 감옥에 갇혀 있었기 때문이었고, 용찬과의 통신으로 상황을 이해하자마자 즉시 약속을 지킨 셈이었다.

-그리고 게펄트 님께서 거의 몸이 회복되셨다고 하더군요. 곧 마왕님을 찾아뵙겠다고 하셨습니다.

"잘됐군. 거의 몸 상태가 회복되었다면 조만간 서열전도 정상적으로 치를 수 있겠어."

-으음. 게롤트 가주님께 들어보니 게펄트 님께선 마왕님을 생명의 은인이라고 생각하신다던데 과연 제대로 서열전을 치를지가 의문입니다.

게펄트는 마족답지 않게 관계를 중요하게 여겼다. 물론 가주를 쏙 빼닮아 급한 성격도 그대로였지만 자기 나름대로 서열전에 대해 고뇌도 하고 있을 것이다.

다만, 안타깝게도 그것은 용찬이 원하지 않았다.

'편하게 서열을 올리는 것도 좋긴 하겠지만 지금은 병사들에게 전투 경험이 필요한 시기야. 그들도 빠르게 B급에 올라야 전력이 더욱 상승할 테니까.'

급하게 생각할 것은 없었다. 이번에 다문 가문이 양도한 수입원으로 인해 바쿤의 재정은 더욱 탄탄해진 데다가 27층에서 함께한 마왕들의 호감도 또한 이전보다 높이 상승했지 않던가.

팔람을 제거함으로써 얻은 이득은 이루 말할 수 없을 정도였다.

그렇게 그레고리와 통신을 마친 용찬은 다페스에게서 온 새로운 서류를 살피며 고민했다.

'그, 그분은 마델 님이셨습니다. 얼굴을 완전히 가릴 가면이 필요하시다면서 녹색 매의 형상을 띤 가면을 의뢰해 받아 가신 적이 있습니다.'

심증은 이미 굳어져 있었다. 그리고 마지막 제작 공방의 마족을 통해 물증 또한 확인되고 있었다. 하지만 녹색 매의 가면은 단순히 기억 속의 물증일 뿐 당장 진실을 밝히기엔 여러모로 부족했다.

특히나 그가 매의 가면을 쓰고 활동을 한 적이 있는지조차 모르는 상황이지 않은가.

때문에 용찬은 최대한 테오스를 마델에게 붙여두며 그의 일거수일투족을 전부 감시하기 시작했다.

한데.

"음. 헨드릭. 지켜보도록 하마."

"반전의 마왕이라. 너에게 딱 맞는 호칭이로구나."

"역시 너에겐 어마어마한 잠재력이 있었어. 무척 기쁘구나. 이토록 잘 성장해 주었다니. 하늘에 있는 네 어미도 무척 기뻐하고 있을 게다."

왠지 모르게 자꾸만 속이 찜찜했다. 첫 대면 때부터 헨드릭을 살갑게 쳐다보던 마델의 눈빛이 아직도 잊히지 않고 있었다. 게다가 갑자기 그가 오르비안을 언급했기 때문일까.

'……'

어딘지 모르게 마음속 한편이 쿡쿡 찔러오는 듯했다. 아마 헨드릭의 영혼이 반응해 오는 것이리라.

용찬은 그렇게 생각하며 잠시 저택의 복도를 거닐었다.

그 순간, 반대편 복도에서부터 마델이 천천히 걸어왔다.

"어쩐지 고민이 많은 얼굴이로구나. 헨드릭."

"……잠시 바쿤 때문에 생각을 좀 하고 있었습니다. 죄송합니다. 마델 님."

"아니, 나에게 죄송할 것은 없지. 가문도 가문이지만 우선 네 마왕성부터 챙기는 게 당연한 순서야. 나날이 발전해 가는 네 모습이 무척 보기 좋구나."

언제나 그렇듯이 인자한 미소로 칭찬을 해오는 마델이었다. 헨드릭이 망나니이던 시절부터 유일하게 그를 챙겨주려 했던 원로인 만큼 이런 살가운 눈빛을 보이는 게 어찌 보면 당연했지만, 용찬의 입장으로선 영 적응이 되지 않고 있었다.

'저런 놈이 샤들리 가문과 협력해 바쿤을 망하게 하려 했던 범인이라니. 겉으로만 봐선 도저히 믿기질 않는데……. 내가 모르는 무슨 특별한 사연이라도 있는 건가.'

헨드릭의 기억 속에서 펠드릭을 직접 대거로 찌르기도 했던 작자다.

한 편으론 모종의 사연이 있지 않을까 의심이 되기도 했지만 사실상 크게 관심은 없었다. 어차피 가문과 깊이 관련 있는 것은 헨드릭일 뿐. 플레이어였던 용찬은 아니었기 때문이다. 그래서인지 자신을 지나쳐 가는 마델도 단순히 배신자로만 느껴지고 있었다.

'그래도 아직 확신할 수는 없지. 다른 마족이 그 가면을 훔쳐 일을 저지른 것일 수도 있으니까. 그렇다면 역시 렐슨이 추적하고 있는 헤르덴 상단을 붙잡아야 하나.'

아직 펠드릭을 찌른 대거도 발견되지 않은 상태다. 게다가 픽스가 언급했던 바라볼이란 마족도 종적을 감춘 탓에 테오스의 정보력으로도 찾아내지 못하고 있었다. 할 수 없이 용찬은 저택에 좀 더 머무르면서 다페스의 보고를 기다려야만 했다. 그리고 날이 저물 때쯤 펠드릭이 직접 용찬을 불러들이며 뜻밖의 소식을 전해왔다.

"최근에 저택 내부가 꽤 어수선하더구나."

A급 디텍터 못지않게 뛰어난 감지계 기술을 가지고 있던 펠드릭은 예상대로 테오스가 벌이고 있는 활동을 진작부터 눈치채고 있었다. 물론 정확히 무슨 일을 벌이고 있는지는 알지 못할 것이다.

금 저택 내에서 원로들을 감시하고 있단 사실을 알고 있는 것은 정신계 기술을 가진 나이언뿐이었으니까.

반대편 테이블에 앉아 있던 용찬은 침착히 표정을 관리하며 대답했다.

"그것 때문에 부르신 것은 아닌 것 같은데 말입니다."

"단지 궁금했을 뿐이다. 그리고 또 주의를 주고 싶기도 했고. 아무튼 무엇을 꾸미는지는 몰라도 너무 크게 일을 벌이진 말거라. 우선 너를 믿고 있으니 크게 따지고 들진 않으마."

"……."

갈수록 부풀어져 가는 가주의 신뢰가 느껴진다. 병사들의 눈빛에 강렬한 충성심이 담겨 있다면 펠드릭은 반대로 익숙지 않은 따스한 눈길이었다. 마치 마델의 살가운 눈빛처럼 말이다.

용찬은 거북한 느낌을 속으로 감추며 그가 돌연 꺼내든 보고서에 집중했다.

"오늘 렐슨에게서 새로운 보고가 올라왔다. 평소 때라면 통신을 통해 보고를 받겠지만 아무래도 병사들이 위치한 곳에선 통신이 안 되는 것 같더구나."

"대체 헤르덴 상단이 어디로 도망친 것입니까?"

"미궁 타르타로스다."

익숙한 이름에 두 눈이 휘둥그레진다. 미궁 타르타로스라면 용찬이 다음 목표지로 염두에 두고 있던 중립 던전 중 하나다.

한데 그런 곳으로 헤르덴 상단이 도망쳤다니?

다소 추적이 골치 아파졌다는 것을 깨달은 용찬은 인상을 구기며 보고서를 내려다봤다.

"너도 들어서 알고 있을 테지만 미궁 타르타로스는 마족들은 물론 플레이어들까지 드나들 수 있는 최대 규모의 던전이다. 원래는 놈들도 마족의 영역에 있던 상태였지만 한 명의 마족이 놈들과 합류하면서 상황이 달라졌다고 하더군."

"설마?"

"그래. 놈들이 플레이어들의 영역인 미로 반대편까지 이동한 상태야. 때문에 불의 추적대와 흑창대도 큰 곤경에 빠진 상황이지."

아마 펠드릭은 한 차례 미궁을 개척한 렐슨을 통해 헤르덴 상단이 반대편으로 넘어가기 전에 그들을 붙잡으려 했을 것이다. 한데, 추적 도중 다른 마족이 합류해 반대편까지 넘어간 마당이니 렐슨조차 쉽사리 진입하기 힘들어졌을 터.

그제야 펠드릭의 의도를 파악한 용찬이 물었다.

"그래서 제게 이번 일을 맡기실 생각이신 것입니까?"

"음. 이번 가문전을 통해 확신을 얻었다. 너라면 충분히 가문의 병사들도 잘 이끌 수 있을 테지. 미리 마계 위원회에게 통신을 해두마. 준비가 끝나는 대로 즉시 정해진 좌표로 이동해 렐슨과 합류하도록 하거라."

"하지만 미궁 타르타로스면 바쿤의 병사들만으로는……."

"걱정 말거라. 악명이 자자한 미궁인 만큼 미리 그분에게 도움을 요청해 두었으니까."

"그분이라면?"

"비록 정해진 규칙 때문에 직접적인 도움은 주지 못하실 테지만 여러모로 큰 도움이 될 거다. 그렇지 않겠습니까. 지고의 존재시여?"

문득 머리 위로 포근한 느낌이 전해졌다. 펠드릭의 시선이 위로 향한 것을 깨달은 용찬은 잠시 인상을 구기다가 이내 한숨을 푹 내쉬었다.

"냐하하하. 오랜만에 여정이 되겠구나."

"……하필이면."

어느새 머리 위에 눌러앉은 아리샤가 유쾌한 웃음을 흘리고 있었다.

◀ 58장 ▶
미궁 타르타로스

[데스 그랩을 시전합니다.]

새로 터득한 스킬인 데스 그랩은 다방면으로 활용도가 무궁무진했다. 일시적으로 사정거리를 늘려 팔을 길게 뻗을 수 있는 변화계 기술이었기 때문에 다소 거리가 떨어진 적도 쉽게 붙잡을 수 있었고, 백호신권과 함께 사용하면 상대방의 버프 및 마력을 간단히 끊어버릴 수도 있었다.

"소문으로 듣긴 들었지만 정말 대단하군. 내 혈폭을 이리도 쉽게 끊어낼 줄이야. 반전의 마왕이란 호칭이 허언은 아니었어. 헨드릭."

"쫑알쫑알 더럽게 말 많군."

"아하하하. 사실인데 어쩌란 말인가."

철혈의 마왕이란 호칭이 붙은 게펄트는 30위대 수문장답게 피의 권능을 사용해 위력적인 광범위 기술들을 선보였다. 다만 안타깝게도 용찬의 백호신권은 마력이 담긴 기술들을 모조리 끊어버릴 수 있었고, 그것은 그가 다루는 피도 예외는 아니었다.

한데, 다른 마왕들과 달리 게펄트는 기술이 끊겨도 당황하지 않았고 오히려 감탄사만 늘어지게 내뱉고 있었다. 아마 27층에서 자신을 구해낸 용찬을 생명의 은인이라고 여기고 있는 탓이리라.

'그나마 제대로 싸워줘서 바쿤의 병사들에게 도움이 되고 있긴 하지만. 저 시끄러운 입은 정말이지……. 대책이 안 서는군.'

게펄트의 마왕성인 칸보르테는 무시하지 못할 전력을 가지고 있었다. 지금 라이언 부대를 압박하고 있는 혈사의 부대가 그 증거였는데, 특히 그중에서도 피의 권속들을 부리는 뱀파이어 용병이 가장 큰 활약을 보이고 있었다.

"수인 연합 코르덴을 돌아다니던 도중 우연히 만나 칸보르테의 용병이 된 지스일세. 자네가 보기에도 괜찮지 않나?"

지스에게로 향하는 시선을 알아챈 것일까.

이젠 몸을 완전히 회복한 게펄트가 환한 인상을 비추며 자신의 용병을 자랑스럽게 소개했다.

"다른 덜떨어진 용병들보단 낫군."

"자네 눈에는 그리 특별하게 보이진 않겠지. 그래도 너무 그러진 말게. 이번에 자네에게 도움을 받았던 픽스 파이멀린도 나름 자극받았던 것인지 벌써 서열을 50위대까지 끌어 올렸다고. 누구나 기회는 주어져 있단 증거겠지."

"노력을 배신하는 게 재능이지. 그리고 픽스는 바이얼 해의 첫 번째 평가전에서 승리해 서열을 단번에 넘어간 것 아니었나."

"으음. 픽스에게도 나름 재능이 있었단 소리인가. 뭐, 그리 틀린 말은 아니지. 그나저나 이번 평가전에 자네도 나왔으면 참 좋았을 텐데 말이지. 그러면 굳이 나를 넘어가지 않고도 30위대에 진입할 수 있었을 텐데."

"잡담은 그만하도록 하지. 네놈도 슬슬 기다리기에 지친 것 같은데."

"으흐흐흐. 눈치는 참 빠르단 말이지."

굳이 미궁 타르타로스에 대해선 언급하지 않았다. 애당초 그럴 이유가 없을뿐더러 게롤트처럼 급한 성격을 가지고 있던 게펄트도 온몸이 근질거리는 것인지 아까부터 어깨를 풀고 있었다.

'자신의 급한 성격을 참으면서 대화를 건네고 있었던 건가. 웃기지도 않는군.'

자기 나름대로 호의를 베푸는 것 같았지만 쓸데없는 짓이었다.

용찬은 인상을 굳히며 체서와 레비를 양손에 인챈트시켰

고, 정면으로 몰아치는 피의 폭풍을 돌파해내며 게펄트에게 그대로 주먹을 내질렀다.

콰아아앙!

그날, 치열한 접전을 보였던 바쿤과 칸보르테와의 서열전은 결국 칸보르테가 먼저 한계를 보이며 바쿤의 승리로 막을 내렸다.

미궁 타르타로스. 하멜에 존재하는 5대 미궁 중 두 번째로 악명이 높은 미궁이자 유일하게 마계와 대륙이 이어지는 최대 규모의 던전.

보통 미션들에서 걸리는 패널티들이 타르타로스에선 매일 적용되는 흔한 요소에 불과했고, 강렬한 보상들을 대가로 플레이어 및 마족들을 불러들여 죽음의 나락으로 떨어트리는 게 미궁에선 거의 일상이었다.

"그래도 서열 39위에 등극했구나. 내 축하라도 받을 테냐?"

"사양하지."

"그 뚱한 반응도 이젠 적응이 된 것인지 그리 싫지는 않구나. 그래. 준비는 끝낸 게냐?"

서열전을 끝내고 바쿤으로 돌아오자마자 한창 짐을 꾸리고 있던 아리샤가 물어왔다. 제아무리 마녀라도 미궁 타르타로스를 무시할 순 없었던 모양이다.

"대충은."

"너무 소홀하게 준비를 하진 말거라. 네놈도 소문을 들었다면 알겠지만 미궁 타르타로스에서 살아 돌아오는 마족들은 거의 없다고 봐도 될 게다. 그저 극소수의 마족만 나름의 보상과 함께 뼈아픈 상처를 떠안고 살아 돌아오지."

"너도 미궁 타르타로스에 다녀온 적이 있었던 건가?"

"한 번 어떤 존재를 만나러 드나든 적이 있긴 했지. 뭐, 지금 얘기해 봤자 옛날얘기에 불과하지만 말이다. 아무튼 준비가 끝나면 말하거라. 여기서 기다리고 있을 테니."

은둔자의 숲에서 봤던 인형들을 꺼내든 아리샤가 마력을 통해 신체 부품들을 손대며 침대에 드러누웠다. 이젠 완전히 최상층의 방을 자기 방처럼 여기고 있는 그녀였지만 용찬은 굳이 신경 쓰지 않고 1층으로 내려갔다.

가장 먼저 보이는 것은 곤란하다는 표정으로 누군가를 막아서고 있는 그레고리. 미처 통신도 하지 않고 입구를 사수하는 것으로 보아 상대방이 무작정 바쿤으로 찾아온 듯했다.

"누가 찾아온 거지? 그레고리."

"아, 마왕님. 죄송합니다. 갑자기 이분께서 헥토르 님을 만나 뵙고 싶다고 무작정 찾아와 소란을 피우는 바람에 미처 통신하지 못했습니다."

"헥토르?"

헥토르가 언급되자 불현듯 서열전 당시 기억이 떠올랐다.

'우와. 마왕님. 이 팔찌가 있으니까 좀 더 흡혈이 팍팍 되는 것 같아요!'

'적당히 해라.'

'오오오! 활이 검으로 변했어요! 좋아. 이렇게 된 거 모두 돌격해!'

'……'

유혈의 팔찌 덕분에 헥토르의 흡혈 효과는 평소보다 더욱 상승해 있었고, 그 영향으로 인해 헥토르는 자주 선두에 설 때가 많았다. 특히 팔찌에 달려 있는 블러드 나이츠란 스킬은 일정 시간동안 직업을 기사로 변경해 무기를 변환하는 효과를 가지고 있었는데, 추가로 부여된 기사의 스킬들 때문인지 헥토르는 아예 한조 부대와 함께 돌격하기도 했었다.

'흐잉. 잘못했어요. 마왕님.'

물론 서열전이 끝나고 처벌을 내리긴 했지만 그때만 생각하면 아직도 인상이 구겨졌다.

"헨드릭 프로이스 마왕님. 절 기억하고 계십니까?!"

"아니, 지금 마왕님 앞에서 무슨 무례를 저지르고 계신 겁니까?!"

"칸보르테의 용병인 지스라고 합니다. 마왕님. 부디 헥토르란 병사분을 만나게 해주십시오!"

순간적으로 회상에 빠져 있었을까. 무작정 마왕성으로 들어오려던 금발의 청년이 대뜸 무릎을 꿇고 부탁을 해왔다.

당연히 그레고리는 식은땀을 뻘뻘 흘리며 그를 일으켜 세우려 했고, 용찬은 익숙한 안면에 잠시 고민하다 이내 그에게로 다가갔다.

"그때 그 뱀파이어로군. 헥토르에겐 무슨 일이지? 이유부터 말해라."

"어떤 연유로 인해 그분이 이곳에 계신지는 모르겠지만 전 반드시 헥토르 님을 만나봐야 합니다!"

"이유를 말하라고 했을 텐데?"

"……그것은 말씀드리기가 좀."

"다른 별도의 통신도 없이 무작정 홀로 찾아와 헥토르를 만나고 싶다? 그것도 이유도 설명하지 않고? 대체 무슨 자신감이지. 바쿤이 그리도 만만해 보였나?"

"그, 그런 것은 절대 아닙니다! 제가 어찌 감히 바쿤을!"

"그러면 이유부터 말해."

마저 준비를 끝내려던 차에 찾아온 불청객은 그리 달갑지 않았다.

청년, 아니, 지스도 그런 분위기를 슬슬 느끼고 있던 것인지 질끈 눈을 감으며 입을 열었다.

"……저도 확실치는 않지만 사실 그분에게서 진혈의 기운을 느꼈습니다. 오직 그분의 혈통이신 분들만 가질 수 있는 그 신성하고도 찬란한 기운을 말입니다. 처음엔 제가 착각했나 싶어 몇 번이나 다시 확인을 해봤지만 역시나 똑같았습니다."

"그래서?"

"끄응. 대체 그 고귀하신 혈통 분께서 왜 마왕성에 와 계신지는 모르겠지만 저 지스 프헬트는 반드시 그분을 찾아뵙고 뱀파이어 왕국 바하무트에 소식을 보내야 합니다!"

진혈의 일족. 뱀파이어들의 왕 테일러의 혈통을 물려받은 상위 귀족의 뱀파이어들이다. 한때 마계와의 전쟁 도중 뱀파이어들과 충돌해 진혈의 일족을 상대해 본 적이 있던 용찬은 그들이 얼마나 강력한 힘을 가지고 있는지 알고 있었다.

그렇기 때문일까. 천진난만한 뱀파이어인 헥토르가 진혈의 일족일 수도 있단 사실이 영 와닿지 않았다. 물론 흡혈 욕구를 느끼지 않는다는 점과 과거 기억이 흐릿하다는 점은 이전부터 의문이긴 했지만, 소환 당시 F급이었던 헥토르였기 때문에 가볍게 판단을 내릴 수 없었다.

게다가.

"그래. 그 고귀한 혈통이 바쿤에 있다는 게 그리도 불만이었나 보지?"

"헙. 제가 무슨 말실수를!"

애당초 지스의 태도 자체가 마음에 들지 않았다. 용찬은 황급히 자신의 입을 막은 지스를 내려다보며 살기를 풀풀 흘렸다. 그리고 뒤늦게 등을 돌리며 그에게 축객령을 내렸다.

"꺼져라. 오늘은 날이 아니니 다음에 정식으로 절차를 밟고 찾아오든지 해라. 오늘은 게펄트를 봐서 넘어가 주도록 하지."

"……알겠습니다. 그리고 무작정 찾아와서 죄송합니다."

안도의 한숨을 내쉬던 지스가 축 처진 어깨로 암울하게 바쿤을 빠져나갔다. 평소 때라면 놈의 무례한 행동에 금방 처벌을 내렸겠지만 모르던 사실을 듣게 된 것 때문인지 당장 손을 쓰진 않았다.

게펄트는 그저 단순한 변명 거리일 뿐. 만약 헥토르가 진혈의 혈족이 맞다면 지스는 모든 수수께끼의 열쇠라고 할 수 있기 때문에 우선 두고 보는 선택을 내린 것이다.

'게다가 지금은 미궁 타르타로스 때문에 바쁘기도 하고.'

용찬은 말썽꾸러기인 헥토르를 떠올리다 이내 원정을 위한 준비를 마저 하기 시작했다.

그 시각, 문제의 프로이스 가문 저택 내부.

가장 깊숙하고도 은밀한 지하의 방 안에서 두꺼운 로브를 입은 마족이 천천히 통신 수정구를 가동시켰다. 그러자 가장 먼저 격한 분노가 담긴 목소리가 방 안으로 쩌렁쩌렁 울려 퍼졌다.

-대체 뭣 하고 있다가 이제 통신을 하는 거냐?!

"……죄송합니다. 주변 시선들이 많아져 약간 늦었습니다."

-제길. 빌어먹을 헨드릭 프로이스 자식. 놈에게 그 정도의 잠재력이 있었다니. 그것을 알았다면 진작 대응하기 위해 따로 준비했을 텐데. 애초에 놈에 대한 정보가 너무 부족했어. 그렇지 않고서야 샤들리 가문이 질 리 없지 않나?!

말도 안 되는 소리다. 처음부터 가문전의 첫 상대를 프로이스 가문으로 조작한 것도 본인이었고, 펠드릭의 부대들과 바쿤에 대해서도 온갖 정보들을 받아내던 작자였다.

그런데도 이렇게 정보에 대해 따지고 든다는 것은 순전히 남의 탓을 하고 있는 것이나 다름없었다. 통신 수정구를 쥐고 있던 마족은 분노를 삼키며 입술을 깨물었다.

"정보가 부족했던 모양이군요."

-그래. 정보가 부족했어. 그 결과 샤들리 가문이 거의 몰락 직전까지 온 것이고 말이지. 프로이스 놈들이 눈앞에 있다면 당장에라도 갈기갈기 찢어버리고 싶을 정도야.

"승리의 대가로 빼앗긴 영토들도 있으니 한동안은 가문을 재건하는 데 사력을 다하서야겠군요."

-아니, 아니지. 그러니 더더욱 빼앗긴 것들을 되찾아야지.

"무슨……."

-며칠 전, 바라볼에게서 통신이 왔었다. 자신이 미궁의 반대편 영역까지 넘어가 프로이스 가문의 지원을 이끌어낸다고 하더군. 어제 펠드릭이 마계 위원회에 바쿤의 서열전 중지 요청을 한 것과 은근 시기가 겹쳐. 무슨 뜻인지 알겠나?

헨드릭이 직접 바쿤의 병사들을 이끌고 미궁 타르타로스로 간다는 것. 여기까지 설명해 놓고 그것을 알아차리지 못할 리가 없었다. 마족은 자신도 모르던 사실에 내심 당황한 표정을 내비치며 대답했다.

"아무리 그래도 한창 주목받기 시작한 바쿤입니다. 여기서 바쿤을 친다면 제 정체를 들키는 것은 물론 이번 일을 계기로 삼아 샤들리 가문을 정식으로 토벌할지도 모릅니다."

-걱정 마라. 이런 최악의 수를 쓰고 싶진 않았지만 라윈 플라그와 겐트가 다시금 접촉해 왔다. 저번에는 손을 잡지 않았지만 이번만큼은 다르지. 그러니 네놈도 후폭풍을 신경 쓰지 말고 바쿤을 쳐. 마계 위원회를 이용해 정체가 들키는 것까진 막아줄 테니까 말이지.

"……."

-승낙한 것으로 알고 이만 끊겠다.

군이 대답은 듣지 않겠다는 것일까. 무겁게 축 가라앉은 침묵 속에서 멍하니 수정구를 들여다보고 있던 마족이 뒤늦게 부르르 손을 떨었다.

'그런가. 결국은 이렇게 되고 마는 거였나.'

내심 짐작은 하고 있었지만 너무도 최악의 수를 두고 말았다. 하필이면 마계 위원회에서 강경파로 통하는 겐트와 라윈이었다. 계획의 주도권이 반대로 넘어가 버렸으니 어떻게든 샤들리 가문을 이용해 자신들의 뜻을 이루려고 들 터.

그들 사이에 끼어든 자신은 어쩔 수 없이 지시대로 바쿤을 쳐야만 했다.

'아아, 미안하구나.'

이리도 죄책감이 들 수 있을까. 문득 떠오르는 어릴 적 그 아이의 모습에 점점 눈시울이 붉어졌다.

하지만 그것도 잠시. 고개를 푹 떨구고 있던 마족이 이내 품속에서 무언가를 꺼냈다. 그리고 언제 그랬냐는 듯 싸늘한 두 눈동자로 천천히 그것을 머리에 쓰기 시작했다.

'내가 직접 그 무거운 짐을 덜어주도록 하마.'

어느새 녹색 매의 가면을 쓴 괴인이 지하에서 붉은 안광을 드러내고 있었다.

"기다렸습니다. 마왕님."

미궁 타르타로스의 두 번째 입구는 절망의 대지 서부에 위치해 있었다.

위치 상으로 보자면 바이칼의 영역과 근접했지만 가문전을 통해 이미 프로이스 가문의 땅으로 넘어온 상태였고, 불의 추적대와 흑창대가 입구 부근에서 대기하고 있던 상태였다. 렐슨은 좌표를 등록해 이동 마법진으로 넘어온 용찬의 일행을 환영했고, 멀리 보이는 동굴의 입구를 가리키며 설명을 시작했다.

"저기가 미궁 타르타로스의 두 번째 입구입니다. 헤르덴 상단이 미궁 속으로 도망친 지는 벌써 이틀이 지난 상태고 추적 도중 놈들이 반대편 영역으로 넘어가 이렇게 지원을 요청한 채 대기하고 있던 차였습니다."

"추적 도중 마족 한 명이 헤르덴 상단과 합류했다고 하던데 어떤 놈이었지?"

"간파 스킬을 통해 확인한 결과 바라볼이란 마족이었습니다. 다만, 상대가 B급 이상의 마법사로 추정되어 가명일 가능성도 배제할 수 없을 것 같습니다."

마법사들은 여러 부류의 마법들을 익힌다. 그중 하나가 정보에 관련된 차단 마법이었고, 주문서의 효과를 통해 정보를 속이는 것처럼 진명에 가명을 덮어씌우는 것도 충분히 가능한 일이었다.

결국은 직접 놈을 붙잡아 진실을 실토하게 만들어야 한다는 것. 하지만 악명이 자자한 미궁 타르타로스인 만큼 추적이 그리 쉽지는 않을 거라 생각했다.

'하필 반대편 영역으로 넘어가다니. 여차하면 그놈의 세력과 충돌해서라도 길을 뚫어야 한다는 건데.'

마족들의 영역이면 몰라도 플레이어들의 영역만큼은 이런 일행으로 돌파하기 어려웠다. 물론 전력이 부족하다는 것은 아니다. 그저 반대편 영역에서 마족은 모두의 공격 대상이 된다는 것뿐. 따로 바쿤에서 데려온 록시, 쿨단, 루시엔, 헥토르, 로드멜 또한 예외는 아니었다.

'그나마 바쿤에 남아 있는 유한성은 플레이어이긴 한데…….역시 처음에 생각했던 그 방법으로 가야 하나?'

굳이 플레이어들과 충돌하면서까지 반대편 영역으로 넘어갈 필요는 없었다. 그도 그럴 게 자신은 마왕이자 플레이어이지 않은가. 비록 과정이 복잡하긴 했지만 플레이어로서 미궁에 입장한다면 수월하게 반대편 영역에서부터 놈들을 추적할 수 있다.

"무엇을 그리 고민하는 게냐?"

고민이 깊어지던 차, 아리샤가 머리를 톡톡 두들겼다.

'그래. 아리샤도 내가 플레이어의 능력을 사용할 수 있다는 것을 알고 있어. 렐슨도 펠드릭에게 들어서 아이템을 통해 시스템을 활용한다는 것을 대충 알고 있을 테고. 좀 위험하긴 하지만 오히려 이 방법이 더 편할 거야.'

용찬은 주저하지 않고 렐슨에게 지시를 내렸다.

"너희들은 예정대로 두 번째 입구를 통해 진입해라."

"예? 그럼 마왕님은 어쩌시려고?"

"플레이어 영역으로 바로 진입한다."

"하지만 어떻…… 아?"

잠시 잊고 있던 사실을 깨달은 것일까.

렐슨이 멍하니 입을 벌렸지만 이내 고개를 저었다.

"아무리 그게 가능하다고 하더라도 위험합니다. 놈들 사이에서 정체를 들키기라도 했다간 마왕님의 신변에 문제가 생길수도 있습니다."

"걱정 마라. 다 생각해 둔 방법이 있으니까."

"끄응. 그래도 너무 무모한 것 같습니다. 다른 곳도 아닌 미궁 타르타로스잖습니까."

"날 믿지 못하는 거냐?"

강렬한 카리스마가 주변을 지배한다. 바쿤의 마왕인 것을 떠나 프로이스 가문의 정식 후계자이기도 한 용찬이다. 그를 믿지 못한다면 그것은 충성심이 없는 것이나 마찬가지일 터.

'에라이. 나보고 어쩌란 말이야. 펠드릭 그 양반도 그렇고 헬

드릭 자식도 그렇고. 전부 다 제멋대로라니까!'

내심 속은 답답했지만 용찬의 태도를 보면 볼수록 믿음이 생기는 것 같기도 했다. 할 수 없이 렐슨은 한숨을 푹 내쉬며 고개를 끄덕였다.

"알겠습니다. 하지만 위험한 상황이 닥치면 피하는 것부터 생각해 주십시오. 부탁입니다."

"생각해 보도록 하지."

"킁. 일단 그러면 저희는 먼저 진입해 보겠습니다."

그 이후 몇 차례 상의 끝에 차후 계획에 대해 통신을 주고받기로 결정이 났다. 렐슨과 흑창대는 예정대로 두 번째 입구를 통해 다시금 미궁으로 진입했고, 입구에 남겨진 용찬은 병사들을 돌려보낸 뒤 한성을 소환시켰다.

"멀쩡한 입구를 놔두고 플레이어로 입장한다는 말씀이십니까?!"

"두 번씩이나 설명해 줘야 알아듣는 거냐?"

"아, 아니. 아무리 마왕님께서 플레이어 시스템을 활용하실 수 있다고 하지만 거기엔 놈이 있습니다. 혹시 못 들어보셨습니까. 미궁의 주인을?"

미궁의 주인?

알고 있다, 아니, 모를 수가 없었다. 플레이어라면 누구나 한 번쯤은 들어본 호칭이지 않던가. 특히 회귀 이전에 권좌의 한 자리를 차지했던 용찬으로선 가까이서 직접 본 적이 있던 자이기도 했다.

"아주 잘 알고 있지. 그러니까 지금부터 간단한 행동 규칙과 주의할 점들을 설명해 줄 거다. 잘 듣고 절대 잊어먹지 마라."

"하. 이건 완전 자살 행위인데."

"두 번째로 들어온 인간 놈은 겁이 무척 많은 모양이로구나. 이래서 데리고 다닐 순 있는 게냐?"

불현듯 아리샤가 혀를 차며 한심스럽게 쳐다보자 한성이 눈을 흘겼다. 미리 그녀가 마녀란 사실을 알려주긴 했지만 동행하는 게 썩 내키진 않는 모양이다.

하지만 능력이 능력인 만큼 일단은 동행으로서 따라야 할 터. 마침 준비를 마친 용찬이 아리샤와 파티를 맺고 미궁으로 먼저 입장하는 모습이 보였다.

그제야 홀로 남겨진 한성도 한숨을 푹 내쉬며 시스템 창을 켰다.

"대체 비밀이 몇 가지인지 모르겠네. 이러다가 나만 죽는 거 아닌가 몰라."

그렇다고 해서 명령에 불복종할 수도 없는 노릇이었다. 이미 자신은 바쿤 소속의 흑마법사였으니까. 그렇게 마왕, 마녀, 흑마법사로 이루어진 어색한 조합의 파티가 미궁으로 입장했다.

[미궁 타르타로스로 입장했습니다.]

[쿤다 진영 소속이 되었습니다.]

[제1미궁 탈론에 도착했습니다.]

　미궁 타르타로스는 총 7개의 소규모 미궁으로 이루어진 대규모 던전이다. 제1미궁 탈론은 타르타로스에 입장한 플레이어라면 누구나 거쳐 가게 되는 미로 형식의 소규모 던전. 온갖 몬스터들과 함정들이 도사리는 것은 물론 각 진영의 플레이어들까지 오가고 있어 한시도 방심할 수 없는 곳이었다.

　"웃차. 여기도 오랜만에 오는 것 같구나."

　"……."

　"그래서 놈들은 어떻게 찾을 생각인 게냐?"

　불쑥 머리 위에서 내려온 아리샤가 물어왔다. 잠시 주변을 둘러보며 옛 기억을 회상하고 있던 용찬은 뒤늦게 정신을 차리며 통신 수정구를 꺼내 들었다.

　"플레이어들의 영역과 마족의 영역이 가장 맞닿아 있는 제4미궁 마그바탄으로 우선 가봐야겠지. 거기라면 충분히 몸을 숨길 수 있는 공간들이 많으니까."

　"호오. 미궁에 대해서도 잘 아는 눈치로구나?"

　"너만 미궁에 갔다 왔다고 생각하면 곤란해."

"에잉. 대체 여태껏 무슨 짓을 하고 다닌 건지. 일단 정면의 놈들부터 처리하고 보자꾸나."

언제 감지계 마법을 시전한 것인지 전방에서부터 붉은 점들이 표시됐다. 언뜻 보이는 형태로 보아 탈론을 장악하고 있는 진영의 플레이어들인 듯했다. 마침 그들도 디텍터의 기술을 통해 일행을 발견한 것인지 다짜고짜 화살을 날려왔다.

티잉!

"좋아. 한 명은 무투가!"

양손에 착용하고 있던 건틀렛을 확인한 것일까. 대뜸 화살을 날린 궁수 플레이어가 쾌재를 불렀다. 상대 플레이어들의 숫자는 얼추 8명. 몸에 새겨진 거미 모양의 문신으로 보아 리오스 진영 플레이어인 듯했다.

"대충 C급 정도인가."

"그 정도라면 마왕님께서 직접 나실 필요도 없을 것 같군요. 잠시만 기다려 주시죠."

"저 자식들. 아까부터 뭐라고 씨부리는 거야?"

일찍이 탈론을 장악하고 있던 플레이어들은 자신감이 넘쳤다. 뒤에서 자신들을 받쳐주고 있는 길드도 있었기 때문에 망설임은 없었고, 얼마 되지 않아 근접형 전사 두 명이 좌우로 달려들었다.

그 순간, 앞으로 걸어 나온 한성이 두 눈을 빛냈다.

[플레이어 유한성이 본 스피어를 시전합니다.]
[플레이어 차태혁이 레오파드 방어술을 시전합니다.]

땅에 꽂힌 검면을 중심으로 형성되는 기력 방어막. 전사 클래스의 플레이어들이 가장 많이 선호하는 방어 스킬이기도 한 레오파드 방어술이 펼쳐지자 단단한 뼈의 창이 방어막을 뚫지 못하고 바닥에 떨어졌다.

"저 자식은 흑마법사인 것 같은데?"

"까다롭게 생겼네. 우선 저 자식부터 처리하자고."

"좋아. 그러면 내가 후방에서 무투가를 맡을 테니 알아서 잘들 해……."

푹!

시위에 화살을 걸던 궁수의 복부에 본 스피어가 틀어박힌다. B급 중에서도 상위권에 속하는 흑마법사에게 이동 마법인 블링크는 거의 기본 중의 기본. 독사같은 눈빛으로 혀를 낼름거리던 한성이 실실 웃으며 궁수를 걷어찼다.

"어디 흑마법사 앞에서 한눈을 팔아."

"끄으으윽."

"자, 우선 이놈부터 조종해 볼까."

연달아 포이즌 노바를 시전하자 시꺼먼 독가스가 궁수의 몸으로 파고들었다. 동료들은 눈이 뒤집힌 채 고통에 몸부림치는 궁수를 쳐다만 볼 수밖에 없었고, 얼마 되지 않아 숨이 끊긴 그의 신형이 천천히 움직이기 시작했다.

"미, 미친. 시체 조종이면 상위급 흑마법사들이 주로 배우는 마법이잖아?!"

"그걸 이제 알아차리면 어쩌나."

"젠장. 어디서 저런 놈이 기어들어 온 거야. 우선 도망쳐!"

"도망치긴 어딜."

쿠구구궁!

뼈로 구성된 벽이 뒷길을 가로막는다. 특히나 길이 그리 넓지 않던 미로였기 때문에 도주 경로는 완전히 봉쇄된 셈이었고, 근접형 전사이던 두 명의 플레이어는 창백한 안색으로 고개를 돌렸다.

어느새 자신들을 향해 시위를 겨누고 있는 시체. 방금 전까지만 해도 동료였던 궁수가 지금은 흑마법사의 꼭두각시가 되어 화살에 기력을 끌어모으고 있었다.

"자, 잠깐……."

슈슈슈슉!

콰앙!

격렬한 전투가 시작된다. 아니, 정확히는 발버둥이라고 봐야 할 것이다. 본 월 건너편에서 들려오는 비명 소리에 인형을 꺼내고 있던 아리샤가 도로 인형들을 집어넣었다.

"입장하기 전까지만 해도 벌벌 떨던 놈이 지금은 완전 신이 났구나."

"일단 저놈들은 유한성에게 맡겨놔도 되겠……."

콰앙!

"크하하하하. 좀 더 설쳐보라고. 이 벌레 자식들아!"

쩌렁쩌렁 울리는 한성의 웃음 소리에 용찬이 와락 인상을 구겼다. 이젠 거의 즐기는 수준이라고 봐도 무관한 광경. 바로 플레이어들을 죽이지 않고 천천히 고통을 주는 전투 방식은 은근 악취미라고 볼 수 있었다.

'조금 자제시킬 필요가 있겠어.'

물론 지금은 아니었다. 그렇게 한성이 즐겁게 플레이어들을 가지고 노는 사이 용찬은 렐슨과 성공적으로 통신을 마치며 그들의 위치를 파악했다.

현재 렐슨과 흑창대원들은 제4미궁 마그바탄의 중앙 부근에서 대기하고 있는 상태. 마치 영토처럼 절반으로 갈라져 있는 마그바탄이었기 때문에 당장 그들의 지원을 기대할 순 없었다.

문제는 헤르덴 상단의 위치와 렐슨 일행이 넘어올 길을 확보하는 것.

'등급 제한이 없어서 저런 놈들도 미궁에 돌아다니긴 하지만 제3미궁부턴 다르지.'

진영 상관없이 영역을 나눠 먹고 있는 랭커들을 생각해 봤을 때 우선은 정체를 감출 수 있는 적당한 방패막이 필요했다.

'그러면 일단 제2미궁에서 적당한 놈들을 찾아봐야……'

끄아아아악!

고민이 깊어지던 차, 갈수록 심해지는 비명 소리에 상념이 뚝 끊겼다. 서서히 살벌해져 가는 용찬의 두 눈빛.

그런 것을 아는지 모르는지, 벽 건너편에 있던 한성은 그저 즐겁기만 했다.

"아하하하하. 그래. 이 맛이지. 날 좀 더 즐겁게 해달…… 꾸엑!"

결국 몇 차례 벼락을 맞고서야 폭주를 멈추는 한성이었다.

그 시각 바쿤의 업무를 총괄하고 있던 그레고리는 뜻밖의 소식을 전해 듣게 됐다.

'라윈 플라그가 갑자기 회담을 소집했다고?'

회담의 대상은 다름 아닌 프로이스 가문과 샤들리 가문이었다. 원인은 가문전을 통해 얻어낸 가문의 영토들 때문이었는데, 기존에 샤들리 가문이 관리하던 땅이다 보니 여러 문제가 겹쳐서 마계 위원회에 제소된 듯했다.

하지만 수상한 게 한두 가지가 아니었다. 주최자부터가 강경파를 밀어주고 있던 라윈 플라그이지 않은가.

이번 회담을 통해 프로이스 가문은 실질적으로 서부의 영토들을 대부분 관리하게 되는 결과를 맞이할 터인데, 프로이스 가문을 곱게 보지 않는 그가 이런 회담을 요청한 것 자체부터가 수상한 것이다.

'놈들이 수작질을 부리는 것일지도 모르지. 우선 바쿤도 경계를 철저히 하거라.'

결국 펠드릭은 가주로서 회담에 참석하게 됐고, 미리 통신을 통해 지시를 받은 그레고리는 바쿤의 각 책임자들을 불러 모았다.

"이야기는 들었네. 두 가문의 회담 때문에 경계를 철저히 하란 지시를 받았다고 하던데. 즉, 프로이스 가주님께선 샤들리 가문이 바쿤을 노릴 가능성을 염두에 두고 계시단 건가?"

"폐폐펭. 포란 숲에서의 사건만 떠올려 봐도 충분히 가능한 일이지요. 제 예상으로 볼 때 샤들리 가문은 라윈 플라그가 속한 강경파와 관계를 맺은 것이 분명합니다."

로버트의 물음에 위르겐이 대신 답했다.

가문전에서 패배해 거의 몰락 직전까지 갔던 샤들리 가문이 내실도 제대로 다지지 못한 채 다시금 수작을 부리는 것은 거의 불가능할 터. 물론 이번 회담 자체를 너무 심각하게 생각하는 것일 수도 있지만 주최자가 라윈 플라그인 만큼 가볍게 생각하고 있을 순 없었다.

다만, 의문인 것은 왜 하필 회담을 통해 시선을 집중시켰냐는 것이었다. 마침 그런 생각에 사로잡혀 있었던 것인지 신중히 고민하고 있던 록시가 처음으로 말문을 열었다.

"⋯⋯어쩌면 제3세력을 움직이는 것일 수도 있겠어."

"페펭. 그렇지요. 이런 상황에서 무턱대고 샤틀리 가문의 병사들을 움직였다간 그대로 행방이 들켜 버립니다. 샤틀리 가주가 그런 생각을 하지 못했을 리는 없겠죠."

"으음. 일단 마왕님께서 미궁에 들어가 계신 이상 저희들끼리라도 경계를 철저히 해야 할 것 같습니다. 그리고 아직까지 가능성이 있을 뿐이지 실제로 눈앞에 나타난 것은 아니잖습니까. 오히려 저희들끼리만 너무 심각하게 생각하는 것일 수도 있으니까 우선 가문의 지시를 따르면서 바쿤에 계속 대기하고 있으면 될 것 같습니다."

한창 상단에 집중하고 있었기 때문일까.

로버트는 아직까지 샤틀리 가문의 비열한 수작질들을 제대로 알지 못했다.

물론 너무 긴장하고 있는 분위기를 조금 풀어주기 위한 행동일지도 몰랐지만 직접 샤틀리 가문의 수작질들을 겪었던 위르겐과 록시는 결코 긴장을 놓을 수 없었다.

지이이잉!

때마침 그레고리가 쥐고 있던 통신 수정구가 울렸다.

-미궁에 들어가 계신 마왕님과 통신이 안 되어서 일단 바쿤에 소식을 전하겠습니다.

"다페스 님이시로군요. 무슨 일이십니까?"

-저택에 있던 원로 분들 중 두 분의 행방이 묘연해졌습니다. 수하들을 통해 헤임달을 쭉 뒤져봤지만 아직까지 발견되지 않은 상태입니다.

"원로 두 분께서?"

용찬이 새로운 정보 단체인 테오스를 이용해 원로들을 조사하고 있단 것은 진작 알고 있었다. 하지만 두 가문의 회담이 열린 상황 속에서 갑자기 원로들이 사라졌단 것은 간단히 넘어갈 수 없는 일이었다.

"우선 알겠습……."

치이이이익!

통신을 마치려던 차, 마왕성 외부에서부터 시꺼먼 연기가 올라오기 시작했다. 공기를 타고 흘러들어 오는 치명적인 독연.

가장 먼저 그 사실을 깨달은 록시가 급히 마력 결계를 쳤지만 아무런 소용이 없었다.

"이, 이건?!"

"쿨럭쿨럭. 다들 여기서 빠져나가십……."

털썩!

동시에 바닥으로 쓰러지는 그레고리와 로버트. 그나마 순발력 있게 손으로 입을 막은 위르겐과 록시는 쓰러지지 않고 있었지만 중독 현상만큼은 벗어나지 못했다.

'시야에 감지되지도 않았는데 도대체 어떻게?!'

미리 고성능 레이더와 탐색자의 눈을 활성화시켜 두고 있던 위르겐은 갑작스러운 습격이 믿기지 않았다.

하지만 그것도 잠시. 창가를 통해 바깥을 확인하고 있던 록시의 인상이 와락 구겨졌다.

키에에에엑!

어느새 검은 가죽의 고블린들이 바쿤의 영역으로 돌진해 오고 있었다.

✦

[제2미궁 보그에 도착 했습니다.]
[제한 패널티:소환계, 이동 관련 기술.]

제1미궁 탈론을 돌파하는 것은 그리 어렵지 않았다. 비록 미로에 대대적으로 포진해 있던 리오스 진영 플레이어들의 방해가 심하긴 했지만 대부분 C급 혹은 D급의 수준이었고, 한성의 흑마법을 통해 간단히 제압시키며 수십 구의 시체와 함께 제2미궁으로 올라가는 계단을 찾을 수 있었다.

"마왕님 알고 계실지 모르겠지만 보그부턴 대형 길드들이 영역을 놓고 자주 다툼을 벌이고 있습니다. 괜히 저희에게 불똥이 튀지 않게 영역은 피해 가시는 게 좋을 듯합니다."

"그런 얼굴로 진지한 척해봐야 아무 소용없느니라. 헨드릭. 대체 저놈은 어디서 주워 온 게냐."

시꺼멓게 탄 얼굴로 제2미궁에 대해 설명해 주던 한성의 눈이 쭉 찢어진다. 아리샤의 말대로 분위기와 전혀 매칭이 되지 않는 우스꽝스러운 꼴이었다.

용찬은 벼락에 맞아 아프로 펌이 된 한성을 쳐다보다 이내 고개를 돌렸다.

"아니, 우리는 오히려 영역 쪽으로 갈 거다."

"예?"

"여기서 일행을 구해봐야겠지."

"……마왕님. 마족 아니셨습니까?"

굳이 따지자면 종족은 마족이었지만 지금은 플레이어로서 미궁에 입장한 상태다. 때문에 NPC 고유 상태창은 뜨지 않고 있었지만 디텍터에게 정보창을 간파당한다면 그대로 정체가 들통 날 수밖에 없었다.

그나마 미리 사용한 정보 위장 주문서와 마력 차단 주문서가 위안이 되고 있긴 했지만 방심할 수 없는 것도 사실이었다.

'그래도 마법에 능통한 아리샤가 있는 만큼 마력에 관련된 감지계 기술들은 사전에 차단할 수 있을 거야. 문제는 얼마나 인간들 사이에 잘 묻어가느냐겠지.'

제2미궁 보그에서 플레이어들은 중앙의 도시를 거점 삼아 여러 영역을 오가는 실정이다.

영역은 일정 지역에 위치한 던전, 사냥터, 수입원을 뜻하고 대형 길드들은 미리 영역을 차지하기 위해 지금도 사력을 다하는 중이었다.

가끔씩 영역을 놓고 세력 충돌이 벌어지는 것도 전부 그 이유 때문일 터. 한데, 오늘은 어떻게 된 일인 것인지 영역으로 향하는 길드보다 3층의 계단으로 향하는 길드들이 더 많았다. 통로를 거닐며 지나가는 플레이어들을 보고 있던 용찬은 금방 수상함을 눈치챘다.

'서로 문신이 다른 것을 봐선 타 진영 플레이어들도 꽤 되는 것 같은데 다들 영역까지 놔두고 어딜 가는 거지?'

마침 쿤다 소속으로 보이던 일행들이 통로를 지나가고 있었다.

"어딜 그리 바쁘게 가시는 겁니까?"

"음? 미궁에 들어온 지 얼마 안 된 것 같은데. 자네 그 소식을 못 들은 건가?"

"무슨 소식 말입니까."

"허어. 정말 소식에 둔하네. 미궁의 주인 말일세. 미궁의 주인이 수배령을 내린 상태야. 최근 제4미궁에 자리 잡은 머더러 놈들 목에 어마어마한 골드를 걸어서 다들 이렇게 바쁘게 네 번째 미궁으로 이동하는 중이지."

뜻밖의 소식에 인상이 굳어진다. 과연 이런 현상을 좋게 받아들여야 할까. 만약 그의 말이 사실이라면 제4미궁까지 진입하는 게 더욱 수월해지겠지만 오히려 수배령 때문에 계획이 꼬일 수도 있는 상황이었다. 게다가 머더러가 미궁에 자리 잡고 있단 사실은 전혀 금시초문이었다.

'하필 헤르덴 상단을 추적하고 있을 때 이런 일이 벌어지다니. 대체 어떤 미친놈들이 대형 길드들이 가득한 미궁 속에 자리 잡은 거지?'

회귀 이전과 달라진 전개의 원인은 둘 중 하나다. 자신 혹은 유태현으로 인해 상황이 변했단 뜻일 터. 하지만 당장 누가 원인인지 모르는 상태였기에 용찬은 플레이어들에게 더욱 캐묻지 않고 우선 물러나기로 했다. 그 순간, 멀리서 천천히 걸어오던 두 명의 여인과 눈이 마주쳤다.

"요, 용찬 님?"

"⋯⋯."

"혹시 착각했나 싶었는데 용찬 님이 맞았네요. 오랜만이에요. 저희 둘을 잊은 건 아니시죠?"

마법사 무리들 사이에서 튀어나온 두 명이 쪼르르 달려왔다. 완전히 새로운 차림새로 탈바꿈 한 두 명의 랭커 플레이어. 겉으로만 봐도 얼추 레어급 장비들로 무장한 것 같은 두 명의 여인이 친근한 척 다가오자 주변의 시선들이 단숨에 집중됐다.

"저 둘은 멀린 길드 랭커인 민하나와 한채은이잖아."

"저런 허접해 보이는 플레이어와 안면이 있었다니. 의외인데?"

"설마 둘 중 한 명이 저놈과 연인 관계는 아니겠지?"

못 보던 사이에 나름 유명해진 것일까. 한동안 메시지를 주고받지 않았던 두 명이 모두의 주목을 받으며 배시시 웃고 있었다.

'벌써 B급에 도달한 건가. 대형 길드의 지원을 받는 것 때문에 성장에 탄력이 붙었단 것은 알고 있었지만 약간은 의외인데? 이전 생에 없던 새로운 랭커들이라.'

프루나 던전에서 만날 때만 해도 아슬아슬해 보이던 하나와 채은이었다. 물론 성장할 계기를 준 것은 자신이었지만 이정도일 줄은 몰랐던 용찬이었기 때문에 현 상황을 약간 곤란하게 여겼다.

"오랜만이군요. 두 분 다 잘 지내셨습니까?"

"네, 물론이죠. 지금은 용찬 님 덕분에 이렇게 랭커로 불리기까지 하고 있어요. 길드 내에서도 나름 대우를 받고 있구요. 아, 저기 뒤에 두 분은?"

"잠시 퀘스트 때문에 함께 다니는 동료와 NPC입니다."

정확히는 마녀와 흑마법사였지만 굳이 설명하진 않았다. 그것을 아는지 모르는지 하나는 간만에 만난 용찬을 매우 반가워하며 멀린 길드원을 소개시켜 주려 했다.

"괜찮습니다. 굳이 다른 분들과 안면을 다질 필요는 없을 것 같군요."

"아, 죄송해요. 괜한 오지랖이었죠? 으음. 그러면 용찬 님도 미궁의 주인이 내린 수배령 때문에 오신 건가요?"

"제4미궁에 볼 일이 있긴 합니다."

"역시 그렇군요. 으음. 원래라면 다른 대형 길드 플레이어와 합류하는 것은 불가능하지만 용찬 님만 괜찮으시다면 저희와 함께 가실래요?"

자기 입으로 오지랖을 운운하던 하나가 다시금 오지랖을 부린다. 곁에서 초조하게 대답을 기다리는 채은의 표정을 보아 그녀들 나름대로 호의를 베풀려는 의지가 엿보였다.

다행히 쿤다 진영을 가리키는 표식은 건틀렛을 통해 가린 상태. 주변에 있던 디텍터들도 그녀들의 일행이란 것을 알아차리고 정보 관련 감지계 기술을 사용하지 않고 있었다.

물론.

'시선이 은근 따가운데.'

시기와 질투가 섞인 눈빛들은 어쩔 수 없었지만 말이다. 아마 하나와 채은의 외모가 한몫한 것이리라. 용찬은 그렇게 생각하며 뒤늦게 고개를 끄덕였다.

"제4미궁의 입구까지 정도라면 함께 가도 괜찮을 것 같군요."

"그, 그렇다면 잠시만 기다려 주세요. 얼른 길드장님께 허락을 받아 올게요!"

얼굴이 환해진 두 여인이 급히 무리로 돌아간다. 예정과 좀 달라지긴 했지만 방패막이가 필요하던 참이었으니 멀린 길드와의 동행도 썩 나쁘진 않은 선택일 것이다.

다만, 걱정이 있다면 하나와 채은이 자신을 아직까지도 다른 대형 길드의 정보원으로 알고 있다는 것이었다.

다행히 아직까진 용찬이 속한 대형 길드에 대해 캐묻지 않고 있었지만 멀린 길드 내에서 직위가 올라가면 올라갈수록 어쩔 수 없이 경계하게 될 것이다.

'그리고 언젠가는 내가 정보원이 아니라는 사실도 들키고 말겠지. 일단 여기서도 좀 조심해야겠어.'

플레이어인 한성과 달리 NPC인 아리샤가 약간 걱정이긴 했지만 아까 전처럼 퀘스트란 적당한 변명 거리가 있었다. 마침 뒤에 서 있던 아리샤가 눈을 흘기며 곁으로 다가왔다.

"늘 이렇게 플레이어 행세를 하고 다닌 게냐."

"불만이라도 있는 건가?"

"같은 마족들도 모자라 이젠 플레이어들에게까지 마수를 뻗다니. 영 마음에 들지 않는구나!"

"……."

갑자기 심술이 난 얼굴로 볼을 부풀리는 아리샤. 무언가 단단히 착각을 하는 듯했다.

할 수 없이 용찬은 고개를 절레절레 흔들며 통로를 오가는 다른 길드들을 살폈고, 얼마 되지 않아 커다란 짐 가방을 멘 채 일행을 따라가는 통통한 플레이어를 발견해 냈다.

'……저 자식은?'

하나와 채은과 합류한 것은 옳은 선택이었다. 마침 방패막이가 필요하던 차에 그녀들과 마주친 것 자체가 운이 좋았다고 볼 수 있었고, 간단히 소속이 없는 예전 동료라고 설명하자 멀린 길드도 크게 경계하지 않고 동행을 받아들였다.

"아, 하나님이었군요? 이거 왠지 찬송가라도 불러야 할 이름이로군요. 아, 무척 신성하단 뜻이었습니다. 오해 마시길."

"……네? 아, 네."

"아무튼 잘 부탁드립니다. 용찬 님의 가장 든든한 동료라고 할 수 있는 유한성이라고 합니다. 그런데 저 양반과는 대체 무슨 사이십니까?"

"그, 그냥 많이 도움을 주셨던 분이시랄까."

"저 악마가 말입니…… 컥!"

가끔씩 한성이 눈치 없게 행동하는 탓에 주변 시선들을 사긴 했지만 특별히 의심을 받거나 그러진 않았다. 그저 신경에 거슬리는 게 있다면 시기와 질투가 섞인 눈빛들. 그리고 허름한 로브 복장인 일행을 얕잡아보는 대화 소리 정도였다.

"장비로 볼 때 무투가나 그래플러 같은데 높아 봐야 C급 정도이려나."

"도움을 많이 주긴. 오히려 랭커들에게 달라붙어 도움을 받고 다니는 것 같은데."

"저 조그마한 여자애는 대체 누구길래 플레이어를 따라다니는 거. 붉은 마녀? 이름부터 웃기네. 무슨 소꿉장난 하는 것도 아니고."

이런 분위기는 어느 정도 예상하고 있었다. 괜히 민감하게 반응했다간 본전도 못 찾고 되려 의심만 받을 터. 굳이 상대해 줄 필요를 느끼지 못한 용찬은 묵묵히 멀린 길드를 따라 걷기만 했다.

"역시 마녀에 대해 제대로 아는 자들은 거의 없는 모양이로구나."

"푸른 마녀를 만났던 일부 플레이어들 정도밖에 모를 테지."

"호오. 그래도 저 인간은 꽤 강하구나. 적어도 B급 상위 마법사 정도는 되겠어."

과연 A급 마법사란 것일까. 머리 위에 눌러앉아 있던 아리샤가 멀린 길드의 마스터인 헨리를 보며 그의 수준을 정확히 가늠해 냈다.

헨리 브라함. 대형 길드의 수장인 만큼 마법에 대한 재능이 상당했고, 마력 운용력도 매우 뛰어나 리미트리스 진영 내에서 우위를 다투는 마법사였다.

'3년 차 때까지만 해도 대단하긴 했었지. 아리엇 산맥 개척 도중 사망하긴 했지만.'

물론 회귀 이전에 벌어졌던 사건이기에 이번 생은 좀 다를지도 몰랐다. 다만 지금은 오히려 그보다 맞은편에서 걸어오는 무리가 더욱 신경 쓰였다.

정확히는 저 뒤에서 무거운 짐을 멘 채 숨을 헐떡이고 있는 청년.

'저 자식이 왜 지금 여기에 있는 거지? 아니, 그보단 저번 생에서도 그륜힐 길드에 속해 있었나?'

온몸에 흥건한 땀부터 시작해 기울어지기 일보 직전인 균형까지. 꽤나 아슬아슬한 걸음에 앞에 있던 길드원들이 참다못해 구박하기 시작했다.

"아, 이 돼지 새끼. 또 시작이네. 이게 힘드냐?"

"헉. 허억. 아…… 아닙니다."

"힘들면 말해. 언제든 인벤토리에 있는 아이템들 버려서 네꺼 넣어줄 테니까. 물론 그때가 되면 넌 이미 그륜힐 길드 소속이 아니겠지만. 낄낄."

유치하기 짝에 없는 신입 갈굼 현장이다. 문득 레버튼 때가 떠오를 정도로 청년을 쳐다보는 시선들이 곱지 않았는데, 아무래도 길드 내에서 짐꾼 취급을 당하고 있는 듯했다.

힘이 없는 자들은 도태되고 무시당하는 현실. 하멜에선 저게 당연한 듯 받아들여지고 있는 일상이기도 했다.

털썩!

결국 청년은 창백해진 안색으로 바닥에 쓰러지고 말았다.

"아이고. 좀 버티나 싶었더니. 그새 쓰러졌냐."

"그냥 간부들한테 말해서 버리고 가자고 할까?"

"아니, 잠시만. 그보다 더 좋은 생……."

콰앙!

키득거리던 그륜힐 길드원 두 명의 얼굴이 경악으로 물든다. 벽을 뚫고 무리를 급습하는 수십 마리의 켄타우로스. 제3미궁의 길드가 관리하던 근처 영역에서 튀어나온 것인지 상처투성이인 몬스터들이 울부짖으며 도끼를 치켜들었다.

"인간 놈들! 길을 비키지 않으면 모조리 죽여 버리겠다!"

"미친. 어떤 길드가 몬스터들을 놓치고 지랄이야. 방패병들. 얼른 막지 않고 뭐해!"

"버프부터 시전해. 다들 진형 지키고!"

나름 중규모 길드였던 그륜힐은 당황하지 않고 신속히 대처에 나섰고, 간부들을 중심으로 켄타우로스와 격렬한 전투를 치르기 시작했다. 그 광경을 지켜보고 있던 멀린 길드가 잠시 걸음을 멈추었지만 중립 지역이란 것을 고려한 것인지 이내 헨리가 다시금 출발 지시를 내렸다.

"그륜힐 길드면 페이튼 진영의 중규모 길드였지. 아마?"

"응. 그런 것 같아. 그런데 저대로 두면 후방에 있는 플레이어들이 위험할 것 같은데."

"어쩔 수 없어. 우리랑은 전혀 관련이 없는 일이야. 괜히 끼어들었다가 오히려 쓸데없는 일에 휘말릴 수도 있으니까 차라리 무시하는 게 나아."

제1미궁 탈론과 달리 제2미궁부턴 진영 상관없이 서로 영역을 관리하며 최대한 다른 진영과 접촉을 금하고 있다. 그것은 오직 타르타로스 내에서만 통하는 암묵적인 룰이었고, 하나는 차후에 벌어질 일을 우려한 헨리의 판단을 옳다고 생각했다.

때문에 곁에 있던 채은도 굳이 반박하지 않고 넘어가는 분위기였지만 켄타우로스 두 마리가 후방으로 돌진하자 토끼 같은 두 눈이 단숨에 휘둥그레졌다. 하필 바닥에 쓰러져 숨을 허덕이고 있던 청년에게로 도끼가 쇄도한 것이다.

"으, 으아아아아!"

"죽어라. 인간!"

시퍼런 도끼가 머리를 내리찍는 절체절명의 순간. 그 광경을 바라보던 자들 모두가 청년의 죽음을 예상하고 있었지만 이변이 일어났다.

픽!

마치 부메랑처럼 날아간 검은 구가 켄타우로스의 덩치를 밀친다. 간신히 목숨을 건진 청년은 안도의 한숨을 내쉬었고, 선두에 있던 간부들이 대충 상황을 정리하자 후방의 몬스터들도 빠르게 정리가 되어가고 있었다.

그리고.

[사일런스를 시전합니다.]

혼란스러운 상황을 틈타 용찬이 청년에게로 다가갔다.

"날 기억하고 있나?"

"누, 누구?"

"대체 미궁에서 무엇을 하고 있는 거냐."

후드 속으로 감도는 묘한 두 눈빛.

언뜻 드러난 익숙한 안면에 긴가민가해 하던 청년이 뒤늦게 용찬의 말투를 듣고 예전 기억을 떠올려 냈다.

"아, 그때 그 말투가 이상하던!"

"사실 아카데미 학생이었지. 그래서 무엇을 하고 있던 거지, 이진협?"

청년, 아니, 사신 아카데미에서 만났던 진협과 다시 재회하는 순간이었다.

'자네는 그저 가볍게 손만 거들면 돼. 어차피 나머지 일들은 라윈과 겐트가 처리할 테니까. 이번 계획을 위해 미리 블랙 야크 고블린들까지 고용해 두었으니 주요 인물들만 무력화시키면 아무 문제 없을 거야.'

그는 몇 차례나 주요 인물들을 강조하고 또 강조했다. 우선 하이델 가문의 식솔인 록시, 유능한 디텍터로 소문 난 제피르 일족의 위르겐, 바쿤의 주 업무들을 대부분 담당하고 있는 그레고리. 그리고 부대장을 맡고 있는 루시엔, 쿨단, 헥토르까지. 사실상 자신의 앞에선 모두들 성장 중인 햇병아리에 불과 했지만 깔끔한 일처리를 위해선 그들 먼저 무력화시킬 필요가 있었다.

'적절히 손속에 사정을 두긴 했지만 그래도 마음이 편치는 않구나.'

바쿤. 몇 백 년간 프로이스 가문의 영광을 이어온 최남단의 유일한 자랑거리였다. 지금도 다시 그 영광의 순간을 되살리기 위해 차츰 발전해 가고 있는 마왕성이었지만 안타깝게도 이제 끝을 볼 시간이었다.

미리 무력화를 유도하는 연기를 살포했기에 바쿤이 토벌되는 데까지 그리 오랜 시간은 걸리지 않을 터. 녹색 매 가면을 쓰고 있던 괴인은 영역으로 침투하는 블랙 야크 고블린들을 확인한 뒤 등을 돌렸다.

'오르비안 님. 죄송합니다. 부디 절 용서하지 마소서.'

할 일을 모두 수행한 만큼 얼른 저택으로 돌아가야 했다. 하지만 그 순간, 멀리서부터 예상치 못한 블랙 야크 고블린들의 비명 소리가 들려왔다.

일렬로 쭉 늘어진 꽃밭 속에서 불쑥 튀어나오는 커다란 꽃봉오리.

덥석!

한창 마왕성으로 달려가고 있던 블랙 야크 고블린들은 피할 새 없이 꽃봉오리에 그대로 집어 삼켜져야만 했다.

"어어? 이러면 안 되는데!"

"키엑. 키에엑?!"

혹여 잘못 본 게 아닐까. 침침한 두 눈을 크게 떠봐도 달라지는 것은 없었다. 게다가 독 연기가 살포됐는데도 불구하고 밭에 서 있던 어린 소녀는 멀쩡하기만 했다.

그 와중에 무수히 심어진 꽃들까지 감미로운 향기를 퍼트리자 영역을 침범한 고블린들이 갈 곳을 잃고 이리저리 방황하기 시작했다.

[블랙 야크 고블린이 환상 효과에 걸립니다.]
[블랙 야크 고블린이 기억 상실 효과에 걸립니다.]
[블랙 야크 고블린이 공포 효과에 걸립니다.]
[마계의 네펜데스가 포식을 시전합니다.]

'이게 대체…….'

마왕성에서 이런 식물들을 재배한다는 사실은 전달받은 적이 없었다. 아니, 애초에 마왕성에서 저런 저주 들린 꽃들을 재배하는 것 자체가 이상했다. 게다가 마왕성의 영역에 저런 포악한 네펜데스가 자리 잡고 있다니?

녹색 매의 가면을 쓴 괴인으로선 황당하기 그지없는 광경이었지만 이변은 거기서 끝이 아니었다.

-아이리스. 뒤로 물러나 있거라. 이놈들은 내가 상대하마.

"아저씨. 꽃들은 베면 안 돼요!"

-끄응. 이런 상황에서까지 꽃들을 걱정하는 거냐.

"아무튼 절대 안 돼요. 아, 그리고 아저씨도 조심하시구요!"

-그래, 그래. 난 항상 뒷전이라 이거구만.

이번에는 푸른 형체의 망령이 갑자기 튀어나오더니 이내 놀라운 검술 실력으로 블랙 야크 고블린들을 베어버리기 시작한 것이다. 그자의 정체가 푸른 갈퀴 용병단원인 것을 모르던 괴인은 그저 어이가 없기만 했다.

'아니, 이럴 때가 아냐. 이대로 가다간 계획이 실패하고 말거야. 우선 블랙 야크 고블린들의 특성을 활용해……'

마침 후방에서 달려오던 고블린들이 횃불과 불화살들을 꺼내든다. 예전부터 블랙 야크 고블린들은 방화범으로 소문이 자자했던 남부의 골칫덩이 중 하나였다.

하지만 그가 모르는 사실이 또 하나 있었다.

"키에에엑. 침입자들을 쳐라!"

"키에에엑?!"

놈들의 유일한 천적이 같은 동족이란 것을.

폭풍같은 기세로 매섭게 달려 나온 칸과 켄이 기체술로 적들을 제압해 나가자 불한당의 사기는 단숨에 증진됐고, 뒤따라 라이언, 한 조, 실버 부대가 지원을 시작하자 전세는 바쿤 쪽으로 확 기울어졌다.

"뭐, 뭐야. 어떻게 무력화 연기 속에서?!"

"저 정도의 기술은 약간의 저항력만 심어줘도 버틸 수 있지. 일부러 블랙 야크 고블린을 통해 계획을 끝내려 했겠지만 잘못된 판단이었어."

휘날리는 모래 먼지 속에서 천천히 그가 걸어온다. 불현듯 들려온 익숙한 목소리에 고개를 돌리자 결코 여기 있으면 안 될 자가 눈에 들어왔다.

활활 타오르는 맹렬한 두 눈빛. 한때 켄드릭 프로이스와 잔을 나누던 친밀한 용병이 지금은 가문을 위해 헌신하는 한 명의 원로로서 이 자리에 서 있었다.

"그렇다고 생각하지 않나?"

"……."

"끌끌. 그래. 그럴 게야. 가면을 쓰고 있으니 꾹 입을 다물고 있으면 그나마 정체는 들키지 않을 거라 생각하고 있을 테지. 저런 무력화 연기쯤이야 몇 명의 마족들도 구사할 수 있으니까. 한데, 내가 이미 자네 정체를 알아버렸어."

꾹 깨문 입가 밑으로 핏물이 흐른다. 격양된 감정을 버틸 수 없던 것인지 살결이 떨려오고 있었지만 차마 입을 열 수 없었다. 그리고 마침내 대지 전체로 종소리가 울려 퍼졌다.

데엥! 뎅!

증기처럼 공기 중으로 피어오르는 마력의 아지랑이.

[정신 추적자 나이언이 종말의 종소리를 시전합니다.]
[지정된 대상에게 종말의 표식이 각인됩니다.]
[시전자의 정신력을 소모해 종말의 표식이 각인된 대상의 위치를 추적합니다.]

결국 희생형 기술까지 선포되며 보이지 않는 족쇄가 심신을 무겁게 만들었다. 종말의 표식이 각인된 이상 시전자를 처치해야만 끝없는 추적이 풀릴 터. 서서히 지난날의 기억들이 파노라마처럼 펼쳐지는 가운데 나이언이 긴 지팡이를 꺼내 들었다.

쿵!

깊은 밤이 찾아온다.

쿵!

하늘엔 수없이 많은 별이 반짝이고.

쿠웅!

마침내 절망을 알리는 두 개의 달이 떠올랐다.

그리고.

"가주를 대신해 처벌을 시작하지. 배신자……."

"……."

"독마 마델."

처벌이 시작됐다.

특별히 겉으로 드러난 재능은 아니었다. 아니, 애당초 재능이라고도 생각지 않았고 단순히 남보다 약간 관찰력이 좋다고 여기고 있었다. 한데, 그는 그렇게 생각하지 않았다.

'총 10경기. 전부 네가 승자를 판단해라.'

계기는 사신 아카데미의 세 번째 수업이었다. 경기장에 소환된 적군의 몬스터들과 청군의 몬스터들을 보며 승자를 예측해 적절히 배팅하는 종목. 처음엔 소심한 성격 탓에 자신감도 없었을뿐더러 왜 그가 자신을 팀원으로 지목했는지조차 알지 못했다.

하지만 그는 모든 판단을 자신에게 맡겼고, 수업 내내 확신에 찬 눈빛으로 웃고 있었다. 그리고 우승했다. 그것도 2위와 몇 배는 차이가 나는 1위로서 말이다. 그때 진협은 깨달을 수 있었다.

'나, 나도 제대로 할 수 있는 게 있어. 최대한 이 장점을 살려야 해.'

사신 아카데미에서 나온 이후로 진협은 여러 가지 기술들을 배웠다. NPC에게 퀘스트를 받아 스킬 북을 얻기도 했고, 모아둔 골드를 투자해 비전투 계열 스킬과 특성을 위주로 배우며 자신의 역할에 충실했다.

약초학, 연금술, 간파, 함정 해제, 시야 확보, 약점 파악, 관찰력 관련 기술 등등 보조적인 기술들을 죄다 자신의 것으로 만들기 시작한 것이다.

직업 자체도 디텍터였기에 아무런 문제가 없었고, 진협은 우여곡절 끝에 간신히 그륜힐이란 중규모 길드에 들어갈 수 있었다.

'이 소심한 돼지 새끼가 어떻게 우리 길드에 들어온 거지?'

'몰라. 길드 마스터가 직접 허락했다고 하던데. 관찰력이 좋다나 뭐라나.'

'그래 봤자 보조적인 기술들밖에 없잖아. 디텍터로서 시야력이 엄청 좋은 것도 아니고.'

'일단 우리한테 맡겼으니까 대충 굴리면 되겠지.'

시작부터 길드원들에게 갈굼을 당하면서 말이다. 하지만 진협은 버티고 또 버텼다. 인정을 받을 때까지 어떻게든 길드에서 탈퇴하지 않으려 노력했고, 마침 미궁 타르타로스에서 수배령이 떨어져 길드 전체가 원정에 나서게 됐다.

그리고.

"날 기억하나?"

제3미궁에서 그를 다시 만나게 됐다.

"죄송합니다. 휘하 길드원이 그만 몬스터들을 놓쳐 버리는 바람에 켄타우로스가 통로까지 도망간 모양입니다. 이번 일에 대한 사례는 최대한 해드리겠습니다."

아찔했던 습격은 다행히 큰 피해 없이 정리가 됐다. 다만 문제는 영역을 관리하고 있던 길드와의 충돌이었는데, 다행히 켄타우로스를 놓쳤던 길드의 간부가 찾아와 정중히 사과한 덕분에 분쟁은 일어나지 않았다.

오히려 사례까지 약속했기에 그륜힐 길드 마스터는 만족해했고, 부상자들의 치유가 끝나자마자 다시금 이동이 시작됐다.

그리고.

-역시 대단해. 나는 이제 막 중규모 길드에 들어왔는데. 대형 길드라고 소문이 자자한 멀린이라니!

"잠시 동안만 함께 동행하고 있는 것뿐이다."

-그래도 하나 씨랑 채은 씨는 최근에 입지를 올리고 있는 유명한 랭커 플레이어잖아! 그런 분들이랑 알고 지낸다는 것 자체가 엄청 대단한 거라고.

간신히 목숨을 건진 진협에게 성공적으로 통신 수정구를 건네며 서로 대화를 하게 됐다. 그는 예전에 봤던 소심한 성격이 거의 사라지고 대신 호기심이 활발한 성격이 되어 있었는데, 사실상 말이 너무 많아져 레버튼 때처럼 상대하기가 귀찮았다.

'원래 이런 녀석이 아니었는데. 그때 사신 아카데미를 계기

로 무슨 변화라도 일어난 건가.'

그륜힐 길드에 속한 것만 봐도 알 수 있었다. 그 이후로 용찬은 진협에게 간단히 과거에 대한 얘기를 듣게 됐고, 미궁에 들어오기까지의 과정을 대략적으로 알게 됐다.

-방금도 네가 날 구해준 거지?

"마음대로 생각해라."

-고마워. 네가 아니었으면 난 그 자리에서 죽었을 거야. 그래도 이제부터는 내가 알아서 해볼게. 그러니까 굳이 신경 써가면서 날 도와줄 필요는 없어. 너도 수배령 때문에 찾아온 거잖아. 괜히 바쁜 사람한테 도움받으면 미안하다고.

예상대로 놈은 단단히 착각하고 있었다. 진협을 구해준 이유는 단순히 그의 뛰어난 관찰력 때문이었고, 정확히는 제3미궁과 제4미궁에서 손쉽게 몬스터들을 돌파하기 위해서였다.

마침 멀린 길드와 얼마 떨어지지 않은 거리에서 이동을 하고 있는 데다가 미리 통신 수정구를 건넨 직후라 큰 문제는 없었다. 그리고 슬슬 통로 끝으로 넓은 공동이 펼쳐졌다.

"곧 제4미궁의 입구를 지키는 문지기가 나타날 거예요."

미궁의 문지기. 각 층에 존재하는 대형 보스로서 침입자를 감지할 때마다 나타나 입구를 지키는 놈이다. 보통 문지기의 등급은 C급에서 B급 히어로 수준. 따로 소환하는 수하 몬스터들까지 생각해 봤을 때 거의 레이드 형식으로 전투가 진행

된다고 보면 됐다. 하나와 채은은 몇 차례 문지기를 겪었던 것인지 그리 긴장하는 기색은 없었지만 그륜힐 길드는 달랐다.

'이렇게 멀린 길드와 달라붙어 이동하는 것을 봐선 전투 도중 합류를 원하는 것이겠지.'

아니나 다를까. 그륜힐의 길드 마스터인 정무혁이 은근슬쩍 헨리에게 접근했다. 그들로선 큰 피해 없이 제4미궁으로 진입하고 싶을 터.

어찌 보면 무척 뻔뻔한 속내였지만 문지기를 빠르게 처리하면 할수록 멀린 길드도 목적에 더욱 가까워지기 때문에 큰 손해는 아니었다.

"저희들은 드랍 아이템과 보상에 전혀 눈독을 들이지 않겠습니다."

"흐음. 문지기가 드랍하는 장비 아이템들은 대부분 레어급 이상일 텐데 정말 괜찮으시겠습니까?"

"물론입니다."

예상대로 무혁은 더욱 큰 이득을 챙기기 위해 문지기의 보상을 포기했다. 결국 헨리가 제안을 승낙하며 둘은 계약서를 작성했고, 얼마 되지 않아 공동으로 소환되는 문지기를 맞이했다.

쿠웅!

마치 망치처럼 단단해 보이는 네 개의 다리. 거의 동공의 3분의 1을 차지하는 커다란 덩치를 가진 문지기가 수십 개의 눈을 굴리며 플레이어들을 주시했다. 그리고 가장 먼저 헨리와 용찬이 무언가 잘못됐다는 것을 깨달았다.

[망치 거인 기간테스]
[등급:?]
[상태:광폭, 경계, 물리 방어력 상승, 마법 저항력 상승.]

'등급이 물음표라고?'

가끔씩 문지기의 등급이 랜덤으로 정해지는 경우가 있다.

하지만 그런 경우는 거의 극소수였고, 대부분 제4미궁부터 주로 출현하기 때문에 그륜힐 길드는 물론 멀린 길드조차 예상하지 못한 상황이었다.

"헨리 님. 등급이 측정되지 않고 있습니다!"

"뭐?! B급 디텍터인 네 스킬에도 등급이 감지가 안 된다고?"

"어쩔 수 없지. 우선 모두 뒤로 물러……."

대형 길드의 마스터답게 헨리가 빠르게 상황을 판단했지만 플레이어들을 가만히 놔둘 보스가 아니었다.

[망치 거인 기간테스가 다섯 번째 다리를 시전합니다.]
[지정된 범위로 망치 다리를 소환해 길을 차단합니다.]
[거인족의 기세에 온몸이 떨려옵니다.]

[스킬 및 특성의 효과가 대폭 감소합니다.]

동공의 입구를 가로막는 커다란 거인의 다리. 점점 살벌해지는 기간테스의 기세 속에서 효과를 감소시키는 디버프까지 적용되자 헨리가 낭패 어린 표정으로 길드원들을 뒤로 물렸다.

이른바 피어라고 하던가.

자신보다 상위 개체의 기세를 마주하면 걸리는 온갖 악영향들. 아마 지금 그도 기간테스가 B급을 뛰어넘는 보스 몬스터란 것을 알아차렸을 것이다.

"이건 좀 위험하구나. 얼핏 봐선 A급의 마물로 보이는데."

"……지금 이 전력으로 상대하긴 좀 까다롭지. 화력을 집중시킬 시간을 번다면 모를까."

"무슨 계책이라도 있는 게냐?"

"아직 확신은 없어. 그나저나 너는 어떻지?"

"기다리거라. 전투 인형들을 꺼내고 있으니."

당장 전투 방면으로 아리샤의 큰 도움은 바랄 수 없었다. 유일한 희망이라면 멀린 길드의 폭발적인 화력뿐. 하지만 그것조차 기간테스의 마법 저항력 때문에 상당한 시간이 걸렸다. 게다가 렐슨 일행도 반대편 입구에서 대기하고 있지 않던가. 위험을 무릅쓰고 바쿤의 병사들을 소환하는 선택지가 남아 있긴 했지만 아직 방패막이들을 잃어선 안 됐다.

콰직!

벌써부터 기간테스의 다리에 플레이어 한 명이 압사 당하는 일이 벌어졌다. 더 이상 지체할 수 없단 것을 깨달은 헨리는 무혁과 손을 잡고 진형을 갖추기 시작했다. 그리고 뒤늦게 소환되는 수하 몬스터들을 상대하며 방패병들을 정면으로 내세웠다.

[플레이어 헨리 브라함이 원소 결정을 시전합니다.]
[플레이어 정무혁이 룬 블레이드를 시전합니다.]

역시나 가장 돋보이는 플레이어는 두 명의 길드 마스터들.

현란한 마력 컨트롤로 네 가지 속성의 결정들을 분산시키는 헨리와 고대 검술인 룬 블레이드로 수하 몬스터들을 베어내는 무혁은 그나마 일행 중에서 강자 축에 속한다고 볼 수 있었다.

"채은 언니. 마력 버프부터 부탁해!"

"응. 알았어!"

최근에 랭커로 떠오르고 있는 하나와 채은도 예외는 아니었다.

피이이잉!

손 모아 기도하는 성녀의 형상이 채은의 뒤로 나타난다. 곧이어 지속계 축복 스킬이 하나의 신형에 맺히자 바닥에서부터 무수히 많은 얼음 기둥이 솟구쳤다.

주변 일대로 작렬하는 프로스트 노바!

무한대로 소환되고 있던 소형 기간테스들은 날카로운 얼음 기둥에 속수무책으로 당하기 시작했다.

"광역 마법을 준비해라!"

"성직자들은 방패병들에게 힐을 집중해!"

멀린 길드의 마법사들과 그륜힐 길드의 방패병들도 지시대로 완벽히 움직여주고 있는 상황. 이대로만 간다면 충분히 레이드를 성공시킬 수도 있을 것 같았지만 현 상황은 단지 희망 고문에 불과했다.

[망치 거인 기간테스가 휠윈드를 시전합니다.]

[일정 시간동안 신형을 회전시켜 주변 일대의 적들에게 치명적인 피해를 끼칩니다.]

마침내 A급 괴물이 직접 움직이기 시작했다. 커다란 덩치의 기간테스가 몸을 회전시키자 사방으로 풍압이 일었고, 망치 같은 단단한 네 개의 다리가 주변의 플레이어들을 휩쓸어갔다.

"방패병들은 거리를 벌…… 컥!"

"아니, 미친! B급 방패병이 한 방에 튕겨 나간다고?!"

"저런 괴물 같은 놈을 어떻게 상대하라는 거야!"

부풀어가던 희망이 점점 절망으로 바뀌어 간다.

상대는 무려 A급의 대형 보스 몬스터다. 누군가 직접 놈의 발을 묶지 않는 이상 근접형 플레이어들은 계속 죽어나갈 수밖에 없었다.

'이상하긴 해. 4층 입구에서 A급 문지기가 나타나는 경우는 들어본 적도 없어. 하지만…… 지금은 그런 것을 따질 때가 아니겠지.'

길드가 전멸하면 4층으로 향하는 길목이 막힌다. 그렇게 되면 곤란한 것은 다른 미궁의 플레이어들뿐만 아니었다. 상황이 시급해진 것을 느낀 용찬은 재빨리 아리샤와 한성에게 지시했다.

"유한성. 너는 소형 기간테스의 시체를 이용해 방패병들의 피해를 줄여라. 아리샤. 넌 인형을 이용해 후방의 성직자와 마법사들을 지켜."

"제가 죽지 않는 선에서 노력해 보도록 하겠습니다."

"에잉. 인형 네 개로는 어림도 없겠구나. 간만에 실력을 좀 발휘해야겠어."

한성의 시체 조종과 시체 폭발을 이용한다면 충분히 선두의 피해를 줄일 수 있을 것이다. 또한 인형술에 달인이라고 할 수 있는 아리샤는 말할 것도 없었고, 얼마 되지 않아 B급으로 추정되는 마력 인형들이 성직자와 마법사들을 보호하기 시작했다.

"뭐, 뭐야. 이 마네킹 같은 인형들은?!"

"저기 봐! 소형 기간테스의 시체들이 폭발하고 있어."

"저놈들은 뒤늦게 합류했던 채은 님과 하나 님의 예전 동료들일 텐데?"

두 명의 합류에 플레이어들의 시선이 모여든다. 절망 가득하던 전황 속에서 실낱같은 희망이 감돌았지만 아직 부족했다. 자고로 하멜의 보스 레이드는 진정한 지휘관이 필요한 전투다. 그런 지휘관을 놔두고 무엇을 하겠단 말인가.

파지지직!

어깨로 모여드는 푸른 뇌전. 한창 그륜힐 길드의 진형을 휩쓸고 다니던 기간테스의 회전이 멈춰든다. 망치처럼 단단한 다리에 그대로 어깨를 들이박은 한 명의 무투가.

간신히 휠윈드를 중지시킨 용찬은 고개를 돌려 바닥에 주저앉은 진협을 내려다봤다.

두근! 두근!

심장이 터질듯이 뛰기 시작한다.

마치 그때처럼.

"이제부터 네가 지휘를 맡아라."

"……."

"무슨 뜻인지는 잘 알고 있겠지?"

확신이 담긴 두 눈빛으로 그가 손을 내밀었다.

멍하니 주위를 둘러보던 진협은 자기 자신에게 물었다.

'과연 내가 가능할까?'

아니, 충분히 가능하다. 여태껏 무엇을 위해 노력해 왔단 말인가. 이미 판은 전부 깔려 있었다. 남은 것은 모든 것을 쥐어짜 인정받는 일뿐.

진협은 일어났다. 이런 불리한 전황을 뒤집기 위해.

그리고.

"알고 있어."

그의 기대에 부응하기 위해.

***

"저 자식, 뭐야. 기간테스의 스킬을 단숨에 끊어버렸잖아. 대체 얼마나 힘 능력치가 높은 건데?!"

"말도 안 돼. 저런 허접해 보이는 플레이어가?"

"그나저나 지휘는 또 무슨 소리야. 지금 저딴 놈한테 지휘를 맡기겠다고 한 거야?"

낯선 플레이어의 활약에 길드원들이 동요하는 것은 당연하다. 가장 중요한 지휘권까지 길드에 들어온 지 얼마 안 된 신입 길드원에게 맡긴다고 하니 더더욱 그럴 것이다.

하지만 지금은 그런 사소한 것을 신경 쓸 때가 아니었다.

"길드 마스터님. 이번 전투 동안만 저에게 지휘권을 맡겨 주십시오!"

"아, 이 뚱땡이 새끼가 드디어 미쳤나?!"

"저리 안 꺼져. 지금이 어떤 상황인데! 저 플레이어가 누군지 모르겠지만 너에게 중요한 지휘권을 맡길 것 같아?!"

어디서 이런 자신감이 난 것인지는 모른다. 이유가 있다면 그저 누군가가 믿어준다는 것뿐. 진협은 간부들보다 더욱 극성인 하위 길드원들을 무시한 채 무혁을 쳐다봤다.

애당초 자신의 재능을 높이 샀던 그라면 어떤 의도로 이런 부탁을 한 것인지 알고 있을 터.

하지만 안타깝게도 무혁 또한 길드 마스터로서 짊어진 짐이 많았다. 때문에 이런 난관 속에서 지휘권에 대한 판단을 내리기란 무척 어려웠다.

"지휘권은……."

"설마 네가 직접 받아들인 길드원을 못 믿는 것은 아니겠지?"

"제길. 네놈이 누군지는 모르겠지만 이건 섣불리 결정할 수 있는 문제가 아니란 말이다! 저기 날뛰고 있는 놈이 보이지도 않는 거냐!"

그륜힐 길드 입장에서 용찬은 외부인이나 다름없었다. 게다가 함께 전투를 치르고 있다고 하지만 누가 봐도 최악의 상황이지 않던가. 그런 가운데 지휘관을 갓 들어온 신입에게 맡길 수 없는 것은 당연했다.

한데.

"좌측 소형 기간테스들은 속박계 기술에 약합니다. 방패병들을 뒤로 빼고 먼저 냉기 마법 혹은 속박 기술로 발을 묶어야 합니다!"

"헛소리 하지마. 디텍터들도 파악 못 한 사실을 어떻게 네놈이…… 어?!"

진협이 외친 한 마디가 작은 변화를 일으키기 시작했다. 우연히 시전된 냉기 마법에 마침 타이밍 좋게 얻어걸린 좌측의 소형 기간테스들. 얼마나 효력이 잘 미치는 것인지 둔화 효과가 보통 때의 두 배는 더 적용되고 있었다. 혹시나 싶어 마법사들이 몇 차례 더 속박 관련 기술을 시전해 봤지만 결과는 동일한 상황.

그제야 효과가 있단 것을 깨달은 무혁의 두 눈이 휘둥그레졌다.

"우측 소형 기간테스들은 화염 내성이 강한 대신 원거리 물리 저항력이 약한 것 같습니다. 우측 부근은 방패병들을 앞으로 내세워 궁수들의 화력을 집중시켜야 합니다!"

"미친! 대체 어떻게 알고 있는 거야. 진짜 치명타만 뜨잖아?!"

"망치 거인 기간테스의 회전 기술은 재사용 대기 시간이 얼추 1분 정도인 듯합니다. 스킬 쿨타임이 돌아오는 동안에는 1인

타깃형 기술밖에 사용하지 못하는 것 같으니 타이밍에 맞춰 적절히 병력을 후위로 물리고 마법사들의 화력을 집중시키십시오!"

"정말이야. 정말 1인 타깃형 기술만 쓰고 있어!"

빠르게 굴러가는 두 눈동자. 작은 부분도 놓치지 않고 정확히 파악하고 드는 섬세하고도 정밀한 관찰력.

겨우 신입 길드원에 불과했던 진협의 지시에 어느새 모두가 반응하고 있었다.

-크어어어어!

"흑마법사님! 광역 기술입니다. 본 윌로 피해를 최소화시켜 주십시오!"

"안 그래도 시전하려던 차였다고!"

이젠 전투에 합류한 플레이어들의 기술들까지 능히 파악하고 있는 지휘관. 그런 뛰어난 판단력에 선두에 서 있던 무혁과 헨리의 눈빛이 동시에 마주쳤다.

"이거 조건을 바꿔야겠군요. 저런 뛰어난 인재를 숨기고 계실 줄이야. 드랍 아이템의 소유권을 절반 떼어 드리도록 하겠습니다."

"……"

"자, 어서 명령을 내리시지요."

멀린 길드조차 인정하고 있다. 처음 때만 해도 몹시 부정적으로 보고 있던 하위 길드원들조차 더 이상 따지지 않고 지시를 따르고 있지 않은가.

이제 남은 것은 진협에게 확실한 직위를 내려주는 것뿐.

헨리의 말에 쓴웃음을 흘리던 무혁은 이내 깊게 숨을 들이마셨다.

그리고.

"모두 들어라! 이번 전투의 지휘권을 전부 이진협에게 맡기겠다. 멀린 길드의 마스터도 승낙한 만큼 이의는 받아들이지 않겠다. 죽기 싫으면 모두 전력을 다해 싸워라!"

마침내 진정한 지휘관이 탄생했다.

"지금입니다! 왼쪽 두 번째 다리를 노리십시오!"

휘청거리던 기간테스의 균형이 뒤로 기울어진다. 이미 소형 기간테스들은 대부분 처리한 상태. 이제 가장 중요한 보스인 망치 거인만 남은 가운데 진협이 기회를 놓치지 않고 지시를 내리자 근접 계열 플레이어들이 왼쪽 두 번째 다리로 바짝 달라붙었다.

하지만 힘이 다소 부족했던 것일까.

"끄으으윽. 안 넘어져!"

"우리로선 역부족이야. 길드 마스터 분들께서 와주셔야 해!"

"젠장. 차라리 뒤로 물러나자!"

거의 넘어지기 일보 직전이던 기간테스가 아슬아슬한 각도로 균형을 지탱하기 시작했다. 하필 두 명의 길드 마스터는 끝없는 전투 끝에 후방에서 치유를 받는 상황.

더 이상 버티기 힘들다고 판단한 플레이어들은 할 수 없이 뒤로 물러나려 했다.

그 순간, 어깨에 뇌전이 실려 있던 무투가가 쏜살같이 달려와 왼쪽 두 번째 다리에 몸을 들이박았다.

콰앙!

"쓰, 쓰러졌다!"

꿋꿋이 버티고 있던 놈이 마침내 뒤로 자빠진 것이다.

플레이어들은 용찬의 강력한 스킬 위력에 당황하면서도 급히 화력을 집중시키기 시작했고, 얼마 되지 않아 왼쪽 두 번째 다리가 서서히 파손되기 시작했다.

[망치 거인 기간테스의 왼쪽 두 번째 다리가 파괴됩니다.]
[망치 거인 기간테스의 마법 저항력이 대폭 하락합니다.]

결국 연달아 쏟아지는 위력적인 화력에 버티지 못하고 박살 난 두 번째 다리. 아까 전부터 길드 마스터들 못지않게 전투에 큰 공헌을 하고 있던 용찬은 뒤늦게 떠오르는 메시지에 당황했다.

'설마 이진협 저 자식. 마법 저항력을 끌어내리려고 일부러 두 번째 다리부터 노린 건가?'

이 정도면 단순히 관찰력이 뛰어난 수준이 아니었다. 용찬조차 모르는 숨겨진 기술을 배웠다는 증거일 터. 이전보다 더욱 진협에 대한 호기심이 불어나는 가운데 두 명의 길드 마스터가 다시금 전장에 합류했다.

"당신 정도 되는 랭커가 그 아이들의 예전 동료일 줄이야. 혹시 다른 길드 소속입니까?"

예상대로 헨리가 정체에 대해 물어왔다. 그것도 약간의 경계심을 품은 채 말이다.

"다른 길드 소속이긴 하지만 멀린 길드와 그륜힐 길드를 방해할 생각은 없습니다. 물론 목표는 동일하겠지만 제4미궁 중심부에서부턴 따로 행동할 예정입니다."

"흐음. 그런 거군요. 우선 알겠습니다. 나머지 얘기는 전투가 끝난 후 마저 하도록 하지요."

"알겠습니다."

굳이 아리샤와 한성에 대해선 캐묻지 않는 분위기였다. A급을 코앞에 두고 있는 2차 소환 플레이어인 만큼 인형술사와 흑마법사들은 많이 봐왔을 터.

물론 아리샤 같은 경우엔 붉은 마녀라는 이름의 NPC로 표시되고 있었지만 용병 혹은 퀘스트인 경우가 존재하기 때문에 특별히 의심은 사지 않고 있었다.

[붉은 마녀의 전투 인형들이 전면 방어막을 시전합니다.]
[플레이어 유한성이 시체 폭발을 시전합니다.]
[플레이어 헨리 브라함이 파이어 블래스터를 시전합니다.]
[플레이어 정무혁이 무검을 시전합니다.]

뛰어난 지휘관의 지시 속에서 원활한 보스 레이드가 이어진다. 아리샤의 인형들은 최대한 후방의 성직자와 마법사들을 보호하며 시전 시간을 벌고 있었고, 한성이 폭발시킨 시체들은 광역 피해까지 안겨주며 소형 기간테스들까지 확실히 처리해 주고 있었다.

거기서 헨리의 강력한 화염 마법과 무혁의 고대 검술까지 발현되자 망치 거인 기간테스의 남아 있던 두 쪽 다리 중 하나가 완벽히 파괴됐다.

[망치 거인 기간테스의 오른쪽 첫 번째 다리가 파괴됩니다.]
[망치 거인 기간테스의 물리 저항력이 대폭 하락합니다.]

마침내 거대한 덩치의 기간테스가 바닥에 완전히 쓰러졌다. 이제 놈이 할 수 있는 일이라곤 그저 소형 기간테스를 소환하는 것뿐. 하지만 소환된 소형 기간테스마저도 기세를 잡은 플레이어들에 의해 신속히 처리되고 있었다.

"좋아. 이제 마무리……."

"아직입니다. 우선 뒤로 물러나 상황을 지켜봐야 합니다!"

"에이. 이제 다리도 하나밖에 남지 않은 놈이 무엇을 한다고."

랭커로 보이던 창기병 한 명이 지시를 무시한 채 기력이 담긴 창을 내질렀다. 그 순간, 거의 체력이 한계에 도달해 있던 기간테스가 붉은 안광을 내뿜었다.

[망치 거인 기간테스가 파괴 광선을 시전합니다.]
[지정된 대상에게 기력이 담긴 레이저를 발사합니다.]

콰앙!

흔적도 남지 않고 소멸하는 창기병의 신형. 역시나 A급 대형 보스라는 것일까. 세 개의 다리가 파괴되었음에도 불구하고 마지막까지 위협적인 기술을 선보이고 있었다.

그제야 정신을 차린 길드원들은 재빨리 지시를 따라 뒤로 물러나기 시작했고, 얼마 되지 않아 멀린 길드의 위력적인 마법들이 한곳으로 집중됐다.

'거의 다섯 시간 정도 지났나. 이대로만 간다면 충분히 기간테스를 처리할 수 있겠어.'

두 길드로선 최초로 A급 보스를 격퇴하는 순간일 것이다.

최대한 힘을 숨기기 위해 적절한 순간마다 손을 거들긴 했지만 이번 전투를 통해 용찬의 존재감도 사뭇 드러났을 터. 하지만 그것보단 오히려 진협이 더욱 신경 쓰였다.

'대체 무슨 기술을 배운 거지. 사신 아카데미 때는 그저 눈썰미가 좋은 정도였지만 지금은 완전히 지휘관으로서의 능력을 모두 가지고 있어.'

그래서 그런 것일까. 자꾸만 진협의 재능이 탐이 나기 시작했다. 다소 자신감이 부족하긴 했지만 그것도 시간이 해결해 줄 터. 용찬은 전보다 좀 더 흥미로운 눈길로 그를 곁눈질했다. 그리고 얼마 지나지 않아 기간테스의 몸통으로 무혁의 검날이 깊이 박혀 들었다.

[망치 거인 기간테스가 영면에 빠져듭니다.]

[제4미궁의 문지기를 처치했습니다.]

[성과도에 따라 보상이 지급됩니다.]

[기간테스의 시체에서 아이템들이 드랍됩니다.]

결국 A급 보스를 격퇴하고 만 것이다.

"아이고. 죽는 줄 알았네!"

"우, 우리가 A급 보스를 쓰러트릴 줄이야. 꿈은 아니겠지?"

"전부 진협이 덕분이야. 저 자식 지휘 덕분에 무척 편하게 레이드를 진행할 수 있었다고!"

지쳐 쓰러진 길드원들 사이로 진협에 대한 칭찬이 이어진다. 이젠 모두가 인정하는 눈빛으로 그를 쳐다보고 있었다. 그런 분위기가 낯선 것인지 진협이 쑥스러운 표정으로 얼굴을 붉혔지만 이내 당당히 용찬을 향해 걸어갔다.

"전부 다 네 덕분이야. 네가 아니었다면 나는 해내지 못했을 거야. 그때도 그렇지만 이번에도 고마워."

"……."

"비록 지금은 신입 길드원 수준이지만 언제고 네게 은혜를 갚을게. 정말 고마워."

빚을 졌다고 생각하고 있는 것일까. 분명 위험한 순간 목숨을 구해주긴 했지만 그것보단 오히려 기회를 준 것을 고맙게 여기고 있는 듯했다.

용찬은 단숨에 쏠린 주변 시선에 인상을 구기며 등을 돌렸다.

그 순간.

띠링!

하멜의 시스템이 두 번째로 반응해 왔다.

◀ 59장 ▶
제삼자

홍염의 창시자인 켄드릭은 정식 후계자 자리를 직계 혈통인 펠드릭에게 물려주었다. 그때가 아마 4대 마왕들의 서열전이 시작되던 초창기 시절일 것이다.

그가 물려받은 것은 화염의 권능. 그리고 3대 마왕인 켄드릭을 따르던 휘하의 직속 병사들이었다.

'앞으로 너를 군주로 모실 네 명의 충성스러운 병사들이다. 굴쉬, 마델, 포비온, 나이언까지. 이 병사들이 부족한 네 빈자리들을 채워줄 거다.'

켄드릭의 의도는 명확했다. 갓 권능을 각성한 펠드릭은 온전히 홍염을 제어하지 못했고, 네 명의 직속 병사들은 그가 완전히 권능에 익숙해질 때까지 곁에서 속성력의 폭주를 감당해 냈다.

그리고 그런 노력 끝에 결실을 맺은 펠드릭은 언제부터인가 홍염의 패자란 호칭으로 불리기 시작했다.

'홍염의 패자가 이끄는 바쿤이 서열 1위에 등극했다!'

마침내 다른 마왕들을 짓밟고 정상에 올라선 것이다.

하지만.

화르르륵!

강력한 힘의 대가는 매우 치명적이었다. 홍염의 패자마저 감당하지 못한 광기의 불꽃. 시전자가 제어하지 못하는 홍염은 결코 권능 속성력이 아니었다.

그저 미쳐 날뛰는 자유로운 폭군일 뿐. 아직도 마델은 감정을 제어하지 못해 최상층을 불바다로 만들어버린 펠드릭이 잊히지 않았다.

'일단 불을 꺼야 하네! 나이언!'

'그걸 몰라서 가만히 있는 줄 아는 건가. 저 정도의 불길이라면 마법도 통하지 않아. 우선 최상층에 있는 마족들부터 대피시키게!'

'잠깐. 최상층의 마족이라고 했나?'

차라리 그때 몰랐다면 이렇게까진 되지 않았을 것이다. 아니, 정말 그런 것을 원하기나 했을까. 이제 와서 생각해 보면 우습다. 아직도 저택 안으로 뛰어들어 가던 자신의 모습이 선한데 말이다.

마델은 주르륵 흘러내리는 입가의 피를 닦아내며 자리에서 일어섰다.

'내상이 상당히 심각해. 역시 정신 추적자를 상대로 하는 것은 힘들단 말이지.'

이미 의미가 없어진 가면 따위 벗어 던진 지 오래였다. 달빛은 마치 조명처럼 자신을 비추고 있었고, 바닥을 흥건히 적신 선혈들은 얼마나 몸 상태가 심각한지 다시금 깨닫게 해주었다.

하지만 그것은 맞은편의 상대도 마찬가지였다.

"쿨럭. 빌어먹을 독연 같으니라고."

"정신 추적자가 이젠 엄살까지 피우는 건가."

"정말이지. 상성 차이를 알고 있음에도 불구하고 이리 발버둥을 칠 줄이야. 클클. 대체 왜 그런 거냐."

"무엇이 말인가."

"대체 왜 가문을 배신했냐고 묻는 거다! 독마 마델."

독연의 효과 때문인지 새파랗게 물든 나이언의 안색이 부르르 떨려왔다. 애당초 소극적인 가문의 방향성에 반대해 오던 패도적인 성향의 그이지 않던가. 한데, 오히려 배신자는 나이 언이 아닌 자신이 되어 있었다.

아마 그로선 아직도 전혀 이해하지 못하고 있을 것이다.

털썩!

슬슬 한계에 도달한 것일까. 자리에 털썩 주저앉은 마델은 옛 기억을 회상하며 스르르 눈을 감았다. 그리고 멀리서 들려오는 발걸음 소리에 입가를 말아 올리며 대답했다.

"그저 내가 모시던 주군이 달랐던 것뿐이네."

"끝까지 로이스 타령인……."

"아니, 자네는 몰라. 프로이스 가문에 어떤 비극이 숨겨져 있는지. 그리고 얼마나 큰 희생이 따랐는지. 자네는 끝까지 모를 거야. 그렇지 않나. 펠드릭 프로이스?"

살며시 떠진 두 눈으로 고개를 돌리자 백발의 중년 사내가 근엄한 자태로 서 있는 게 보였다. 결국 계획은 실패로 끝나버린 것이다. 아마 로이스는 실패를 직감하자마자 손에 들고 있던 패를 버렸을 터. 그렇지 않고서야 한창 회의를 진행하고 있어야 할 펠드릭이 바쿤에 있는 것은 말이 안 됐다.

마델은 억눌린 감정을 그대로 눈에 담아 그를 노려봤다.

"변명치곤 구차하군."

"아아, 그런가. 배신자는 더 이상 원로가 아닐 테지."

"가문을 배신한 자에게 더 이상 원로 때의 대우를 해줄 필요는 없지. 흑창대. 배신자를 구속해라."

수백 명의 흑창대원들이 주변을 둘러싼다. 정신 추적자인 나이언에 이어 홍염의 패자인 펠드릭. 그리고 가문의 전력이라고 볼 수 있는 흑창대까지. 종말의 표식마저 찍힌 가운데 더 이상 도망칠 길 따윈 존재하지 않았다.

때문에 마델은 모든 것을 내려놓았다.

'영원히 날 저주하거라. 헨드릭.'

그 날, 사대원로 중 한 명이었던 독마 마델은 모든 마력을 빼앗기고 저택 지하에 구금되었다.

⁂

[제4미궁 아슬릿에 도착했습니다.]

[악몽굴에 진입했습니다.]

[미션이 부여됩니다.]

제4미궁은 총 다섯 개의 구역으로 이루어져 있다. 거기서 악몽굴은 아슬릿의 초입부라고 할 수 있는 첫 번째 영역이었고, 4 층답게 시작부터 플레이어들에게 미션이 부여됐다.

[스카우터 렛맨 처치 0/200]

[렛맨 전사 처치 0/100]

[렛맨 처치 0/50]

[란트릿 사용 제한 0/3]

두 번째 영역으로 진입하기 위해선 미션 클리어는 필수 불가결. 악몽굴에 주로 서식하는 B급 몬스터인 렛맨들을 생각해 봤을 때 이번 미션의 조건은 상당히 무난하다고 볼 수 있었다. 마침 곁에 있던 한성도 그렇게 생각한 것일까. 품에서 꺼내 들던 란트릿을 도로 인벤토리에 집어넣고 있었다.

"이 정도 조건이면 란트릿을 사용할 필요도 없겠군요."

"흐응. 그것도 플레이어 아이템인 게냐."

"아하하하. 그 잘난 마녀분께서도 이런 아이템은 본 적이 없으신가 봅니다?"

"쯔쯧. 이런 늙은이를 놀려서 무엇하려고."

"정 그렇게 궁금해하신다면야. 제가 설명해 드릴 수도 있긴 합니다만. 그런 태도로는 어림도 없겠군요."

기회를 잡았다고 여긴 것일까. 여태껏 구박만 받았던 한성이 음흉한 미소로 낄낄거렸다.

하지만 안타깝게도 란트릿에 대해 설명해 줄 사람은 많았다. 예를 들어서 문지기와의 전투 이후 가까이 접근해 온 헨리 브라함이 가장 대표적이었다.

"란트릿은 악몽굴처럼 제한 조건이 있는 곳에서만 사용할 수 있는 조건부 아이템입니다. 한 번 사용할 때마다 현재 정해져 있는 미션 클리어 조건이 바뀌죠. 그래서 제4미궁에 입장하는 플레이어들은 대부분 란트릿을 필수적으로 챙긴답니다."

"어쩐지 내가 못 봤다고 했더니. 그런 이유였구먼. 고맙네. 젊은이."

"무슨 말씀을요."

생김새와 전혀 어울리지 않는 아리샤의 말투였지만 헨리는 전혀 신경 쓰지 않는 듯했다. 오히려 인자한 미소로 화답하며 가끔 용찬을 눈여겨볼 뿐.

뒤늦게 한성이 이를 바드득 가는 소리가 들려왔지만, 주변에 있던 자들은 모두 무시했다. 그렇게 시작된 악몽굴 토벌.

다행히 미션 조건은 이번에 입장한 플레이어들을 모두 포함하는 것인지 다른 길드원이 렛맨을 제거해도 숫자가 채워졌다. 게다가 완전히 지휘관으로 자리 잡은 진협 덕분에 편하게 악몽굴을 돌파해 가고 있는 상황.

'역시 저 녀석에게 기회를 주길 잘했어. 이대로만 가면 금방 3구역에 도착할 수 있겠군.'

제4미궁을 전체적으로 볼 때 1구역과 2구역은 플레이어의 영역이다. 그리고 4구역과 5역은 마족의 영역이었고, 중간에 자리 잡은 3구역은 두 영역이 마주하는 중립 영역이라고 할 수 있었다. 아마 헤르덴 상단이 도주한 곳은 중립 영역인 3구역일 터.

놈들을 추적하기 위해선 최대한 3구역에 빠르게 도착해 렐슨 일행을 위한 길을 마련해야 했다.

'그나저나……'

유독 지휘를 하고 있는 진협에게로 시선이 쏠린다.

[그륜힐 길드를 전멸시켜라]

[등급:B]

[설명:최근 들어 중규모 길드로 올라선 그륜힐 길드가 합류한 상태다. 플레이어 이진협의 재능을 얻기 위해선 그들을 제거할 필요가 있다. 최대한 미궁 타르타로스가 붕괴되기 전에 그륜힐 길드를 전멸시켜라.]

[목표:그륜힐 길드 0/1, 남은 기간 10일]

[보상:두 번째 영입권]

문지기를 처치하자마자 갱신됐던 마왕성 퀘스트. 한성에 이어 두 번째로 찾아온 플레이어 대상 퀘스트였지만 신경 쓰이는 게 한두 가지가 아니었다.

'인재를 가지기 위해 장애물들을 미리 치워 버린다는 건가. 간만에 마왕다운 퀘스트가 뜨긴 했는데 미궁 타르타로스가

붕괴한다니. 대체 이게 무슨 뜻이지?'

플레이어들의 침입 당시 마왕성 시스템은 그들이 온다는 것을 미리 예고한 적이 있었다. 하지만 미궁 타르타로스의 붕괴는 결코 있을 수 없는 일이었다.

미궁의 주인. 그런 괴물이 제6미궁에 도사리고 있는데 누가 감히 미궁을 붕괴시킨단 말인가. 자연적인 현상 앞에서도 굳건히 유지되어 왔던 이 타르타로스를 말이다.

'아무튼 플레이어 영입 기능이 열린 이후로 가능성은 무궁무진해졌어. 이 지랄 맞은 시스템도 내 속내를 알아차리고 이런 퀘스트를 부여한 거겠지.'

솔직히 진협의 재능이 탐이 나긴 했다. 하지만 렐슨 일행이 대기하고 있는 이상 일단은 헤르덴 상단의 추적이 우선시 되어야 했다.

한참을 고민하던 용찬은 끝내 결론을 짓지 못하고 주먹을 내질렀다.

"쯔에에엑!"

네임드 몬스터였던 것인지 감지계 기술에 면역이 있던 렛맨 스카우터가 주먹에 맞아 쓰러졌다. 따로 은신을 쓰고 있었지만 이미 기의 파동의 등급은 B급에 달해 있는 상태.

기습을 예측한 반격에 얻어맞은 렛맨 스카우터는 은신이 풀린 자신의 몸을 내려다보며 기겁했다.

"어이. 저기 한 명이 빠져나갔잖아!"

"네임드 몬스터였던 것 같은데 저놈도 후딱 처리해."

"이야. 역시 랭커라는 건가. 감지에도 걸리지 않는 놈을 어떻게 단숨에 파악해낸 거지?"

연이은 감탄사 속에 마지막 남아 있던 네임드 렛맨까지 정리가 되어갔다. 그렇게 전투를 마무리한 직후 일행들은 몇 차례 캠핑 아이템으로 야영 및 휴식을 취했고, 완벽히 정비가 끝날쯤엔 벌써 2번째 구역의 입구를 앞두고 있었다.

-저희도 4번째 구역까지 도달한 상태입니다. 언제든 지시만 내려주십시오. 바로 3구역에 진입하겠습니다.

'아직 좀 더 상황을 지켜봐야겠어. 우선 계속해서 대기하고 있어라.'

-알겠습니다.

렐슨 일행 쪽도 물자는 충분했다. 아마 며칠 동안은 계속 대기할 수 있을 터. 마침 자신들 쪽으로 걸어오는 헨리와 무혁을 확인한 용찬은 재빨리 통신 수정구를 도로 품속에 집어넣고 물었다.

"무슨 일이십니까?"

"아, 다름이 아니라 문지기를 처치한 보상건으로 문제가 생겨서 말입니다."

"문제?"

"정확히는 정산 도중 그쪽 일행분들에 대한 소유권도 언급되어서 말이죠. 보통 때라면 적당히 아이템들을 나누겠지만 A급 문지기의 드랍 아이템이다 보니 여간 애매한 게 아니더군요."

헨리가 조심히 주변을 살피며 눈치를 주었다. 아까 전까지만 해도 극찬을 담아내던 길드원들이 어느새 경계하는 눈빛으로 용찬의 일행들을 흘겨보고 있었다. 그것도 정확히 보상을 정산하는 타이밍에 맞춰서 말이다.

'속이 뻔히 들여다보이는군.'

두 명의 길드 마스터가 곤란해하는 것도 내심 이해가 됐다. 하지만 그렇다고 해서 그들의 사정을 봐줄 생각은 없었다. 애초에 전투 당시 길드 마스터들 다음으로 가장 기여도가 높았던 용찬네 일행이었다.

"소유권을 주장하도록 하죠."

"……역시나."

"전 반대합니다."

역시 욕심은 버리지 못하는 것일까. 진협을 내세워 정산 분배율을 최대한 챙겼던 무혁이 가장 먼저 용찬의 주장에 반대해 왔다.

"애초에 길드원들의 희생이 있었기 때문에 저들이 더욱 활약할 수 있었을 뿐. 사실상 기여도로 따지면 역할을 분담해 레이드를 진행한 멀린과 그륜힐이 더욱 높습니다. 그리고 여기까지 편히 올 수 있었던 게 다 멀린 길드 덕분 아니었습니까? 전투도 뒤늦게 참전하시더니 이제 와서 무작정 소유권을 주장하시면 곤란하죠. 그렇지 않습니까. 헨리 님?"

은근 멀린 길드를 추켜세우며 길드로서의 입장을 내세운다. 참으로 간사한 수작질이다. 중간에 껴 있던 헨리는 나름 고민하는 듯 무혁의 물음에 침묵으로 답했지만, 용찬만큼은 아니었다.

"사람 보는 눈은 있어도 추잡한 욕망은 끝까지 버리지 못……"

"자, 잠깐만요!"

살기를 드러내려던 차, 진협이 허겁지겁 달려와 끼어들었다.

"제 비율이 얼마나 되는지는 몰라도 전 소유권을 포기하겠습니다. 그러니까 제 몫만큼 저쪽 일행에게 비율을 나눠 주십시오. 부탁입니다. 마스터."

"약간 보상이 탐나긴 하지만 저도 포기할게요."

"저, 저도요!"

뒤늦게 멀린 길드의 하나와 채은까지 나서자 무혁의 인상이 와락 구겨졌다. 하필이면 멀린 길드의 랭커인 그녀들이었다. 게다가 플레이어들을 지휘한 진협을 내세워 비율을 챙긴 그륜힐 길드이지 않던가. 만약 여기서 그가 소유권을 포기라도 한다면 곤란해지는 것은 자신들 쪽이었다.

'이 빌어먹을 자식이!'

결국 무혁은 용찬네 일행에게 정상적으로 비율을 떼어줄 수밖에 없었다.

[투표 결과가 일치합니다.]
[정산 비율이 조정됩니다.]

그렇게 복잡해지려 하던 정산 건은 대충 정리가 되는 듯싶었지만 역시나 예상대로 그륜힐 길드 사이에서 묘한 기류가 흘렀다.

가장 먼저 용찬네 일행을 향하는 적대감. 그리고 두 번째로 눈치 없게 나선 진협에 대한 분노까지.

'저럴 수밖에 없겠지. 멍청하게 선의를 베푸는 건 저런 소수의 플레이어들뿐이니까. 길드까지 껴 있는 상황에서 신입 길드원이 멋대로 나섰으니 어이가 없을 수밖에.'

사실상 하멜에서 호의를 베푸는 것 자체가 의미 없는 행동이었다. 이런 약육강식의 세계에서 누가 미쳤다고 남을 먼저 챙겨주겠는가.

물론.

'이거 잘하면 쉽게 처리할 수도 있겠는데?'

용찬에게 있어 이런 분위기 자체는 나쁘지 않았다. 오히려 기회가 될 수도 있는 상황. 마침 시스템의 비율대로 아이템들이 전부 정산된 것인지 완료 메세지가 떠올랐다.

"자, 그러면 정산도 마쳤으니까 슬슬 2구역으로 진입해……."

쩌저저적!

불현듯 유리처럼 깨져가는 악몽굴의 공간들. 그나마 마법사들의 라이트 마법으로 빛을 유지하고 있던 동굴 내부가 깜깜하게 물들었다.

그리고.

[플레이어 사태후가 란트릿을 사용했습니다.]

최악의 사태가 벌어졌다.

"여긴 어디냐. 사혁 그 새끼는 또 어디로 가고?!"

좌표 계산은 완벽했다. 체이서의 본대는 지스 내부로 침투한 사혁의 근처로 소환될 예정이었고, 미리 마법사들과 디텍터들을 처리한 덕분에 계획은 순탄하게 진행되고 있었다.

한데, 소환되던 도중 이상이 발생한 것인지 지스 내부는커녕 제4미궁이란 대규모 던전에 갇히고 말았다.

"사혁 님의 부대와 통신이 안 됩니다. 두령!"

"귀환 주문서도 사용 불가에다가 소환 주문서도 먹히지 않습니다요!"

"리오스 진영 놈들이 무슨 수작을 부린 것 같습니다."

되려 유태현의 손바닥 위에서 놀아난 것이다. 그걸 뒤늦게 깨달은 사태후는 어떻게든 미궁 타르타로스를 벗어나기 위해 출구를 찾기 시작했고, 타 길드와의 충돌도 개의치 않은 채 하층으로 내려가려 했다.

총 1만의 군세. 머더러 사이에서 최강의 무력 집단이라 꼽히는 체이서를 상대로 버틸 만한 길드는 그리 많지 않았고, 그들이 미궁에 소환됐다는 사실조차 알지 못하던 타 진영의 플레이어들은 속수무책으로 당해야만 했다.

하지만 그것도 잠시.

"감히 내 집에서 소란을 피우는 놈들이 있단 건가?"

미궁의 주인이라고 알려진 자가 대대적으로 수배령을 내리자 외부에서부터 온갖 대형 길드들이 모이기 시작했다. 심지어 미궁을 관리하던 주인이 직접 수하들을 이끌고 제4미궁으로 향하는 상황.

되려 모든 플레이어들의 적이 된 체이서였지만 사태후는 멈추지 않았다.

"게헤헤헤. 그깟 놈들 다 부숴 버리고 가면 되는 일이지. 그 미궁의 주인이란 놈도 한 번 보고 싶구만."

권좌에 앉아 있던 하이 랭커들도 단신으로 제압했던 자신이지 않던가. 아무리 미궁 타르타로스라고 하더라도 감히 체이서를 막을 자들은 없었다. 때문에 사태후는 좀 더 거칠게 날뛰며 제4미궁 마그바탄을 쑥대밭으로 만들기 시작했고, 누구도 자신을 막지 못할 것이란 어마어마한 자신감 속에서 학살과 약탈을 반복해 갔다.

그리고 한창 플레이어들을 사냥하고 다녔을까.

"두령님. 몇 명을 고문해 정보들을 캐보니 대형 길드 몇 개가 마침 마그바탄 1영역에 도착했다고 합니다. 어차피 하층으로 내려갈 예정인데 차라리 저희가 먼저 놈들을 치는 게 낫지 않겠습니까?"

머더라 한 명이 제시한 의견에 사태후의 두 눈이 돌아갔다. 애초에 수배령이 떨어져 길드들이 계속해서 제4미궁으로 올라오고 있는 상황 아니던가. 학살과 약탈에 빠져 잠시 본 목적을 잊고 있던 사태후는 망설일 것도 없이 곧장 본대를 이끌고 1영역까지 돌파를 시도했다.

그리고.

"제 비율이 얼마나 되는지는 몰라도 전 소유권을 포기하겠습니다. 그러니까 제 몫만큼 저쪽 일행에게 비율을 나눠주십시오. 부탁입니다. 마스터."

"약간 보상이 탐나긴 하지만 저도 포기할게요."

"저, 저두요!"

2영역의 출구 부근에 도착했을 때, 건너편에서부터 대화 소리가 들려오기 시작했다. 달리 추측해 볼 필요도 없이 수배령 때문에 3영역으로 향하고 있는 새로운 대형 길드일 터.

사태후는 입구 부근에 모여 있는 길드원들을 보며 란트릿을 꺼내 들었다.

"학살 시작이다. 아가들아."

[미션이 변경됐습니다.]

[푸른 깃발 0/3]

[란트릿 사용 제한 1/3]

악몽굴의 미션은 이미 클리어한 직후였다. 한데, 난입자의 란트릿으로 인해 클리어됐던 미션이 초기화되어 버렸다. 두 길드 입장에선 다시 조건을 클리어해 입구를 열어야 하는 상황.

하지만 지금은 클리어 조건을 신경 쓸 때가 아니었다.

'탑의 화신 사태후. 저 자식이 왜 여기 있는 거지?'

들려온 소식에 의하면 체이서는 한창 지스를 습격하고 있다고 알려져 있었다. 때문에 리오스 진영의 랭커들도 골치를 앓고 있다고 했지 않던가.

물론 최근에 아둔을 직접 처리한 적이 있긴 했지만 그 정도로 제7도시 지스가 뚫릴 리는 없었다.

하지만 그것도 잠시. 문득 제2미궁에서 만났던 쿤다 진영 플레이어가 떠올랐다.

'허어. 정말 소식에 둔하네. 미궁의 주인 말일세. 미궁의 주인이 수배령을 내린 상태야. 최근 제4미궁에 자리 잡은 머더러 놈들 목에 어마어마한 골드를 걸어서 다들 이렇게 바쁘게 네 번째 미궁으로 이동하는 중이지.'

그때만 해도 제4미궁에 자리 잡은 머더러들을 어리석다고 여겼었다. 실제로 미궁에 침입한 머더러들은 대부분 미궁의 주인에 의해 소탕되고 있었으니 그럴 만도 했다.

하지만 태현이 개입한 것이라면 얘기가 달라진다.

"게헤헤헤. 여기 이렇게 실한 먹잇감들이 있었는데 이걸 몰랐구만. 아가들아. 여자들은 남기고 나머지는 모조리 죽여 버려라."

"자, 잠깐. 저 자식은 단신으로 차소희를 제압한 사태후잖아?!"

"미친. 머더러들 숫자가 너무 많아. 우선 도망쳐야 해!"

숫적 우세를 내세운 체이서의 기선 제압이 시작된다. 심지어 머더러들을 이끄는 것은 파이칸 고대 유적지 이후로 널리 알려진 A급의 괴물이었다.

그런 놈들과의 정면 대결?

아무리 멀린 길드와 그륜힐 길드가 합동한다 해도 절대 불가능했다. 헨리도 그것을 알고 있었던 것인지 광역 마법을 통해 최대한 시간을 벌려 했지만 사태후의 손짓 한 번에 시도가 무산되고 말았다.

[플레이어 사태후가 압도를 시전합니다.]

콰앙!

강대한 중력의 힘에 의해 취소되는 마법 캐스팅.

"게헤헤헤헤. 그래도 네놈은 좀 하는 것 같은데. 하지만 어림도 없지. 네놈들은 여기서 한 명도 살아가지 못할 거다."

"내 마법이 한 번에 취소된다고?!"

"아직 놀라긴 이르지. 게헤헤헤. 아가들아. 방패병들부터 족쳐라!"

사태후가 연달아 압도를 내려찍자 선두에 서 있던 방패병들이 나가떨어졌다. 권좌 차소희도 버티지 못한 위력적인 기술을 어떻게 보통 길드원들이 버티겠는가.

뒤늦게 B급 머더러들이 길목을 차단하기 시작하자 금세 놈들의 공세에 몰리는 것은 당연했다. 그나마 다행이라면 사태 후를 제외한 머더러들의 실력이 그리 뛰어나지 않다는 것이었지만 괴물 한 명이 날뛰기 시작하자 그런 부족한 부분도 순식간에 매워졌다.

"헨드릭. 대체 저놈은 어디서 튀어나온 놈인 게냐. 마녀들과 비슷한 수준의 플레이어라니? 네놈의 아비인 펠드릭과 견주어도 그리 뒤지지 않을 것 같은데. 이거 큰일이로구나."

"……그 정도일 줄이야."

아리샤의 한마디에 강자의 기준이 단숨에 뒤바뀌었다. 마계에서 단연 1인자로 꼽히는 펠드릭과 비슷한 수준의 플레이어라면 지금의 용찬으로선 절대 이기는 게 불가능했다.

'어쩔 수 없지. 일단 방패막이를 버리고 도망친다.'

다행히 용찬네 일행은 후위로 밀려나 있는 상태였다. 멀린 길드와 그륜힐 길드가 시간을 벌어주는 사이 어떻게든 미션 조건을 클리어 해 다음 영역으로 올라가야 할 터. 마침 새로운 클리어 조건의 영향 때문인지 눈앞으로 악몽굴의 지도가 나타났다.

'필드 곳곳에 숨겨져 있는 푸른 깃발을 모으는 건가.'

지도상에 표시되어 있던 붉은 점들이 반짝거린다. 여기서 가장 가까운 거리의 깃발은 일행들이 지나왔던 통로 중 하나.

판단을 마친 용찬은 아리샤를 품에 안고 뇌보를 발동했다.

"유한성. 넌 일단 마왕성으로 돌아가 있어라."

"엇. 갑자기 전······."

[플레이어 유한성이 역소환되어 바쿤으로 귀환했습니다.]

단거리 이동 마법이 있다곤 하지만 한성을 챙겨줄 여유까진 없었다. 게다가 이동 속도로 생각해 봤을 때 뇌보와 뇌안의 조합이 훨씬 더 거리를 단축시키는 데 효과적일 것이다.

[흑룡포의 스킬 레이지 드라이브가 발동됩니다.]
[시전자에게 출혈 효과를 부여하고 출혈로 피해를 입을 동안 시전자의 민첩 능력치를 두 배로 상승시킵니다.]

마치 땀처럼 흘러내리는 붉은 선혈. 품에 안겨져 있던 아리샤가 출혈 효과에 놀란 것인지 토끼처럼 몸을 움찔거렸다.

그리고 본격적으로 뇌안과 뇌보가 동시에 발동되자 가공할 속도로 용찬의 신형이 쏘아졌다.

"냐하하하. 전보다 더 빨라졌구나."

"신경 거슬리니까 입 다물고 있어."

"그나저나 저 아이들은 놔두고 갈 예정인 게냐? 특히 저 인간은 위험해 보이는데 말이다."

언제 길드원들에게 버림을 받았던 것일까. 아까 전까지만 해도 두 개의 길드를 지휘하던 진협이 어느새 근접형 머더더들에게 둘러싸여 있었다.

반대편으로 멀리 도망가는 하위 길드원으로 보아 애당초 그를 버리고 간 듯했다.

"나, 날 왜 버리고 가는……."

'젠장. 여기서 저 자식까지 구할 시간 따윈 없는데.'

재능이 탐이 나는 것은 사실이었다. 길드원들에게 버림받았단 것을 이용한다면 오히려 더욱 편하게 그를 회유하는 것도 가능할 터. 하지만 수많은 머더러들 사이에서 벗어나기 위해선 클리어 조건이 가장 우선적이었다.

"으음? 잠시만 기다려 보거라!"

"뭐? 무슨 소리냐."

"규격을 초월한 존재가 한 명 더 이리로 오고 있……."

콰콰콰쾅!

아리샤의 말이 체 끝나기도 전에 밀려드는 검풍. 아예 동굴의 지형 일부분을 절단시킨 새로운 괴물이 건너편에서부터 천천히 걸어 나왔다.

"여기까지 내려왔었나?"

자신의 체격만 한 커다란 대검, 갈기처럼 솟아오른 은색 머릿결. 그리고 왼쪽 눈에 자리 잡고 있는 기다란 검상까지. 돌연 수십 명의 머더러를 베어 넘기며 등장한 사내는 대검에 강대한 기력을 불어넣으며 정중앙에 서 있던 사태후를 노려봤다.

'미궁의 주인?!'

한 때 검성이란 호칭으로 불렸던 7번째 권좌 구휘. 자신의 진영조차 버리고 미궁에 자리 잡고 있던 타르타로스의 주인이 마침내 악몽굴에 모습을 드러냈다.

"계헤헤헤. 네가 우리에게 수배령을 내린 미궁의 주인이란 놈이냐?"

"그러는 네놈은 체이서의 두령 사태후?"

"그래. 내가 사태후다. 이 개자식아. 게헤헤."

"더 이상 물을 것도 없겠군. 죽어라."

감히 거스를 수 없는 압박감 속에서 구휘의 두 눈이 빛난다. 그와 동시에 그의 등 뒤로 떠오르는 커다란 거신의 형상. 오직 미궁의 주인에게만 허락된 검신의 신격체가 여기서 다시금 구현됐다.

[미궁의 주인 구휘가 신검 카엘로를 소환했습니다.]
[플레이어 사태후가 레이 벌츠를 시전합니다.]

콰지지지직!

진정한 괴물들의 격돌에 악몽굴 전체가 진동했다. 다른 권좌였더라면 사태후의 위력적인 기술에 금방 밀려나겠지만 미궁 내에서 온갖 버프를 받고 있는 지금의 구휘라면 충분히 놈을 상대할 수 있었다.

다만.

"도, 도망쳐. 주변에 있다간 그대로 휘말릴 거야!"

"최대한 거리를 벌린 채 머더러들을 상대해라!"

"저런 괴물들이 하멜에 있었다니. 우린 결국 죽고 말 거야."

둘의 충돌로 인한 여파만큼은 어쩔 도리가 없었다. 결국 헨리가 광역 보호막을 시전하며 급급히 길드원들을 보호했지만 아직까지 머더러들이 남아 있었다.

[푸른 깃발을 획득합니다.]

[푸른 깃발 2/3]

미리 입구 부근에서 멀리 떨어져 있던 용찬은 두 개의 깃발을 회수한 채 상황을 지켜봤다.

'어쩌다 여기가 괴물들의 전장이 된 건지 모르겠군. 여기서 빠져나갈 수만 있다면……'

헤르덴 상단을 추적하고 있던 용찬에게 있어 미궁의 주인이 4미궁까지 내려온 것은 희소식이나 다름없었다. 만약 2영역으로 들어갈 수만 있다면 플레이어들의 이목을 벗어난 채 3영역에서 렐슨 일행과 합류할 수 있을 터.

하지만 당장 입구를 막고 혈투를 벌이는 괴물들을 뚫는다는 것은 거의 불가능한 일이었다.

'클라우드 토템도 놈들의 눈을 가리진 못해. 그렇다면 역시 강행 돌파밖에 답이 없나?'

점점 상념이 깊어진다. 고민하는 사이 벌써 용찬의 손에는 세 번째 푸른 깃발이 쥐어 있었지만 무작정 달려들 순 없는 노릇이었다.

마침 아리샤도 그런 고민을 눈치챈 것일까. 갑자기 품속에 안겨져 있던 그녀가 시퍼런 구슬을 꺼내 마력을 불어넣기 시작했다.

"어쩔 수 없구나. 이렇게 된 이상 지인을 부를 수밖에."

"지인이라고?"

"미궁에 자리 잡고 있는 지인이지. 원래 부를 생각은 없었지만 이렇게 되니 방법이 없구나."

미궁으로 출발하기 직전 바쿤에서 언급하기도 했었던 '어떤 존재'. 일순 다른 마녀들이 떠오르긴 했지만 은둔자의 숲에서 아리샤는 다른 마녀들의 위치를 모른다고 했었다. 그렇다면 아리샤의 지인은 순전히 미궁에 살고 있는 존재일 터.

그렇게 용찬이 나름대로 추측을 하고 있었을까.

구구구구궁!

또 한 번 대지가 흔들려 오기 시작했다.

"음?"

"뭐야. 갑자기?"

구휘와 사태후마저 전투를 멈추고 고개를 돌렸다. 다른 플레이어들의 접근이라고 생각하기엔 너무나도 위협적인 살기가 주변을 지배하고 있었다. 그런 괴물들의 시선 속에서 천천히 붕괴되는 건너편 벽들. 그리고 마침내 아리샤의 지인이라고 소개됐던 존재가 악몽굴에 모습을 드러냈다.

-크아아아아아!

악몽굴 전체로 퍼져가는 강력한 피어. 휘황찬란한 적색 비늘들이 반짝거리는 가운데 날카로운 두 눈동자가 플레이어들을 향했다.

[고룡 메사이어드]

[등급:?]

[상태:?]

혹여 잘못 본 것은 아닐까. 두 눈을 깜빡거려 봤지만 눈앞의 거대한 형체는 결코 사라지지 않았다. 회귀자로서도 생전 처음 보는 용의 자태에 용찬은 당황해하며 아리샤에게 물었다.

"설마 네 지인이란 놈이……."

"쯔쯧. 더럽게 폼 잡으면서 나타나는구나."

"……."

할 말을 잃고 만 용찬이었다.

'근데 여기 하멜은 판타지를 배경으로 만들어진 세계잖아. 그러면 혹시 용들도 있지 않을까?'

'NPC들에게 듣기로 용들은 수백 년 전에 멸족했다고 하더라고.'

'뭐? 용들을 때려잡는 놈들이 있었어?'

'원인까진 나도 몰라. 그저 주워들은 얘기들뿐이지. 뭐.'

얼마나 오래전 일인지는 모른다. 그저 대륙의 역사처럼 내려져 오던 기록 중 용들이 존재했었다는 사실이 적혀 있었을 뿐. 지금은 일부 NPC들을 통해 용들이 멸족했단 얘기를 듣는 정도였다.

10년 동안 하멜에서 고군분투 해왔던 용찬 또한 용을 직접 본 적이 없었지 않던가. 때문에 용들이 멸족했단 것은 거의 기정사실화하고 있었다.

한데.

-하찮은 벌레 자식들이 전부 여기 모여 있었구나.

대체 눈앞의 적색용은 무엇이란 말인가. 마치 플레이어들을 벌레마냥 내려다보고 있는 메사이어드의 시선에 용찬은 감히 자리에서 움직이지 못했다.

"오래전, 미궁에서 안면을 텄던 친구 중 한 명이지. 하멜에 하나밖에 남지 않은 용이라고 보면 될 게다."

"그런 놈이 미궁에 틀어박혀 있었던 건가. 여태까지 몸을 숨긴 채로?"

"몸을 숨겼다기보단 워낙 잠이 많아서 말이지. 아마 남들에게 방해받지 않기 위해 미궁 깊숙한 곳에 둥지를 틀고 있었던 걸 게다. 다행히 수면기에 길게 접어들지 않은 상태라서 빠르게 부름에 응답했구나."

아리샤가 지고의 존재인 것이 새삼 실감되는 순간이었다. 마침 메사이어드도 그녀의 존재를 눈치챈 것인지 살며시 시선을 틀어 용찬이 서 있던 자리를 쳐다봤다.

-날 부른 이유를 말해라. 붉은 마녀. 감히 수면기에 접어든 이 몸을 깨우다니. 겨우 이런 인간 놈들 때문에 부른 것이라면 용서치 않겠…… 음?!

까앙!

가공할 위력이 실린 주먹이 마력 결계를 단숨에 깨부순다. 언제 표적을 구휘에서 고룡으로 바꾼 것인지 사태후가 실실거리며 양 주먹에 다시금 기력을 실었다.

"게헤헤헤. 여기 웬 도마뱀이 있는 건지는 모르겠지만 비늘 만큼은 몹시 탐이 나는구만."

-내 마력 결계를 파괴시킨다고?

"애새끼가 폼만 더럽게 잡고 있네. 그냥 아예 여기서 저기 칼 든 놈이랑 같이 족쳐줄게."

사태후의 위협은 결코 허세가 아니었다. 그는 동일한 A급 플레이어들 중에서도 상위 축에 속하는 괴물이지 않던가. 회 귀 이전에는 몰랐지만 잘하면 사태후는 최초로 S급에 도달하 는 플레이어가 될 수도 있었다.

그리고.

"내 집에 저런 도마뱀이 살고 있을 줄이야. 마침 탈 것이 부 족했는데 잘됐군. 사태후를 처리하고 저놈을 펫으로 길들이면 되겠어."

-폐, 펫이라고?!

미궁 내에서만큼은 검성 구휘도 만만치 않았다. 당장 그의 등 뒤로 현신한 검신의 기세가 점점 증폭되고 있는 상황. 대륙 최초로 습득했던 레전더리 등급의 신검 카엘로까지 소환된 마당에 이렇게 계속 피어만 내뿜을 순 없었다.

그 사실을 인지한 메사이어드는 황당하다는 눈빛으로 아리 샤와 용찬에게 전언을 보냈다.

-수면기에 빠져든 사이에 이런 놈들이 대륙에서 날뛰고 있

었다니. 도저히 인간이라고 여겨지지 않는 수준이로군. 붉은 마녀. 설마 이놈들을 처리해 달라는 부탁은 아니겠지?

"그럴 리가 있겠나. 단지 시간을 좀 벌어줬으면 해서 말이다. 정확히는 이 아이가 입구에 들어갈 시간을 말이지."

-르네의 아이인가.

"부탁함세."

⋯⋯정말이지. 귀찮은 일만 가지고 오는군. 이번 일의 대가는 두고두고 받아내도록 할 테니 기억하고 있어라.

정말 고룡과 친분이 있었던 것일까. 괴물로 취급되던 인간 둘을 상대로도 물러서지 않고 오히려 부탁을 받아들이는 분위기였다.

이젠 정말 삼파전이 되어버린 괴물들의 구도. 그 사이에서 플레이어들은 고래 싸움에 새우 등 터질세라 급히 도망치기 시작했고, 머더러들도 그들을 따라 멀리 도망치며 다시금 학살을 벌이려 준비를 하는 태세를 취했다.

[고룡 메사이어드가 헬 파이어를 시전합니다.]

-천둥벌거숭이 같은 놈들이 감히 날 도마뱀 취급을 해? 얼마나 너희들이 하찮은 존재인지 몸소 느껴봐라.

이글거리는 지옥의 불덩이들이 수백 구씩 소환된다. B급 상위 마법사인 헨리는 엄두조차 내지 못할 중첩 캐스팅이었다. 사태후와 구휘는 쏟아지는 헬 파이어들을 받아치며 반격을 시도했고, 얼마 되지 않아 메사이어드와 치열한 공방을 치르게 됐다.

그제야 훤히 보이기 시작하는 2영역의 입구. 이 기회를 놓칠세라 품에 안겨 있던 아리샤가 전투 인형들을 내세우며 손짓했다.

"메사이어드 정도면 한동안 시간은 벌어줄 게다. 이 틈에 얼른 목적지로 넘어가자꾸나."

"아예 난장판으로 만들어놨군. 그나저나 르네의 아이란 게 무슨 뜻이지?"

"최초로 마계를 통일했던 르네. 그녀의 아이들이란 뜻이지. 간단히 말해서 마족들을 칭하는 게야."

마계 최초로 대통합을 이루었던 여인 르네. 그리고 어림잡아도 수천 년은 더 족히 살았을 고룡 메사이어드. 둘 사이에 또 다른 인연이 있었던 듯했지만 지금은 그게 중요한 게 아니었다.

[그란디올의 너클을 착용했습니다.]
[챠밍 게이지가 활성화됩니다.]
[마력 능력치가 소폭 증가합니다.]

'우선 마력을 메꿔줄 장비부터. 그리고……'

마치 채찍처럼 길어진 오른손이 무언가를 낚아챈다.

"어, 어?!"

데스 그랩에 의해 끌려온 대상은 다름 아닌 이진협. 길드에게 버림받은 것 때문에 한창 절망하고 있던 그는 난데없이 용찬 앞으로 끌려오자 멍하니 두 눈을 깜빡거렸다.

"그륜힐 길드는 이만 잊어라. 일단 여기서 탈출한다."

"하, 하지만 나는……."

"자, 네가 해오던 대로 내게 길을 보여라."

진협의 재능을 재활용할 시간이었다.

[플레이어 사태후가 처형의 단두대를 시전합니다.]
[미궁의 주인 구휘가 백섬무를 시전합니다.]

체이서의 수장인 사태후의 직업은 무투가다. 하지만 용찬과 달리 기본적인 무투가의 기술을 습득하지 않고 오히려 강력한 위력을 가진 공용계 기술들을 위주로 배운 상태였다. 그리고 지금 천장에서 내려오는 수십 개의 사슬낫들도 전부 사태후가 시전한 처형의 단두대로 구현된 효과들이었다.

콰앙! 쾅!

물론 구휘와 메사이어드는 지친 기색 하나 없이 여유롭게 사슬낫들을 쳐내고 있었고, 뒤늦게 검성의 주 기술인 백섬무가 시전되자 정면의 공간이 종이처럼 잘려 나갔다.

'악몽굴이 안 무너지는 게 용할 정도야. 벌써부터 저런 놈들을 대면할 생각은 없었는데……'

아니, 어쩌면 차라리 잘된 것일지도 모른다. 이렇게 악몽굴로 미궁의 주인과 사태후가 내려오면서 상층의 경계는 전보다 더욱 허술해졌을 터. 만약 여기서 2영역으로 올라갈 수만 있다면 헤르덴 상단의 추적은 조금 더 손쉬워질 것이다.

[뇌신장을 시전합니다.]
[치명타!]
[챠밍 게이지가 소모됐습니다.]

그란디올의 너클은 예상보다 효율이 뛰어났다. 기본적으로 마력을 증폭시키는 것부터 시작해 챠밍 게이지가 찰 때마다 다음 시전하는 스킬의 레벨 상승까지. 지금도 경갑 방어구를 착용하고 있던 머더러 한 명이 뇌신장에 얻어맞고 거의 중상에 다다르는 부상을 입은 상태였다.

"상훈아, 아니, 용찬! 뒤에 한 명 더 있어!"

미리 가명이 아닌 본명을 알려준 덕분일까. 진협이 전보다 더 편한 말투로 후방에서 접근하던 적을 알려주었다.

"저 돼지 같은 새끼가!"

"어딜 보고 있는 거냐?"

"컥!"

보폭을 줄이며 머더러의 복부로 일점 격발을 꽂아 넣자, 소검을 쥐고 있던 놈이 볼썽사납게 바닥을 나뒹군다. 이미 두 가지 속성의 정령과 계약하면서 등급은 B로 상승한 상태. 거기서 마족의 육체까지 포함한다면 B급 머더러들은 더 이상 용찬의 상대가 되지 못했다.

물론.

"캬하하하. 여기 사냥감 한 명 또 발견!"

"크윽!"

가끔씩 달려드는 B급 상위권 실력자들은 예외였지만 말이다.

[다크 인챈트를 시전합니다.]

[아쿠아 인챈트를 시전합니다.]

할 수 없이 정령의 능력까지 이끌어낸 용찬은 속전속결로 방해하는 체이서의 간부들을 상대해갔다. 그리고 아리샤가 소환한 전투 인형들의 도움을 받으며 길을 뚫어내자 마침내 정면으로 입구가 보였다.

하지만 그것도 잠시.

쿵!

거대한 용의 육신이 바닥으로 추락하며 길이 막혀왔다.

-크르르르. 정녕 저게 인간의 육신이란 말인가.

"어이. 길을 비켜."

-지금 이 몸에게 한 말이냐?

"그럼 네놈 말고 누가 여기 있지?"

-이제 기껏 중급 마족으로 보이는 놈이 감히…… 음?

커다란 주둥이를 들이밀던 메사이어드가 갑자기 코를 킁킁거렸다. 무언가 익숙한 냄새라도 맡은 것일까. 분노가 가득하던 눈동자가 이내 휘둥그레지고 있었다.

-어떻게 네놈에게서 르네의 냄새가 나는 거지?

"르네의 냄새?"

-본인은 모르는 건가. 크르르르. 어쩔 수 없지. 일단 나중에 다시 얘기하도록 하지.

엉뚱한 말만 늘어놓던 고룡이 다시금 사태후와 구휘에게로 날아갔다. 다소 의문이 남는 질문이었지만 당장 용찬으로선 놈의 의도를 파악할 겨를이 없었다.

게다가.

"푸른 깃발 세 개를 전부 모아 왔습니다. 무혁 님!"

"좋아. 우린 이대로 입구까지 돌파를 시도한다!"

아까 전부터 자꾸 그륜힐 길드가 눈에 거슬려 왔다. 미션이 초기화되면서 아예 길드 혹은 파티 단위로 설정된 클리어 조건. 무혁도 괴물들의 희생양이 되기는 싫었던 것인지 빠르게 푸른 깃발을 회수하며 2영역의 입구를 노렸다.

그리고 얼마 되지 않아 입구로 향하는 길목을 가로막고 선 그륜힐 길드.

"······길드 마스터님."

"누군가 했더니 눈치 없이 설쳤던 돼지 새끼로군. 재능이 있어 스카웃해 줬더니 이렇게 내 뒤통수를 쳐?!"

"하지만 정산 비율은!"

"아, 아예 처음부터 놈에게 들러붙었던 모양이지? 우리에게 버림받아 질질 싸고 있을 거라 생각했는데. 같이 다니고 있는 꼴을 보아하니 역시나 저 무투가 놈과 한패였어."

"오, 오해입니다. 전 순전히 이 친구의 성과도를 생각해서 제 몫을 포기한 것뿐입니다!"

"이거 참. 성자 납셨군. 아무튼 여기서 너희 둘을 처리하고 가야겠어. 그냥 가면 도저히 직성이 안 풀릴 것 같단 말이지."

고대 검술가로 널리 알려진 무혁이 다시금 룬 블레이드를 시전했다. 자기 딴엔 배신당했다는 등 말도 안 되는 헛소리를 늘어놓고 있었지만 속내는 다른 듯했다.

아마 정산 비율을 나눠 받은 용찬을 처치해 도로 보상을 회수할 속셈일 터. 이런 난장판 속에서도 끝까지 욕망을 떨쳐내지 못하는 그의 모습은 추악하기 그지없었다.

"……."

결국 모두에게 인정받았던 지휘관은 절망하고야 말았다. 어찌 이리도 사람의 태도가 한순간 뒤바뀔 수 있단 말인가. 그것도 문지기 토벌 당시 가장 큰 공헌을 했던 자신에게 말이다. 이제 와서 후회한들 아무런 소용이 없었다.

용찬은 바닥에 주저앉은 그를 아리샤에게 맡긴 뒤 파이오니악을 착용했다.

"설마 혼자서 우리를 전부 상대하겠다고?"

"난 네놈에게 참으로 고마울 따름이야."

"뭐? 갑자기 무슨 개소리지?"

"네놈 덕분에 일이 쉽게 풀릴 것 같거든."

마왕성 퀘스트에 대해서 모르던 그는 그저 인상을 구기기만 했다. 하지만 그것도 잠시. 미리 주변 길드원들과 함께 입구 부근을 사수한 것 때문일까. 한 명씩 길드원들에게 지시를 내리며 여유롭게 공격할 태세를 취했다.

"무슨 헛소리인지는 모르겠지만 이제 그만 죽어……."

"특별히 너한테 보상을 내려주마."

쿠구구구궁!

여태껏 숨겨왔던 세 가지 속성력이 한꺼번에 날뛰기 시작한다. 그와 동시에 발현되는 필리모터의 효과. 마력과 속성력이 함께 부여된 강대한 에너지가 단숨에 파이오니악으로 집중됐다.

그리고.

[파이렛 1식이 발동되고 있습니다.]
[다간의 정밀한 흉갑의 스킬 스톤 아머가 발동됩니다.]
[일정 시간 동안 석화됩니다.]

돌처럼 굳어버린 용찬이 마침내 놈들에게 잔혹한 미소를 선사했다.

"보상은 죽음이다."

◀ **60장** ▶

바라볼

악몽굴에서의 충돌 이후 타르타로스 전체에 이변이 발생했다.

아직 미궁 내의 플레이어들은 깨닫지 못하고 있었지만 서서히 내부 지형이 뒤틀리고 있었고, 그것을 가장 먼저 눈치챈 것은 마그바탄에 몸을 숨기고 있던 마족이었다.

'이 정도 충격이라면 아무리 타르타로스라도 얼마 버티지 못할 거야.'

바라볼. 그런 가명으로 활동하고 있는지도 벌써 2년째였다. 우연히 독마와 인연이 닿아 그의 밑에서 일하게 되었지만 이런 상황은 그다지 달갑지 않았다.

"저, 저희 정말 살 수 있는 건가요? 이대로 플레이어 놈들에게 걸리기라도 한다면……."

"아이고. 메르비 님. 진정하십시오. 바라볼 님이 어떻게든 저희를 구해주실 겁니다."

헤르덴 상단주 메르비, 부상단주 몽블랑까지. 전투 방면으로 별 도움도 안 되는 마족들을 데리고 다니는 것도 큰 고역이었다. 심지어 몽블랑은 식탐까지 많아 남들의 몇 배나 되는 식량을 축내고 있었다.

그들이 탈출할 유일한 희망이라곤 그들을 이곳까지 데려온 마법사 바라볼 뿐. 하지만 정작 본인은 시답잖은 아부에 반응조차 하지 않고 묵묵히 주변을 살피고만 있었다.

'플레이어들에게 걸릴 가능성도 있긴 하겠지만. 지금은 그럴 것 같지 않군. 대체 어떻게 되어가고 있는 거지?'

아까 전까지만 해도 우르르 몰려다니던 무리들이 지금은 보이지 않았다. 미궁 하층에서 무슨 일이라도 생긴 것은 아닐까 나름 추측도 해봤지만 당장 알 수 있는 것은 없는 상황. 차라리 여기서 둘을 처리하고 홀로 도주하는 방법도 있었지만 바라볼은 이내 고개를 저었다.

'아직. 아직은 아냐.'

마델에게서 받은 명을 수행하기 위해선 미끼가 필요했다. 오직 헨드릭 프로이스를 끌어내기 위한 아주 탐스러운 먹잇감이 말이다.

때문에 바라볼은 움직였다. 프로이스 가문에게 추적당하지 않기 위해.

그리고.

'자, 어서 제 앞에 나타나 주십시오. 마왕님.'

헨드릭 프로이스에게 추적당하기 위해 애써 무거운 발걸음을 내밀고 있었다.

[마그바탄에 진입했습니다.]

[마족과 플레이어가 공존하는 중립 지대입니다.]

[플레이어 영향으로 인해 버프가 부여됩니다.]

[종족 고유 특성의 영향으로 인해 버프가 부여됩니다.]

간신히 악몽굴을 벗어난 이후 4영역까지의 길은 그리 험난하지 않았다. 오히려 플레이어들이 1영역에 있는 머더러들의 소식을 듣고 몰려간 덕분에 빠르게 마그바탄에 도착한 상태였다.

'악몽굴에 괴물 세 마리가 모여 있단 것을 알았다면 얼씬도 하지 않았겠지.'

지금쯤 1영역은 거의 포화 직전의 상태일 것이다. 수배령에 정신이 팔려 몰려간 플레이어들은 고래들의 싸움에 새우 등이 터지고 있을 테지만 이미 용찬과는 별개의 문제였다.

군이 신경 쓰인다면 멀린 길드의 하나와 채은 정도뿐. 나름대로 쓸 만해진 그녀들을 더 이상 이용하지 못한다는 것은 약간 아쉬웠다.

　'뭐, 그래도 이 자식을 얻긴 했으니까.'

　기가 팍 죽은 듯 어깨가 축- 처져 있던 진협이 인형의 등에서 내려온다. 지휘관으로서 인정받던 자신이 단숨에 배신자로 몰렸으니 기분이 그리 좋지만은 않을 터.

　'무투가에게 저런 원거리 기술이 있다고?!'

　'모, 모두 막아. 이 틈에 죽여 버려!'

　'몸이 돌처럼 굳어서 검이 들어가지를…… 끄아아악!'

　파이렛 1식을 통해 놈들에게 경쾌한 복수를 해주긴 했지만 그렇다고 해서 그륜힐 길드가 전부 전멸당한 것은 아니었다. 아마 지금쯤 무혁과 주력 간부들은 살아남아 상층으로 올라오고 있을 것이다.

　"언제까지 그렇게 넋을 놓고 있을 거지?"

　"……하나만 물어봐도 될까?"

　"뭐냐."

　"왜 나를 이렇게까지 도와주는 거야? 인연이라고 해봐야 사신 아카데미에서 만난 정도였고 난 아직까지 너에게 제대로 무엇 하나 해준 게 없는데. 이렇게 목숨까지 구해주는 영문을 모르겠어."

확실히 진협 입장에선 과한 호의라고 느낄 만도 했다. 하지만 그가 가진 재능을 생각한다면 전혀 무의미한 짓은 아니었다. 게다가 악몽굴을 벗어나던 차에 좋은 변화도 있었지 않던가.

[퀘스트 클리어 조건이 변경됐습니다.]
[목표:플레이어 이진협 구출 0/1, 남은 기간 8일.]

그룬힐 길드가 먼저 등을 돌린 영향 때문일까. 퀘스트 조건은 이미 그를 미궁에서 구출하는 것으로 변경되어 있었다.

"솔직히 말해서 네 재능이 탐나서다."

"재, 재능?"

"그룬힐 길드의 멍청이들은 네 재능을 직접 실감해 놓고도 기회를 걷어차 버렸지. 아마 마지막에 우리를 막아선 것도 정산 비율이 나눠진 것을 도로 회수하려던 속셈이었을 거다."

"……."

굳이 말을 지어낼 필요는 없었다. 애당초 진협도 그룬힐 길드의 탐욕을 어느 정도는 눈치채고 있었을 것이다. 때문에 용찬은 말을 돌리지 않고 본론부터 꺼내 들었다.

"진정으로 내게 고마워하고 있다면 앞으로 나를 따라와라.

적어도 그놈들처럼 멍청하게 쓸 만한 인재를 버리진 않을 거다."

"……인재."

다른 누군가에게 인정받기 위해 노력해 왔단 것은 얼추 들어서 알고 있던 사실이었다. 그리고 인재란 말에 마음이 동요한 것인지 한참의 고민 끝에 진협이 고개를 끄덕거렸다.

"그래. 왠지 너라면 믿을 수 있을 것 같아. 마, 많이 부족하지만 앞으로 널 따라갈게!"

"잘 선택했군."

"하지만 서로 진영이 다르면 어쩌지? 그러면 애초에 널 따라가지도 못하잖아."

"그건 걱정 마라. 우선 미궁에서 탈출하는 게 우선이다."

실제로 지금의 용찬은 쿤다 진영의 소속으로 설정되어 있었다. 하지만 영입 시스템을 이용한다면 진영 상관없이 그를 마왕성의 병사로 끌어들일 수 있을 것이다.

그렇게 대충 회유를 마쳤을까. 파손된 인형들을 잠시 손보고 있던 아리샤가 길게 기지개를 피며 천천히 다가왔다.

"그래서 대화는 끝난 게냐?"

"대충은."

"그럼 슬슬 출발하자꾸나. 헤르덴 상단 놈들이 한자리에서 가만히 기다리고 있을 거란 보장도 없으니까 말이지."

직접 언급하진 않았지만 하층에서 전해지는 충격도 꽤나

심상치 않았다. 사태후와 고룡이 들이닥치기 전까지만 해도 절대 붕괴되지 않을 거라 여겼던 타르타로스였지만 지금은 약간 생각이 달라져 있었다.

'잘하면 정말 미궁 타르타로스가 붕괴할지도 모르겠어.'

아직 섣불리 단정하긴 일렀지만 용찬은 혹여 벌어진 상황을 우려해 발걸음을 재촉했다.

[마그바탄의 용암들이 분출됩니다.]
[화염 속성력이 상승합니다.]
[화염 저항력이 상승합니다.]

제4미궁의 중립 영역인 마그바탄. 지하의 용암 지대로 널리 알려진 마그바탄의 필드는 일정 시기마다 용암이 분출되어 플레이어들에게 상당한 피해를 안겨주곤 했다.

때문에 화염 저항력이 깃든 장비 혹은 버프가 필수적이었는데, 어찌된 것인지 용찬은 용암에 피해를 입을 때마다 오히려 속성력과 저항력이 상승하고 있었다.

"앗! 따가워."

"냐하하하. 칠칠치 못하긴. 일단 내 마력 결계 안에라도 들어와 있거라."

"고, 고마워. 너 근데 몇 살이니?"

"에잉. 사람을 겉만 보고 판단하다니. 네놈도 아직 멀었구나."

"……."

아리샤가 A급의 마녀란 것을 알지 못하던 진협은 아직까지 현 멤버가 적응이 되지 않는 듯했다. 하지만 그것도 시간이 흐르면 흐를수록 자연스럽게 익숙해질 터.

그사이, 용찬은 3층의 문지기를 처치해 나눠 받은 정산의 보상을 확인했다.

[벡터(유니크)]

[거인의 수정체(레어)]

[마법 시약(레어)]

[망치 다리의 조각(레어)]

'벡터를 제외한 다른 아이템들은 전부 재료 아이템으로 보이는데……. 일단 이걸로 벌써 네 번째 유니크 장비인가.'

어깨 보호구로 보이는 유니크 장비 벡터. 상당히 견고한 황금색 어깨 보호구는 마치 날개처럼 가장자리가 삐쭉 튀어나와 있었다.

[벡터]

[등급:유니크]

[옵션:일정 확률로 충격을 50% 흡수함, 내구 능력치 2 상승, 신체에 관련된 기술의 효율을 두 배로 증폭시킴, 스킬을 적중 시킬 시 일정 확률로 충격파를 시전함.]

[설명:고대의 대장장이 바이칸이 제작한 회심의 역작이다. 황금으로 도색한 벡터는 착용하고만 있어도 내구력이 증가하고 어깨로 직접 기력을 끌어모을 수도 있다.]

유니크 장비답게 효과는 매우 쓸 만했다. 만약 정산 비율을 요구하지 않았더라면 뒤늦게 후회했을 정도였다. 용찬은 흡족스러운 얼굴로 벡터를 착용했고, 마침 정면으로 거대한 용암 골렘이 등장했다.

'B급 네임드급으로 알려진 용암 골렘. 물리 저항력이 높아 무투가에겐 상대하기 까다로운 몬스터로 분류되지만……. 착용한 김에 한 번 시험해 볼까?'

판단을 마치는 즉시 어깨로 붉은 기력을 끌어올렸다.

-쿠어어어어!

양팔을 크게 벌리며 단숨에 용찬을 깔아뭉개려 하는 용암 거인. 하지만 놈보다 용찬의 기술이 조금 더 빨랐다.

[숄더 어택을 시전합니다.]

콰앙!

복부 깊숙히 어깨가 틀어박힌다. 날개처럼 뾰족 튀어나왔던 벡터의 끝부분은 아예 용암 거인의 몸속까지 파고들었고, 옵션 효과가 발동되자 정면으로 충격파가 터져 나왔다.

쿠구구구궁!

결국 먼 곳까지 날아가 버린 용암 거인. 용찬은 기다릴 것도 없이 라이트닝 볼텍스로 놈을 마무리하며 벡터에 대한 평가를 내렸다.

"쓸 만하군."

"······그게 쓸 만한 정도인 거야?"

너무도 가벼운 평가에 진협이 이해할 수 없단 표정으로 쳐다보고 있었다.

[절망의 다리에 도착했습니다.]
['절망의 다리 발견' 업적을 달성했습니다.]
[업적 보상으로 룰렛이 회전합니다.]

마그바탄을 둘로 갈라놓는 경계선이라고 볼 수 있는 절망의 다리. 청동석으로 지어진 이 다리는 용암이 펄펄 끓어오르는 지역 가운데 위치해 있었고, 플레이어든 마족이든 반대편으로 넘어가기 위해선 반드시 이곳을 지나가야 했다.

때문에 플레이어들은 항상 절망의 다리에 인원을 배치해 마족들을 경계하고 있었는데, 악몽굴의 소란 때문인지 평소보다 경계가 허술해져 있었다.

'구휘의 수하들이면 적어도 랭커 수준이란 소리겠지. 총 열두 명 정도인가.'

여러 직업으로 구성된 자들이 다리를 감시하는 것이 보였다. 용찬은 미리 그란디올의 너클로 장비를 교체한 뒤 아리샤의 전투 인형들을 먼저 앞으로 내보냈다.

"응? 저 인형들은 뭐야?"

"어디서 인형술사가 왔나 본데. 우리가 누군지도 모르는 건가."

"일단 해치워. 디텍터들은 인형 술사 위치부터 확보해놓고."

대장 격으로 보이던 자가 지시를 내리자 금방 진형이 갖추어졌다. 후방에 있던 디텍터들이 재빨리 감지계 기술을 시전하는 것이 보였지만 놈들이 붉은 마녀인 아리샤의 마력을 찾아내는 것은 무리였다.

'따로 배치된 인원은 없는 것 같고. 그렇다면 다른 놈들에게 통신을 하기 전에 치면 되겠군.'

사방으로 활개치는 어둠 속성력. 한창 전투 인형들을 상대하던 구휘의 수하들은 난데없이 튀어나온 용찬의 모습에 당황해했다.

"이놈은 또 뭐⋯⋯."

"전방에 기사는 하체 방어구가 부실해! 제대로 자세를 잡기 전에 하단부터 노리면 제압하기 쉬울 거야!"

마침 타이밍 좋게 진협이 상대의 정보와 약점을 꿰뚫어 전했다. 기회를 놓칠 리 없던 용찬은 그의 말대로 하단 깊숙이 파고들며 마운트를 노렸고, 가볍게 힘을 실어 로킥을 날리자 방심하고 있던 놈의 균형이 무너졌다. 그리고 쓰러지기 일보 직전이던 놈의 안면에 일점 격발을 연달아 꽂자 얼마 되지 않아 그의 신형이 축 늘어졌다.

"미친. 저놈도 B급 랭커 수준이야. 얼른 지원을 요청해!"

"그렇게는 안 되지."

디텍터가 통신 수정구를 꺼내기도 직전에 이동되는 신형.

뇌안을 통해 미리 그의 앞으로 도달한 용찬은 챠밍 게이지의 효과를 이용해 파쇄의 위력을 증폭시켰다.

콰지지지직!

후방에 있던 디텍터들이 단체로 균형을 잃고 쓰러진다. 하지만 위력이 증폭된 파쇄는 거기서 그치지 않고 주변 일대를 단숨에 으스러트리며 커다란 크레이터를 만들어냈다.

그리고 시작된 일방적인 학살.

"무, 무슨 무투가가 속성력을 세 가지씩이나⋯⋯ *끄아아악!*"

"마법. 마법이야! 인형들이 마법까지 시전하고 있어. 도망쳐!"

"젠장. 저 뒤에 뚱땡이 놈이 우리의 정보를 단숨에 파악해내고 있어. 저놈부터 어떻게든 족치란 말이야!"

이미 B급 플레이어들 중에서도 상위권에 속하는 용찬은 아리샤와 진협의 도움만으로도 충분히 그들을 처리해 낼 수 있었다.

파지지직!

결국 마지막 남아 있던 마법사까지 라이트닝 볼텍스에 무참히 죽어버린 상황. 그제야 일행은 한 숨을 돌리며 텅텅 비어진 절망의 다리를 마주하게 됐다.

"근데 정말 괜찮은 거야? 저 플레이어들. 보니까 미궁의 주인과 관련된 자들로 보이던데……."

"어차피 미궁에서 빠져나갈 예정이니 신경 쓰지 마라."

"그렇다면 다행이긴 한데, 이리로 나갈 수는 있는 거야?"

절망의 다리 건너편은 순전히 마족들의 영역이었다. 만약 저곳으로 가게 된다면 어쩔 수 없이 일행은 마계로 이어지는 출구를 통해 미궁을 빠져나가야만 할 터.

그런 진협의 걱정에 용찬은 대답하지도 않고 묵묵히 통신 수정구를 꺼내 들었다. 하지만 그것도 잠시. 멀리에서부터 한 무리가 빠르게 절망의 다리로 향해왔다.

"설마 절망의 다리를 건너려고 할 줄은 몰랐는데. 네놈은 진정으로 미친놈인 것 같군."

"……."

"이제 와서 우리를 모른다고 하는 것은 아니겠지?"

무리의 정체는 다름 아닌 그륜힐 길드였다.

악몽굴에서 당했던 게 그리도 분했던 것인지 무혁이 흥분을 가라앉히지 못한 채 무검을 꺼내 들었다.

그 모습에 진협은 몸을 벌벌 떨며 아리샤의 곁으로 물러났고, 길드원들이 제각기 무기를 꺼내 들자 어느새 놈들에게 둘러싸인 구도가 되어 있었다.

"그땐 어처구니없이 당했지만 이번만큼은……."

끝까지 쪽수를 믿고 있던 무혁의 두 눈이 휘둥그레진다. 건너편에서부터 절망의 다리를 건너오는 수십 명의 마족. 특히 그중에서 창을 들고 있는 마족들은 기세부터 범상치 않았다.

"뭐, 뭐냐. 저 마족들은?!"

무언가 잘못됐단 것을 느낀 무혁은 황급히 뒤로 물러났다. 그 순간.

"방금 뭐라고 했지?"

바쿤의 마왕이 통신 수정구를 집어넣으며 물었다.

퍼억!

초주검이 된 플레이어 한 명이 발에 걷어차여 바닥을 구른다. 얼마 전까지만 해도 숫자를 믿고 목숨을 위협했던 그륜힐의 길드 마스터다. 하지만 지금은 산양 같은 뿔이 달린 마족에게 무참히 짓밟혀 버린 상태였다.

"이 녀석들이 다리를 지키고 있던 플레이어였나 보군요?"

"아니, 그건 저쪽이다."

"엥? 그럼 이놈들은 무엇입니까?"

산양 뿔의 마족, 렐슨의 물음에 용찬이 무심히 등을 돌리며 답했다.

"자기 주제도 모르고 덤벼든 놈이지. 흑창대. 처리해라."

"예!"

무려 프로이스 가문의 전속 부대인 불의 추적대와 흑창대다. 평균 등급만 해도 B급 네임드에 달하는 주력 병사들인데 겨우 중규모 길드인 그륜힐이 그들이 이길 리 없었다.

제대로 된 진형조차 만들지 못하고 완벽히 토벌당한 상황. 결국 마지막 생존자였던 무혁의 목 끝에 창대를 들이 밀어지자 그가 믿기지 않는다는 표정으로 발버둥 치기 시작했다.

"이, 이건 말도 안 돼! 마족과 손을 잡은 플레이어가 있다니. 이런 건 있을 수…… 꺼억!"

그륜힐 길드의 최후는 무척이나 허무했다. 믿기지 않는 현실에 급격히 부정해 본들 달라지는 것은 없었고, 끝내 무혁은 목에 창이 꽂힌 채 숨을 다하고야 말았다.

[마왕성 퀘스트가 완료됐습니다.]

[보상이 지급됩니다.]

[플레이어 이진협의 영입 조건이 모두 충족됐습니다.]

어찌 보면 명을 재촉한 셈이었다. 한창 퀘스트와 추적 사이에서 고민하고 있던 차에 손수 이렇게 절망의 다리까지 찾아와 주었으니 말이다. 이로써 한성에 이어 두 번째 영입권은 용찬의 손에 들어와 있는 상황. 남은 것은 벌벌 떨고 있는 진협을 바쿤 소속으로 끌어들이는 것뿐이었다.

"거참. 펠드릭 그 양반 핏줄 아니랄까 봐 여기저기서 시비를 걸리고 다니네."

"다 들린다."

"흡!"

툴툴거리던 렐슨이 다급히 입을 막는다. 뒤늦게 지시를 받은 대로 다른 병사들과 함께 뒷정리하면서 딴청을 부려봤지만 먹힐 리가 없었다.

하지만 용찬으로선 마침 잘된 상황이기도 했다. 창백히 질린 안색으로 쳐다보는 진협을 몰래 처리할 수 있었으니까.

"마, 마족들과 손을 잡다니. 거짓말이지? 그렇지? 그, 그저 약점을 붙잡혀서 이렇게 행동하는 거잖아. 맞지?!"

"네 눈에는 이게 약점 잡힌 걸로 보이나?"

"……."

진협의 입이 꾹 다물어진다. 무혁처럼 부정하고 있는 듯했지만 이미 그는 알고 있을 것이다. 단순히 용찬이 마족에게 약점이 잡혀 손을 잡고 있는 게 아니란 것을.

대답조차 하지 못하고 온몸을 파르르 떠는 진협. 그가 현실을 받아들일 때까지 기다려 줄 용찬이 아니었다.

"그때 말했던 것처럼 네 재능이 탐났던 것뿐이야. 날 따르겠다고 한 것도 너였고 말이지."

"……무슨 뜻이야?"

"앞으로 네가 바쿤의 병사로서 살아가게 된다는 의미다. 우선 급한 일이 남아 있으니 먼저 돌아가서 유한성이란 놈에게 자세한 설명이라도 듣고 있어라."

"아, 아니. 잠깐……!"

진협은 말을 채 끝마치지 못하고 사라졌다. 역소환이었다.

이미 영입권이 적용된 플레이어는 직접 파티를 걸지 않아도 전력 병사들처럼 역소환이 가능했다. 아마 지금쯤 바쿤에 도착해 집사 그레고리를 마주하고 있을 터.

그렇게 성공적으로 새로운 지휘관을 영입한 용찬은 진협이 사라진 빈자리를 쳐다보다 이내 혀를 차며 등을 돌렸다. 그리고 들으란 듯이 중얼거렸다.

"쯧. 놓쳐 버렸군."

"엇. 설마 아까 그 플레이어 놈이 도망친 겁니까?"

"다른 동료가 있었던 모양이야. 아마도 다른 층에서 소환한 것이겠지."

"이런, 죄송합니다. 제가 미리 시야 기술로 감시를 하고 있어야 했는데⋯⋯. 쿵. 우선 마력의 흔적을 쫓아 놈부터 추적하시겠습니까?"

"아니, 어차피 1영역으로 플레이어들이 몰린 상황에서 여기까지 올라오는 자들은 얼마 없겠지. 차라리 빠르게 헤르덴 상단을 붙잡아 마족의 영역을 통해 귀환한다."

유능한 디텍터로 꼽히는 렐슨이 사과하는 분위기였지만 사실상 그의 잘못이 아니었다. 애당초 추적대와 흑창대에게 아이템 수거 및 시체 뒷정리를 맡긴 것은 용찬이었으니까.

오히려 시야 기술을 사용할 틈이 없게 만든 덕분에 진협을 한결 편하게 처리한 상황이라고 볼 수 있었다.

"알겠습니다!"

그런 진실을 모르던 병사들은 그저 용찬의 지시에 각자 전후좌우를 맡아 전진할 뿐이었다.

그리고 뜨거운 용암 지대 위로 천둥 매와 폭풍 매가 날아들 무렵, 본격적으로 헤르덴 상단 추적이 시작됐다.

"그나저나 여긴 신기하군요. 안에 있는 자들끼린 소환이 가능하지만 바깥에서 안에 있는 자를 소환하는 것은 불가능하니, 이건 완전히 밀폐된 공간이나 다름없군요."

"전에 네가 개척한 미궁은 어떤 곳이었지?"

"아, 거긴 미궁 헤이달로스라고……."

미궁의 개척자답게 렐슨은 미궁에 대한 지식이 풍부했다.

물론 듣는 용찬 입장에선 거의 대부분 알고 있던 내용들이었기에 애써 모르는 척하며 넘어갔지만, 그가 난공불락의 헤이달로스를 개척한 것만큼은 전혀 모르던 사실이었다.

다만.

"마지막 층을 앞두고 길이 가로막혀서 한참 찾아다니다가 그냥 열 받아서 가속 굴착을 시전해 버렸죠. 그랬더니 눈앞에 떡하니 보스방이 나타나더군요."

클리어 과정이 허무한 게 흠이긴 흠이었다.

'그래도 난공불락의 헤이달로스를 9층까지 클리어했단 것은 인정할 만해. 계속해서 헤르덴 상단의 흔적을 찾아내는 것도 그렇고.'

용암 지대 곳곳에 남겨져 있던 마족들의 흔적. 몇몇 개는 의도가 뻔히 보일 정도로 대놓고 있긴 했지만 렐슨은 그 속에서 진실된 흔적만을 찾아 추적을 시도하고 있었다.

그 모습을 지켜보던 마녀가 말했다.

"저 렐슨이란 놈도 보통은 아니구나. 이런 정밀한 추적술은 마녀들조차 따라 하기 힘들 게다."

"……음."

"아까부터 왜 그러는 게냐. 그 진협이란 아이도 제대로 살려 보내놓고선."

역시 마녀의 눈은 속이지 못하는 것일까. 어떻게 어디로 그를 보낸 것인지는 정확히 알지 못하고 있었지만 놓쳐 버렸다는 게 거짓이란 것은 확실히 파악하고 있었다.

하지만 지금은 아리샤보다 더욱 신경 쓰이는 게 있는 상황. 용찬은 굳이 대꾸하지 않고 여태껏 찾아낸 흔적들부터 쭉 되짚어봤다.

'갑자기 나타난 그 마법사는 충분히 반격할 틈이 있었는데도 불구하고 먼저 메르비와 몽블랑을 챙겨 달아났었습니다. 제가 보기엔 그 둘을 특별히 보호하려는 의도인 것 같았는데…… 정확히는 저도 잘 모르겠습니다.'

문득 렐슨의 보고가 떠오른다. 다른 방향으로 빠지지 않고 쭉 일직선으로 이어진 헤르덴 상단의 흔적들. 혹여 이 흔적들이 놈의 의도와 관련이 있는 것은 아닐까.

용찬은 불현듯 바라볼이란 자가 신경 쓰이기 시작했다.

'애초에 놈의 정체는 무엇이지? 배신자와 손을 잡고 일해 온 마족인 건가. 아니면 일방적으로 지시를 받아 활동하는 타지의 마족?'

굳이 헤르덴 상단이 미궁 타르타로스까지 달아난 것도 당최 이해가 되지 않았다. 그들 입장에서 미궁은 오히려 명을 재촉하는 꼴이 아니던가.

바라볼이란 자는 어떤 의도를 가지고 미궁에서 무언가 계획을 꾸미는 듯했다.

"에구구구. 나는 간만에 활동을 해서 그런지 온몸이 피곤하구나. 잠시 눈 좀 붙이마."

"그 고룡이란 놈은 이대로 놔둬도 괜찮은 거냐?"

"그 인간 두 놈이 확실히 강자이긴 했지만 자기 살길은 알아서 찾을 놈이야. 언제고 우리 쪽으로 다시 찾아올 테니 걱정 말고 추적에 집중하거라."

깊게 상념에 빠진 사이 아리샤가 등 뒤에 착 달라붙어 눈을 감았다. 대답과 달리 이미 고룡 따윈 머릿속에서 잊어버린 지 오래인 듯했지만 굳이 걸고넘어지진 않았다.

그렇게 한참 흔적을 따라 추적했을까. 펄펄 들끓는 용암들 사이에서 마력의 흔적을 발견해 낸 렐슨이 능선 너머를 가리켰다.

"마력의 흔적과 이어진 곳이 매우 가깝습니다. 제 예상으로 볼 때 헤르덴 상단 놈들이 언덕 너머에서 잠시 대기를 하고 있는 것 같습니다."

"흐음. 우선 길을 뚫어야겠군."

"아무래도 그래야 할 것 같군요."

언덕 아래를 차지하고 있는 수십 기의 용암 골렘. 아마 헤르덴 상단은 바라볼이란 자의 이동 마법을 통해 길을 넘어갔을 것이다.

하지만 그들과 반대로 흑창대와 불의 추적대는 직접 몬스터를 뚫고 언덕을 넘어가야 하는 상황. 용찬은 망설일 것도 없이 흑창대를 선두로 내세우며 전투를 지시했다.

[흑창대원 가볼릿이 로그 베이트림을 시전합니다.]

시작은 흑창대의 수석 창기병인 가볼릿의 쾌창술이었다.

파동의 흐름을 제어해 외부가 아닌 내부에 충격을 주는 로그 베이트림 기술은 용암 골렘의 단단한 몸뚱아리를 단숨에 관통했고, 잇따라 흘러 들어가는 기력이 내부를 뒤흔들었다.

[용암 골렘의 내부가 손상되었습니다.]
[용암 골렘의 물리 방어력이 저하됩니다.]

콰직!

실로 정련된 찌르기. 미리 물리 방어력을 저하시킨 후 어깨 부근으로 창을 내지르자 반격을 취하려던 용암 골렘의 팔이 손상됐고, 그 기회를 틈타 다른 흑창대원들이 달려들자 순식간에 골렘 한 마리가 박살 나버렸다.

'저 정도면 직접 나서지 않아도 되겠어. 그러면……'

마침 천둥 매와 폭풍 매가 용암 골렘의 시야를 피해 좌우로 넓게 날아들었다. 그와 동시에 렐슨의 시야 공유를 통해 비치는 세 명의 마족.

앙상한 몰골의 메르비와 먼지투성이인 몽블랑. 그리고 이 사건의 가장 큰 원인이기도 했던 검은 로브의 바라볼이었다.

"마왕님. 발견했습니다!"

"그러면 이제 사로잡는 일만 남았……"

피이이잉!

공간을 뛰어넘어 찾아드는 사념의 결정들. 화면 속으로 보이는 바라볼의 눈빛이 묘하게 떨려오는 가운데 뇌리를 관통하는 하나의 기운이 있었다.

'……이 자식?'

그 현상은 너무도 갑작스럽게 찾아왔다. 전생 때도 한 번 겪어봤던 자기 희생형 기술. 무려 자신의 목숨을 대가로 바치는 고도의 정신계 스킬이 흑룡포의 저항력까지 꿰뚫고 용찬을 사념의 공간으로 데려오고야 말았다.

"결국 그자들과 함께 오셨군요."

"······."

대답은 하지 않았다. 아니, 너무도 당황스러워 순간 말이 안 나온 것일지도 모른다.

"뭐, 예상은 했었지만 그래도 큰일 날 뻔했습니다."

그가 둥근 의자에 앉아 살포시 눈을 뜨자 마침내 마음속 한편이 무너져 내렸다.

"설마 저런 고위 마법사분과 동행하실 줄은 꿈에도 몰랐지 뭡니까."

-안 돼······.

"다행히 제 목숨을 빌어 간신히 성공시켰군요."

-이건 아냐······.

"정말 오랜만에 뵙습니다."

오랜 세월을 지탱해 주던 다리가 무너져 내리고 그의 무릎이 끝내 바닥에 닿는다. 분명 헤르덴 상단을 도와주던 바라볼이란 마족이었는데, 그저 배신자의 협력자로 의심되던 추적 대상 중 하나였을 뿐인데······.

어째서 이리도 눈시울이 붉어지는 것일까.

용찬은 알지 못했다. 아니, 이해하는 것 자체가 불가능했다. 이 감정은 애초에 자신의 것이 아니었으니까. 하지만 이미 놈에게 몸을 빼앗겨 버린 용찬은 그저 바라볼 수밖에 없었다.

"오르비안님의 가신 길서드가 이렇게 다시 찾아왔습니다. 도련님."

노쇠한 충신은 다시금 고개를 숙이고 진정한 주인은 힘겹게 손을 뻗는다.

그리고.

"길서드 겨어어어엉!"

시간을 넘어 패배자가 돌아왔다.

오르비안. 프로이스 가문의 정실이자 헨드릭의 친모였던 마족 여인. 직위상 원로와 가주 다음으로 가문 내에서 월등한 영향력을 끼치는 그녀지만 누구도 오르비안의 마지막을 본 적은 없었다.

그저 마족의 육신까지 파고드는 큰 지병을 앓아 세상을 떠났다는 사실만 떠돌았을 뿐. 차례대로 만났던 원로들 중 누구 하나 그녀에 대해 자세히 언급한 적은 없었다.

[동기화율 152%…….]
[사념의 공간의 영향으로 인해 동기화율이 증폭됩니다.]

[육신의 제어권이 변경됩니다.]

마치 제3자가 된 것처럼 시야가 넓어진다. 눈앞에 보이는 것은 바닥에 무릎을 꿇은 바라볼과 양손을 떨고 있는 헨드릭 프로이스. 그리고 백색 벽으로 둘러싸인 정사각형 모양의 공간이었다.

이미 육체는 헨드릭 본인에게 빼앗긴 상태. 푸른 갈퀴 용병들처럼 망령이 된 용찬은 새파랗게 물든 자신의 몸을 쳐다보다 이내 인상을 구겼다.

'부디 조심하시길. 정령과 계약해 영혼의 결합은 늦춰졌지만 조짐이 좋지 않네요. 얼마 되지 않아 특이한 현상이 벌어질지도……'

분명 베로니카는 영혼에 대한 경고를 해왔었다. 하지만 이리도 갑자기 육체의 제어권을 빼앗겨 버릴 줄은 추호도 예상 못 한 용찬이었다.

'설마 바라볼이 만들어낸 사념의 공간이 계기가 된 건가?'

바라볼, 아니, 길서드는 아리샤의 존재를 우려해 본인의 생명을 희생하며 사념의 공간을 만들어냈다.

일명 정신세계라고 불리는 사념의 공간이라면 충분히 헨드릭의 자아를 이끌어낼 수 있었을 터. 특히나 오르비안의 가신이라고 소개했던 길서드 때문에 더욱 큰 자극을 받았을 것이다.

"오오, 저를 기억해 주시는 것입니까. 무척 영광입니다. 도련님."

"어째서…… 어째서 자기 목숨을 버리면서까지!"

"허허허. 어차피 전 이미 오래 살지 못하는 몸입니다. 마지막으로 도련님을 볼 수 있다면 이것으로 족합니다. 게다가 마델 님의 명도 수행할 수 있고 말이죠."

예상대로 길서드는 마델의 충실한 심복이었다. 배신자의 명이 있었기 때문에 헤르덴 상단을 보호하며 마그바탄까지 도망쳐 왔을 터. 하지만 아직 풀리지 않은 의문이 많이 남아 있었다.

그리고.

"이러면 안 돼. 길서드 경이 어째서 이곳에 있는 거야……. 이런 건 바라지 않았다고!"

'울고불고 아주 난리도 아니군.'

헨드릭의 꼴도 말이 아니었다. 격양된 감정을 온몸으로 표현해 내고 있는 프로이스 가문의 망나니. 도대체 왜 그가 길서드를 보자마자 눈물, 콧물 다 쥐어짜고 있는지는 몰랐지만 가만히 두고 볼 생각은 전혀 없었다. 단지 육체의 제어권이 변경된 것뿐이라면 다시 되찾을 수도 있을 터.

망령이 된 용찬은 투명해진 손으로 헨드릭의 육체를 꿰뚫었다.

털썩!

"도, 도련님?!"

공기 빠진 인형처럼 앞으로 고꾸라지는 신형. 금세 무릎 꿇고 앉아 있던 길서드가 대경실색을 했지만 이미 헨드릭의 영혼은 사념의 공간으로 튀어나와 있었다.

그리고.

"방해하지 마라. 플레이어!"

"오호라. 내 정체까지 알고 있었던 건가?"

생전 처음으로 헨드릭과 고용찬이 서로를 마주하고 있었다.

그 시각, 한 차례 습격이 벌어졌던 바쿤은 한창 내부 정리로 인해 바빠져 있었다.

"흐음. 이놈들은 어떻게 할 생각인가?"

"키에엑. 키에엑!"

배신자의 명을 받아 바쿤에 들이닥쳤던 블랙 야크 고블린들. 서부 상에선 방화범으로 소문이 자자한 골칫덩이들이었지만 지금은 수백 마리 중 소수만 살아남아 이렇게 밧줄에 포박되어 있었다.

때문에 로버트도 놈들의 처사에 대해서 고민이 많았지만 그레고리는 용찬을 생각해 일단 보류해 두기로 했다.

"일단 감옥에 수감해 둬야 할 것 같아. 마왕님께서 돌아오시면 직접 처사를 결정하시겠지."

"알겠네. 그러면 나는 다른 곳을 보고 오도록 하지."

"부탁함세."

간신히 습격을 막아냈지만 바쿤의 피해는 이만저만이 아니었다. 블랙 야크 고블린들에게 부서진 건물들을 수리하려면 따로 건축가와 대장장이들을 불러 수리도 시켜야 할 터.

미리 상단주인 로버트를 통해 비용을 측정해 두는 게 지금은 최선일 것이다.

'그래도 이 정도로 끝나서 천만다행이야. 만약 나이언 님과 아이리스의 정원이 없었더라면 바쿤은 그대로 놈들에게 당했을 거야.'

이번 일을 계기로 아이리스를 달리 보게 됐다.

처음 때만 해도 그저 저주 들린 꽃을 통해 나름의 수익을 거두는 정도였지 않던가. 한데, 습격 당시 아이리스의 정원은 오히려 울타리와 방벽보다 뛰어난 방어 수단으로 작용하며 무수히 많은 고블린들을 떼로 몰살시켜 버렸다.

이젠 인정 안 할래야 안 할 수가 없는 것이다.

"씨잉. 고블린들 때문에 아름답던 꽃밭이 망가져 버렸어."

-윽. 내가 물 주느라 얼마나 고생을 했는데!

"맞죠?! 그러니까 얼른 짓밟힌 꽃들을 되살려야 해요. 자, 따라와요!"

-아니, 그런 뜻은 아니었……

물론 본인은 인지하지 못하고 있는 듯했지만 이제 아이리스의 정원은 바쿤의 자랑거리 중 하나였다.

'네펜데스와 저주 들린 꽃들 덕분에 부상자도 그렇게 많지 않아. 특히 적절한 순간에 부대를 이끌고 나오셨던 칸과 켄 님의 공도 컸어.'

위기일발의 순간 불한당 부대를 이끌고 용감히 적들과 싸웠던 칸과 켄. 기체술을 적절히 활용하며 놈들의 사기를 깎아내린 둘은 어느새 부대원들 사이에서 당당히 대장으로 인정받고 있는 추세였다.

때문에 신규 병사들도 용감무쌍한 칸과 켄의 기세를 본받고 있었고, 습격을 막아내던 당시 아이리스 다음으로 가장 큰 공을 세웠다고 볼 수 있었다.

'이것도 마왕님께 보고해야겠지. 그러면 남은 것은……'

최상층으로 올라가던 발걸음이 멈춘다.

"여, 여기가 마왕성이라고?!"

"그래. 넌 이제 고용찬의 두 번째 부하가 되는 거야."

"어떻게 플레이어가 마왕일 수가……"

"이만 현실을 인정해. 우린 강제로 노예가 된 거라고."

방 안에서 누군가의 어깨를 두들기고 있는 한성. 동일한 플레이어였기 때문에 따로 설득을 맡긴 상태였지만 아무래도 방법이 잘못된 듯했다.

그레고리는 한숨을 푹 내쉬며 벌벌 떨고 있는 진협에게로 다가갔다.

"좀 괜찮으십니까?"

"누, 누구세요?"

"바쿤의 집사이자 마왕님을 보필하고 있는 그레고리라고 합……."

"으허어어억. 마, 마족이다! 살려주세요. 살려주세요!"

하멜로 소환된 인간인 이상 마족을 보고 두려워하지 않을 수가 없었다. 특히나 마족을 처음 보는 진협이었기 때문에 격한 반응을 보이는 것은 당연했고, 곁에 있던 한성은 몸을 웅크리고 있는 그를 보며 어깨를 으쓱거렸다.

다행히 용찬과 함께 동행했던 한성의 설명을 통해 그가 가진 재능을 파악한 상태였지만, 계속 이런 반응만 보이는 진협을 당장 마왕성으로 배치하기도 애매했다.

"끄응. 통신도 안 되는 상태인데. 어찌하면 좋을까."

"아, 맞아. 그러고 보니 이 자식. 약초학 기술도 꽤나 많이 배웠다고 하던데. 차라리 이번에 새로 생긴 수입원으로 데려가는 게 좋지 않겠어?"

"다문 가문이 양도한 약초밭을 말씀하시는 것입니까?"

마력석 동굴에 이어 네 번째로 게이트가 개설 되고 있는 레필스 약초밭. 다문 가문에게 양도 받은 이후 따로 프로이스 가문에게 지원을 요청한 적은 없지만 아무래도 인간에게 넓고 넓은 수입원을 맡기는 것은 다소 불안했다.

하지만 그렇다고 이대로 진정이 될 때까지 진협을 최상층에 놔둘 수도 없는 상황.

할 수 없이 그레고리는 병사들 치유를 끝내고 돌아온 로드멜을 방 안으로 불러냈다.

"제게 동행을 부탁하신다는 것입니까?"

"따로 병사분들도 붙여 드리도록 하겠습니다. 혹여 가문에서 마족분들이 방문하실지도 모르니 마왕님께서 돌아오실 때까지만 레필스 약초밭에서 저분을 보호해 주셨으면 합니다."

"……으음. 알겠습니다."

아직 프로이스 가문에선 아이리스와 한성의 존재도 알지 못하고 있었다. 사정이 사정인 만큼 로드멜도 군소리하지 않고 부탁을 받아들였고, 얼마 되지 않아 다문 가문에서 알려준 좌표를 통해 이동하게 됐다.

그리고 그들이 사라지기 무섭게 바쿤으로 들이닥친 세 명의 원로들. 급히 아이리스와 한성을 라딕 던전으로 보낸 그레고리는 뒤늦게 그들을 접대실로 안내해야 했다.

"아직 헨드릭은 미궁에서 돌아오지 않는 모양이구나."

"예. 통신이 되지 않는 것을 보아 미궁에서 한창 헤르덴 상단을 추적하고 계신 듯합니다."

"……어쩔 수 없지. 우선 너에게 사실을 알려주도록 하마."

항상 뜬구름 잡는 소리만 해대던 굴쉬가 사뭇 진지한 표정
으로 차를 내려놓았다.

그리고.

"마넬의 사형 집행 날짜가 정해졌다."

배신자의 최후를 예고해 왔다.

"내가 진짜 헨드릭 프로이스야. 넌 가짜일 뿐이라고!"

"패배자 주제에 잘도 입을 놀리는군. 이제 넌 존재하지 않
아. 이만 인정해라."

"웃기지마. 한낱 플레이어 주제에 나에 대해서 무엇을 안다고."

"그따위 사정 알 필요도 없지."

회귀 이후 용찬의 목표는 오직 두 가지였다. 하나는 유태현
에게 복수하는 것. 나머지 하나는 본래 현대로 되돌아가는
것. 그 두 가지를 이루기 위해 헨드릭의 몸을 이용하는 것뿐.

그저 수단에 불과한 그의 사정 따위 들어줄 생각도 없었다.
오히려 지금은 헨드릭의 영혼이 사라져 주길 바라는 상황.

하지만 순순히 육체를 넘겨줄 생각은 없는 것인지 놈이 강
력히 저항해 왔다..

"그래. 망나니였던 나를 여기까지 끌어올린 것은 전부 고용찬 너였어. 누가 보더라도 완벽한 정식 후계자가 되었지. 하지만 그런 네놈 때문에 어머니의 가신들은 무참히 희생당하고 있어!"

"어머니의 가신들? 무슨 헛소리인지는 모르겠지만 그동안 전부 보고 있었단 거군."

"더 이상 이대로 보고만 있지 않겠어. 이제 내가……"

픽!

헨드릭이 다시 육체로 들어가려던 찰나, 복부로 발길질이 날아왔다.

"쿠헉!"

영혼이 영혼에게 얻어맞은 엉뚱한 상황. 일순 정신을 차리지 못한 헨드릭은 멍하니 두 눈을 깜빡였지만 용찬은 연달아 주먹을 내지르며 묵묵히 그를 두들겨 팼다.

'여, 영혼이 고통을 느낀다니. 이게 무슨 말도 안 되는?!'

한동안 육체 안에 봉인되어 용찬을 바라만 보고 있어야 했던 헨드릭. 이제 기껏 봉인에서 풀려나 육체를 되찾는가 싶었지만 순간적으로 잊고 있던 게 하나 있었다.

그것은 다름 아닌 용찬의 무자비한 성격!

'아, 맞아. 이 자식 원래 대화보다 주먹이 앞서는 놈이었지.'

뒤늦게 후회가 밀려왔지만 손쓸 도리가 없었다. 서로 영혼 상태가 되었다 한들 상대는 한때 무투가로서 정점에 올라섰던 플레이어였고, 자신은 그저 패배자에 불과한 망나니였으니까.

털썩!

결국 무자비한 폭력 앞에 무릎 꿇은 헨드릭은 퉁퉁 부어오른 얼굴로 눈물을 머금었다.

"크흐흡. 이대로는 안 돼. 내가 아니면 안 된다고······."

"아까 전부터 자꾸 헛소리만 지껄이는 것 같은데 더 맞기 싫으면 알아듣게 말해."

"어머니는 지병으로 돌아가신 게 아니란 말이다!"

움찔!

내지르던 주먹이 눈앞에서 멈춘다. 길서드를 앞에 두고 울고불고 난리를 칠 때부터 어느 정도 예상은 했었지만, 지금 말을 계기로 한 가지는 확실해졌다.

'이 자식. 역시 이번 생의 영혼이 아냐.'

그제야 고유 기억에도 보이지 않던 장면들이 이해가 되기 시작했다. 자신과 동일하게 게이트를 통해 이전 생에서 넘어온 것이라면 이번 생의 헨드릭이 모르던 사실을 알고 있을 수밖에 없을 터.

숨겨진 오르비안의 최후에 대해 알고 있단 게 그 증거였다.

용찬은 싸늘한 두 눈빛으로 그의 목을 쥐고 물었다.

"말해. 내가 모르는 사실들을. 저놈이 누구인지, 오르비안이 어떻게 죽었는지. 그리고 네가 이전 생에서 어떻게 마지막까지 살아남았던 것인지 전부 다 말해."

"그럴 수 있었으면 내가 이렇게 몸을 차지하려 들지 않았겠지. 원래 더 이상 삶에 대한 미련은 없었어. 만약 미래가 이렇게 바뀌지 않았더라면 그대로 잠자코 봉인되어 있었겠지."

"뭐?"

"크흐흐흐. 빌어먹을 시스템이 제약을 걸어두었어. 어떤 진실도 자세히 말하지 못해. 지금이 아니라면 본래 내 몸을 찾을 수도 없겠지. 그러니 부탁이야. 제발 내 손으로 직접 미래를 바꾸게 해줘."

애절한 두 눈빛으로 조심히 부탁해 온다.

털썩 주저앉은 그의 모습이 이젠 처량히 느껴질 정도였지만 용찬은 고개를 저었다. 부탁을 받아준다면 자신이 어떻게 될지도 모르는 상황인 데다가, 아직 목적도 이루지 못한 상태다. 게다가 애초에 부탁을 받아들일 생각조차 없었다.

"……역시 그렇겠지. 오직 복수만을 바라고 여기까지 달려온 네놈이니까."

"내 기억까지 알고 있는 건가."

"비록 망나니였던 나였지만 이것만큼은 알고 있어. 네 복수가 정말 무의미한 짓이란 것을. 그리고 내가 유태현이었더라도 그렇게 했을 거란 것을."

"……."

불현듯 이전 생의 망령이 자신의 삶을 부정해 온다. 서서히 들끓는 분노에 용찬이 다시금 주먹을 내지르려 했지만 이젠 그것조차 불가능하게 됐다.

헨드릭 프로이스. 서열 74위 망나니 마족이자 프로이스 가문에게 버림받았던 비운의 마왕. 그런 놈의 몸이 점점 가루가 되어 흩날리기 시작했다.

"아, 결국은 이렇게 되는 건가."

"이건?"

"하멜의 시스템이 끝내 육신의 주인을 너라고 인정한 거야. 난 다시 영혼이 된 채로 봉인되고 말지. 네가 부탁을 들어줬더라면 반대가 되었겠지만 그럴 리가 없겠지."

헨드릭의 발악은 실패로 무산되고 말았다. 아마 실낱같은 희망을 안고 사념의 공간에서 몸을 되찾으려고 했던 것일 터. 다만, 안타깝게도 그것을 가만히 지켜볼 용찬이 아니었다.

때문에 그는 육신을 흔들어 깨우려고 하는 길서드를 보며 다른 부탁을 해왔다.

"끝까지 네 방식은 인정 못 하겠지만 부탁이야. 어머니의 남은 가신들이라도 지켜줘. 그리고……."

그렇게.

"부디 나 대신 아버지를 용서해 줘."

헨드릭 프로이스는 흔적조차 남기지 않고 사라졌다.

'시스템이 제약을 걸었다고?'

마침내 마주한 육체의 주인이었건만. 그저 풀린 진실이라곤 현재 몸 안의 영혼이 이전 생의 헨드릭이라는 것뿐이었다. 가문의 비사에 대해선 조금의 실마리가 주어진 정도. 아직 길서드란 자의 정체도 제대로 파악하지 못한 가운데 영혼이 본래 있어야 할 육신으로 돌아왔다.

"도련님! 도련님?!"

"……그만 입 다물어라. 정신 사나우니까."

"하아. 다행입니다. 제 사념의 공간이 도련님께 무슨 영향이라도 끼친 줄 알았습니다."

헨드릭, 아니, 용찬이 복잡한 머리를 부여잡고 자리에서 천천히 일어났다. 그 모습에 길서드가 안도의 한숨을 내쉬었고, 얼마 되지 않아 서로 다시 자리에 마주 앉게 됐다.

'사념의 공간. 정신계 기술을 다루는 자가 자신의 생명을 대가로 발현할 수 있는 최상위 마법. 이런 기술을 시전하는 놈이 단순한 B급 마법사일 리는 없겠고. 이런 정신 공간으로 나를 데려온 것을 보면 무언가 할 말이라도 있는 건가.'

다른 방해자 없이 오직 단둘이서. 그것은 렐슨과 흑창대도 예외는 아닌 듯했다. 게다가 오르비안의 가신이란 것은 물론 마델의 명을 받았다고까지 했으니 이런 사념의 공간은 그에게 꼭 필요했을 것이다.

그리고.

"어떻게 시작을 해야 할까요."

노쇠한 충신이 무거워진 입을 열기 시작했다.

🐏

켄드릭 프로이스가 세상을 떠난 이후 가문은 안정권에 돌입했다. 비록 샤들리 가문의 개입으로 인해 마계의 통치권을 얻어내진 못했지만 프로이스 가문은 서열전을 계기로 최상의 가문이 되었고, 헤임달을 중심으로 자유 국가 미첼을 통치하게 됐다.

그리고 홍염의 패자의 정실로서 가문에 들어온 여인이 바로 오르비안. 단순히 헤임달 주민에 불과했던 마족이 프로이스 가주의 마음을 앗아가 버린 것이다.

'그녀의 성품이 참으로 옳고 밝아. 마족이라고 믿기지 않을 정도야.'

'오르비안 님께서 가문에 들어온 이후로 그분의 가신을 자처하는 병사들도 많아질 지경이니 말 다 한 거지.'

'어찌 저리 마음씨가 곱고 상냥할까. 외모는 물론 성품까지 모

난 구석이 없잖아. 가주님의 얼굴에 항상 미소가 그치질 않는 이유가 있었어.'

처음 때만 해도 평민에 불과했던 오르비안을 시기하고 질투했던 가문의 일원들이었다. 하지만 시간이 지날수록 그녀를 따르는 마족들이 많아지더니 이내 헤임달에서까지 올바른 성품으로 인정을 받기 시작했다. 심지어 앞뒤가 꽉 막혔다고 소문이 자자했던 독마 마델의 성격까지 뒤바꿀 정도로 말이다.

그렇게 프로이스 가문 내에서 오르비안의 가신들이 생겨나자 펠드릭은 따로 부대를 창설하기까지 했고, 얼마 되지 않아 그녀가 아이를 품게 되면서 공식적으로 후계자의 소식이 널리 알려졌다.

마치 르네의 축복이라도 받은 것마냥 가문에 희소식들만 쭉 이어졌다.

하지만.

'평민들에게 따르는 세금이 너무 과해요. 아직 빈민촌에 놓여진 마족들도 많고. 그들을 구하지 못할망정 이런 일방적인 통치는 어떤 마족들도 달가워하지 않을 거예요.'

'지금부터라도 강하게 밀어붙여야 해. 안 그러면 바이칼에게 밀리기 시작할 거다.'

'아무리 샤들리 가문이 신경 쓰인다고 하지만 이건 아니에요.'

'그렇게 틈을 보이다가 서열전 때도 로이스 놈에게 당했던 거 였어! 나는 좀 더 독해질 필요가 있다고. 이렇게 계속 내 통치에 개입할 생각이라면 곤란해. 오르비안.'

어느 날 길어진 말다툼이 화근이 되었던 것일까. 한 번 어긋 난 감정은 발화점이 되어 권능을 자극했고, 폭주하기 시작한 속성력은 홍염의 패자가 제어하지 못할 정도로 커져서 저택을 활활 타오르게 만들었다.

'내가 대체 무슨 짓을……'

'프로이스 가주?!'

'아니, 오르비안 님께서!'

다행히 네 명의 원로들로 인해 화기는 진압되었지만 대가는 처참했다. 정실이 된 이후로 자신의 삶을 모두 가문에게 바쳤 던 오르비안의 죽음. 그것도 헨드릭 프로이스를 낳은 지 얼마 되지도 않아 강렬한 불길에 휩싸여 생을 마감한 것이다.

결국 사건은 원로들의 영향력 하에 은폐됐고, 펠드릭은 그 녀의 죽음을 통해 태도를 달리하게 됐다.

하지만.

'펠드릭 프로이스가 그분을 죽음으로 몰아가게 만들었다.'

남아 있던 오르비안의 가신들은 사건의 원인이던 펠드릭을 증오하게 됐다. 특히 그중에서도 곧잘 그녀를 따르던 마델은 언제고 그에게 앙갚음을 하기 위해 날을 갈기 시작 했지만 단 하나가 걸렸다.

그것은 다름아닌 프로이스 가문의 정식 후계자인 헨드릭 프로이스. 오르비안의 혈육이기도 한 헨드릭을 가만히 내버려 둘 순 없던 마델은 제거가 불가능한 홍염의 권능을 우려해 샤들리 가문과 모종의 거래를 틀었고, 최대한 헨드릭을 빠르게 서열전에서 탈락시켜 권능에 집어 삼켜지는 사건을 방지하려 했다.

'헨드릭 프로이스는 재능이 없어. 아직 권능도 발현 못 했다잖아.'

다행인지 불행인지 재능까지 없던 비운의 마왕. 그런 점까지 이용해야 한다는 게 석연치는 않지만 마델은 이게 옳은 길이라고 판단했다. 그래서 바쿤을 한계까지 몰아붙여 펠드릭이 자신의 아들을 포기하게끔 만들었고, 로이스에게 헨드릭의 목숨을 보장받으며 계획을 진행해 나갔다.

한데.

'망나니 마왕이 픽스파이멀린을 이겼어!'

언제부터인가 일이 어긋나 버리기 시작했다. 망나니라고 소
문이 자자하던 헨드릭이 갑자기 서열전에서 베텔을 이겨 버린
것이다. 그로 인해 최하위 서열이던 바쿤은 점차 서열이 올라
가기 시작했고, 얼마 되지 않아 개최된 평가전에서 권능까지
각성해 버렸다. 그것도 홍염의 권능이 아닌 오로지 자신만의
권능을 말이다.

'뇌전의 권능이라고? 그럼 난 대체 여태까지 무엇을……'

증오스러운 홍염의 권능이 아니라면 애써 헨드릭을 몰아붙일
필요도 없었다. 뒤늦게 무언가 잘못됐단 것을 깨달은 마델이었
지만 헨드릭의 기세는 날이 갈수록 거세졌고, 펠드릭의 인정까
지 받으며 역으로 샤들리 가문의 계획을 무너트리기 시작했다.

그리고 마침내 실비아를 꺾고 40위에 도달한 순간.

'내 복수를 위할 것인가. 그분의 아이를 모실 것인가.'

선택의 기로에 놓이고 말았다. 마음 같아선 한껏 날개를 펼
친 헨드릭을 도와 가주 자리까지 끌어 올리고 싶었지만 그렇
게 하기엔 이미 먼 길을 와버린 마델이었다. 계약으로 묶인 로
이스와의 거래를 이제 와서 취소할 수도 없는 상황. 할 수 없
이 그는 복수를 택했고 가장 먼저 바쿤을 쳐 헨드릭을 빼돌리

려 했다.

때문에 미리 미궁 타르타로스로 바라볼이란 가명의 길서드를 보내 헨드릭을 유인했고, 복수가 어떤 결말을 맺든 그에게 진실을 전하고자 했던 것이다.

'날 용서하지 마라. 헨드릭.'

오직 자신의 복수를 위해서 말이다.

"그리고 제가 이렇게 도련님께 진실을 전하고 있는 것이죠."

"……."

길고 긴 설명 끝에 숨겨져 있던 가문의 비사가 드러났다. 오르비안을 죽음으로 몰아간 펠드릭에 대한 분노. 그리고 어떻게든 헨드릭을 살리기 위해 샤들리 가문과 모종의 거래를 틀었던 그녀의 가신들까지.

물론 마델의 방법이 옳다고 여기진 않았다. 다만, 어째서인지 묘하게 동질감이 느껴지고 있었다. 놈의 계획으로 인해 헨드릭의 인생이 송두리째 무너졌는데도 말이다.

'결국 헨드릭이 최하위 서열이던 이유는 전부 오르비안의 가신들 때문이었군. 물론 재능이 없는 것도 큰 영향을 주었겠지만 이놈들은 아예 처음부터 프로이스 가문을 몰락시키게끔 만들려 했어.'

이 얼마나 지독한 복수심이란 말인가.

한참 생각을 정리하고 있던 용찬은 뒤늦게 길서드에게 물었다.

"혹시 마델은 우리 어머니를……."

"예. 사모하셨습니다. 깊은 감정을 품고 계셨죠. 그래서 더더욱 펠드릭에게 복수를 하고 싶어 했습니다. 그리고 또한 복수와 도련님 사이에서 수많은 고민도 하셨었죠."

"……그런 거였나."

실로 웃음이 나온다. 깊어진 감정의 끝은 복수란 것일까.

드디어 가문의 비사를 듣게 되었지만 실상은 너무도 허무했다.

마침 길서드도 그런 분위기를 눈치챈 것인지 씁쓸히 웃으며 무릎을 꿇었다.

"자, 선택하십시오. 도련님. 마델 님께선 도련님이 원하시는 길을 걷기를 바라셨습니다. 때문에 저도 이런 방법을 택한 것입니다."

"그래서 헤르덴 상단을 미끼로 나를 여기까지 끌어들인 거로군. 후계자의 인생을 거의 파멸 직전까지 이끌어놓고 이제 와서 자비를 베푼다는 건가."

"도련님. 그것은……."

"쓸데없군."

결론만 놓고 말한다면 헨드릭은 그저 마델의 복수를 위한 희생양에 불과했다. 복수에 눈이 멀어 오르비안의 아들까지 이용해 버린 셈.

물론 끝없이 복수를 자처하는 것은 자신도 다를 게 없었지만 이런 가신들의 태도는 어이가 없었다.

"샤들리 가문과 손을 잡고 나를 여태껏 방해해 온 자들이 이제 와서 선택권을 준답시고 폼을 잡고 있는 꼴이라니. 웃기지도 않아. 내 선택은 변함이 없다."

"······알겠습니다. 정 도련님의 뜻이 그러시다면 이것을 받아주십시오."

"이건?"

길서드가 건네준 종이엔 지역별로 표시가 된 마계의 지도가 그려져 있었다. 그런 지도를 내려다보며 용찬이 고개를 갸웃거리자 그가 뒤늦게 조언해 주었다.

"살아남아 있는 오르비안 님의 가신들입니다. 이제부터라도 가문의 힘을 이용하는 게 아닌 오직 바쿤만의 힘을 기르셔서 승리를 성취하시길. 그것이 서열전 1위로 향하는 열쇠가 될 것입니다."

"남아 있는 자들이라도 거둬달라 이거군. 뭐하는 놈들이지?"

"누구보다 오르비안 님의 안위를 가장 생각해 왔던 충성스러운 가신들입니다. 분명 도련님에게 큰 도움이 될 것입니다. 그리고……."

서서히 사념의 공간이 모래처럼 흩어지기 시작했다. 벌써 지속 시간이 끝난 것인지 바닥에 무릎을 꿇고 있던 길서드의 신형도 점점 사라져 가고 있었고, 얼마 되지 않아 그가 눈시울을 붉히며 고개를 떨구었다.

"부디 마델 님을 용서해 주시길. 제 부탁은 그게 전부입니다."

"……."

"그럼 도련님. 다시 만나서 정말 반가웠습니다. 이 노쇠한 신하는 이만 떠나보겠습니다."

그 말을 끝으로 세상이 어둠으로 물들었다. 아마 길서드는 진실을 전하기에 앞서 마델을 가장 크게 걱정했을 것이다. 만약 헨드릭이었다면 마음이 기울었을지도 모르지만…….

'정말 끝까지 쓸데없는 짓거리를 하는군.'

안타깝게도 용찬은 아니었다.

[사념의 공간이 소멸됩니다.]
[동기화율이 정상으로 돌아옵니다.]

흐릿한 빛 속에서 보이는 것은 마그바탄의 풍경들. 어느새 다시 원래 자리로 돌아온 용찬은 한창 용암 골렘을 처치하고 있는 흑창대를 보며 인상을 구겼다.

결국 길서드는 가문의 진실과 가신들의 위치를 전하기 위해 미궁 타르타로스까지 자신을 유인한 것뿐. 지금 당장 중요한 것은 헤르덴 상단원들이 아니었다.

"이게 무슨?! 마왕님. 갑자기 바라볼이 보이지 않습니다!"

예상대로 시야 공유 화면 속에서 길서드의 모습이 사라져 있었다.

렐슨의 입장에선 그저 당황스럽기만 할 터.

하지만 모든 진실을 알고 있던 용찬은 침착히 흑창대를 도와 용암 골렘들부터 처리하기 시작했고, 얼마 되지 않아 버림받은 메르비와 몽블랑을 붙잡게 됐다.

"대체 어디로 도망친 거지. 마력의 흔적은 보이지도 않는데……."

"우선 기존의 목표였던 이놈들부터 포박해라. 도망친 마법사 놈은 상황을 봐서 추적한다."

"으음. 알겠습니다."

굳이 렐슨에게 사념의 공간에 대해서 설명하진 않았다. 알아봤자 일만 커질뿐더러 당장 급한 것은 바쿤이었기 때문.

용찬은 우선적으로 그들과 떨어진 채로 병사부터 소환시키려 했다.

"우움. 내가 잠든 사이에 사념의 공간에 갔다 온 게냐?"

마녀의 눈은 못 속이는 것일까. 등에 달라붙어 있던 아리샤가 양쪽 눈을 비비며 조용히 물어왔다.

"신경 꺼라."

"에잉. 말하기 싫으면 말거라."

살짝 토라진 기색으로 아리샤가 고개를 휙 돌렸지만 용찬은 신경도 쓰지 않았다. 지금 중요한 것은 렐슨과 흑창대가 상단원들을 포박하는 틈을 타 병사들을 소환하는 것뿐.

하지만 그 순간, 생소한 시스템 메세지가 눈앞을 가득 메웠다.

[일시적으로 동기화율이 초과했습니다.]

[새로운 특성이 발현됩니다.]

[영혼의 파트너가 부여됩니다.]

'새로운 특성이라고?'

금시초문인 특성에 눈이 휘둥그레진다. 동기화율이 원인이라면 분명 영혼과 관련된 효과일 터. 용찬은 즉시 스킬창을 통해 효과를 확인해 보려 했지만 그전에 앞서 귓가로 목소리가 들려왔다.

-이, 이럴 수가. 뭐가 어떻게 된 거야.

'……넌?'

-잠깐. 지금 내 목소리가 들리는 거야?!

경악 어린 망나니의 비명에 당황하는 순간이었다.

[영혼의 파트너의 효과가 발동되고 있습니다.]

[영혼 결속의 패널티가 일시적으로 사라집니다.]

[동기화율이 일정 시간 동안 감소됩니다.]

[이제부터 당신은 원할 때마다 영혼의 파트너와 대화할 수 있습니다.]

[반대로 영혼의 파트너가 대화를 원할 때 당신에게 대화를 요청할 수도 있습니다.]

'이런 특성이 존재했었다니. 이것도 전부 몸속의 영혼들 때문에 생긴 영향인 건가.'

영혼의 파트너. 특성이 발동되는 동안 영혼으로서 봉인된 헨드릭과 대화를 할 수 있는 효과였다. 장점이라면 등급이 마이너스가 된 영혼 결속의 패널티를 일시적으로 사라지게 만든다는 것과 동기화율을 감소시킨다는 것.

그리고 자신이 모르던 이전 생의 정보 등을 전해 들을 수 있단 것이었지만 단점이 매우 치명적이었다.

-렐슨. 저 자식. 이전 생에선 나를 그리도 무시하더니 이젠 충실한 개처럼 아주 잘도 따르는구나.

이전 생과 이번 생이 다른 것 때문일까. 헨드릭은 그동안 하지 못했던 말들을 한꺼번에 쏟아내고 있었다. 아마 영혼으로서 봉인된 동안 줄곧 용찬의 삶을 바라만 봤을 터. 얼마나 답답했는지는 이해가 됐지만 당장 놈은 쓸모가 없었다.

'시끄럽다. 조용히 입 닥치고 있어라.'

-어, 잠깐?!

'내가 부를 때만 나오도록 해.'

효과만 놓고 따지자면 헨드릭은 그저 이전 생의 정보, 영혼 결속의 패널티, 동기화율 감소. 이 정도의 이득을 위한 용도에 불과했다. 때문에 용찬은 금방 영혼의 파트너를 취소시켰고, 뒤늦게 잠잠해진 분위기 속에서 위르겐을 소환했다.

"바쿤의 현 상황은 어떻지?"

"페페펭. 오늘……."

바쿤 습격 사건. 배신자의 명을 받고 들이닥쳤던 블랙 홉 고블린들의 전말은 단숨에 드러났다. 다행히 미리 협조를 부탁한 나이언이 도움을 주며 바쿤은 역습을 노릴 수 있었고, 그 덕분에 배신자도 손쉽게 잡을 수 있었다.

배신자의 정체는 예상대로 독마 마델. 마침 회의를 끝내고 돌아온 펠드릭에게 붙잡힌 그는 지금 저택에 구금된 상태였다.

"페펭. 그리고 사형 집행 날짜가 정해졌다고 하더군요."

"의외로 펠드릭이 빠르게 판단을 내렸……."

띠링!

줄기차게 시스템 메시지가 떠오른다. 보나마나 뻔한 헨드릭의 대화 요청이다. 길서드의 부탁처럼 그 또한 마델에 대한 심경이 복잡한 듯했지만 용찬은 아니었다.

'애초에 가문 일로 너무 시간을 끌었어. 이로써 배신자가 처형되고 날 방해할 놈들도 전부 사라지겠지.'

이번 일의 목적은 오직 배신자를 처단하는 것뿐. 그게 아니었더라면 가문의 비사는 애초에 신경도 쓰지 않았을 것이다. 게다가 놈들의 인생사를 하나하나 전부 이해해 줄 의무 따윈 없었다.

오르비안의 가신들 또한 도움이 된다고 판단됐을 때 찾기 시작할 터. 슬슬 정리가 끝나가는 렐슨과 흑창대를 보며 용찬은 우선 위르겐부터 역소환시켰다.

쿠구구구궁!

"점점 지진이 심해지는군요. 정말 하층에서 무슨 일이 벌어지는 건지."

아직까지 악몽굴의 혈투가 끝나지 않은 것일까. 하층에서부터 전해지는 충격에 마그바탄 전체가 요동치고 있었다.

'어떻게 네놈에게서 르네의 냄새가 나는 거지?'

문득 메사이어드가 건넨 질문이 떠오른다. 초대 마황이었던 마족 여인 르네. 아직 그에 대한 의문이 풀리지 않긴 했지만 아리샤의 말대로라면 언제고 다시 만날 날이 있을 것이다.

'전부터 계속 언급됐던 르네. 만약 고룡의 말이 거짓이 아니라면 한 번 알아볼 필요가 있겠어.'

물론 지금은 미궁에서 탈출하는 것이 가장 중요했다.

"마왕님! 우선 마족의 영역을 통해 탈출해야 할 것 같습니다. 이러다간 정말 미궁이 붕괴될지도 모릅니다!"

"……타르타로스가 붕괴된다라. 일단 너희들부터 먼저 빠져나가도록. 나는 아직 마그바탄에 볼 일이 있으니까."

"아니, 그게 무슨 소리십니까?!"

미궁 타르타로스에 찾아온 두 번째 목적. 그것을 모르던 렐슨은 침까지 튀길 정도로 격하게 반대해 왔지만 뒤늦게 소환 주문서를 건네주자 의아한 얼굴로 고개를 갸웃거렸다.

"어차피 미궁 내에선 통신이 가능하니 출구 앞에서 대기하고 있도록 해라."

"크웅. 정말 끝까지! 후우. 일단 알겠습니다. 꼭 통신을 해주십시오!"

결국 렐슨과 흑창대가 먼저 상단원들을 이끌고 마족의 영역으로 빠져나갔다. 그제야 자유의 몸이 된 용찬은 눈치볼 것 없이 곧장 마그바탄의 중앙으로 향했다.

오직 제 4 영역에만 숨겨져 있는 히든 피스. 아직까지 등 뒤에 아리샤가 착 달라붙어 있긴 했지만 플레이어의 정보를 통해 알아냈다고 둘러대면 그만이었다.

그리고.

[마그바탄의 수호자가 출현했습니다.]
[용암 거신이 당신을 향해 분노를 표합니다!]

보스 몬스터가 마침내 눈앞에 나타났다.

"크어어어어!"

"재촉 하지마라. 금방 돌덩이들을 부숴줄 테니."

-째째째쨱!

어느새 양손으로 강렬한 한기가 몰려들고 있었다.

"프로이스 가문의 배신자는 독마 마델이었다!"

어느 날부터 헤임달에 이런 소문이 돌았다. 처음엔 그저 반신반의하는 반응들이 대다수였지만 며칠 지나지 않아 프로이스 가문이 공식적으로 사형 집행 날짜를 발표하며 소문은 진실이 됐다.

일부 마족들은 이런 가문의 공식 발표가 샤들리 가문을 견제하기 위한 행동이라고 생각했고, 헤임달의 주민들은 격하게 분노하며 배신자인 마넬을 샤들리의 개라고 칭했다.

그리고 사형 집행 당일 날.

"배신자 새끼! 그동안 원로 행세를 하면서 샤들리 가문과 내통하고 있었던 거냐?!"

"죽어라. 마넬!"

"샤들리의 개 주제에! 이 신성한 헤임달을 더럽혀?!"

사형이 집행되는 중앙 광장이 온통 구경나온 마족들로 가득해져 있었다.

일부는 프로이스 가문을 칭송하며 마넬을 욕하고 있었고, 또 일부는 혹여 전쟁이 벌어지지 않을까 하며 걱정스러운 눈길로 사형대를 올려다보는 분위기였다.

그 때문인지 광장은 더욱 복잡해져 있었고, 결국 프로이스 가문의 병사들까지 출동하며 끝없는 행렬을 정리해야만 했다.

"아아, 정말 아름다운 광경이로군요."

"조슈아 님. 저에게서 멀리 떨어지지 마세요. 그러다가 길이라도 잃어버리시면 어쩌시려고!"

"걱정 마세요. 언제든 아젠의 곁에 붙어 있을 테니."

금발의 조슈아가 해맑은 미소로 화답하자 곁에 있던 소녀의 얼굴이 와락 붉어졌다. 항상 마왕성에서 그를 보좌하고 있는 아젠이었지만 아직까지도 저 미소는 너무도 강렬했다.

"아이, 참. 갑자기 그러시면 제가 곤란하잖아요."

"그나저나 다른 마왕들도 많이 찾아오신 것 같은데. 다들 배신자의 최후를 보기 위해 오신 걸까요?"

"으음. 아마 그렇지 않을까요?"

마델의 사형 집행은 마계 전체적으로 의미가 컸다. 특히나 전대 켄드릭을 보좌했던 독마 마델의 명성은 누가 보더라도 매우 대단했기 때문에 그가 배신자란 것은 마족들에게 상당히 충격적인 사실이었다.

서열 8위 조슈아 하이델, 아니, 이젠 서열 6위로 거듭난 그조차 독마가 샤들리와 손을 잡았다는 것에 당황해했었으니 다른 마왕들이라고 해서 다를 것은 없을 터다.

쿵! 쿠웅! 쿵!

불현듯 요란한 발걸음 소리와 함께 커다란 덩치의 마족이 광장으로 진입했다.

"미, 미친. 불패의 마왕까지 찾아왔잖아?!"

"뭐?! 크로우 토멜이 왔다고?!"

"정말이야. 크로우 토멜이야. 불패의 마왕이 사형 집행을 구경하기 위해 직접 찾아왔어!"

우락부락한 근육 사이로 느껴지는 거친 풍모. 날카롭게 세워진 눈썹이 꿈틀거리자 강력한 기세가 주변 일대를 장악했다. 그제야 광장 분위기가 잠잠해졌고, 기세를 버티지 못한 마족들은 섣불리 접근하지도 못하고 있었다.

하지만 그것도 잠시.

"그리 발이 무거우시던 크로우 토멜 님께서 여긴 웬일로?"

"……조슈아 하이델."

여유롭게 다가온 조슈아로 인해 크로우의 인상이 한껏 구겨졌다. 상위권 서열의 마왕이라면 누구나 꺼리는 하이델의 정식 후계자 아니던가.

지금도 빤히 드러나는 느긋한 인상에 벌써부터 속이 메슥거려 왔다.

"네놈에게 용무 따윈 없다. 저리 꺼져라."

"이거 너무 섭섭하군요. 그래도 같은 서열대에 있는 마왕인데 말이죠."

"짜증 나는 놈."

할 수 없이 직접 자리를 옮기고 마는 크로우였다. 그 사이, 프로이스 가문은 일정대로 사형을 준비하기 시작한 것인지 얼마 되지 않아 사형대 위로 포박당한 마델이 끌려왔다.

우우우우우!

광장 전체로 울려 퍼지는 비난의 목소리들. 그리고 마침내 사형대 근처로 세 명의 원로들과 가주가 한자리에 섰다.

'저놈이 홍염의 패자로군.'

'아아, 저 홍염의 패자!'

서열 3위 크로우와 서열 6위 조슈아조차 우위를 예상하지 못할 강자!

한때 홍염의 패자란 호칭으로 불렸던 프로이스 가주가 천천히 손을 들더니 이내 뻔하디뻔한 연설을 시작했다.

하지만 그런 전형적인 연설임에 불구하고 마족들은 입조차 뻥긋하지 못했다.

이게 가주로서의 위압감이란 것일까.

크로우와 조슈아뿐만 아니라 헤임달까지 구경을 온 모든 마왕들이 동일한 생각을 품고 있었다.

"……을 끝으로 연설을 마치겠다."

마침내 연설이 끝나고 사형 집행의 때가 도래했다.

과연 누가 사형 집행을 맡을 것인지도 마족들 사이에서는 은근한 관심사였는데, 어찌된 것인지 프로이스 병사들은 누구도 움직이지 않았다. 심지어 세 명의 원로들마저 가만히 광장 뒤편을 바라보는 상황.

그렇게 점점 길어지는 침묵에 마왕들이 고개를 갸웃거리던 차, 후방에서부터 요란한 뿔피리 소리가 울려 퍼졌다.

저벅저벅!

"마, 마왕성 바쿤이야!"

프로이스 가문의 진정한 주인. 그리고 최하위 마왕성이었던 바쿤을 서열 30위대까지 끌어올린 반전의 마왕. 마침내 그가 헤임달에 모습을 드러내자 마족들의 시선이 한순간에 집중됐다.

"키에에엑. 오랜만이다. 헤임달!"

[ㅇㅅㅇ]

"우왓. 마족들이 이리도 많이 모여 있었다니!"

이제 누구도 무시 못 할 바쿤의 병사들이 광장으로 걸어온다. 네 개의 부대를 중심으로 행렬을 유지하고 있는 바쿤. 그리고 그런 병사들 사이에서 엄청난 카리스마를 보이고 있는 마왕까지.

특히 2년 전과 달라진 헨드릭 프로이스는 크로우의 흥미를 끌기 충분했다.

"네놈이 헨드릭 프로이스?"

"……."

"듣기보단 나약해 보이는군."

허공에서 마주치는 두 시선. A급 마왕의 안목으로 볼 때 헨드릭은 자신의 기대치를 충족시키지 못할 상대였다.

하지만 안타깝게도 바쿤의 마왕은 모두가 알고 있던 그 헨드릭이 아니었다.

"네놈도 마찬가지인 것 같은데 말이지."

"뭣?"

"주제를 알고 설쳐라."

용찬의 입장에서 서열 3위 크로우는 단순히 짓밟아야 할 먹 잇감 중 하나였을 뿐, 그 이상 그 이하도 아니었다. 때문에 놈 의 시비를 가볍게 받아치면서 사형대 위로 올라왔다.

가장 먼저 보이는 것은 처량한 몰골로 포박되어 있는 마델. 마침 그도 용찬의 시선을 알아챈 것인지 쓸쓸한 미소를 지으 며 고개를 들었다.

"결국 여기까지 왔구나. 헨드릭."

"아주 쓸데없는 짓거리를 해놨더군."

"길서드 경을 만났나 보……."

"아, 잠시."

미리 대기하고 있던 다가즈에게 눈짓을 보내자 적절한 순간 에 사일런스가 발동됐다. 구월의 창시자가 시전한 마법이라면 누구도 쉽게 꿰뚫진 못할 터. 따로 펠드릭에게 허락을 구해두 었으니 더 이상 신경 쓸 것은 없었다.

"남의 인생을 네 멋대로 좌지우지할 수 있을 거라 생각했나?"

"……그게 갑자기 무슨 소리더냐. 헨드릭."

"그런 복수는 진정한 복수가 아냐."

바쿤의 마왕으로서, 아니, 지금은 광악으로서 말하고 있었 다. 대뜸 얼굴을 들이밀자 이해하지 못한 마델은 당황하고 있 었고, 용찬은 그저 잔혹한 미소를 지으며 말을 이어갔다.

"실패한 대가가 바로 이거다. 이제 네놈이 죽게 될 테니 더 이상 가문에서 날 방해할 놈도 없어지겠지. 헨드릭 프로이스에게 선택권을 주겠다고?"

"헤, 헨드릭?!"

"아니, 진정한 자비는 오로지 승자만이 줄 수 있는 거다. 아, 그래. 오르비안의 가신들은 내가 잘 이용해 주지. 얼마나 도움이 될지는 모르겠지만 한 번 만나는 주겠어."

"헨드릭!"

"만약 헨드릭이었더라면 네놈들에게 동정표를 던졌겠지만……."

양손 끝에 푸른 뇌전이 맺힌다. 이제 가문의 비사에 마침표를 끊을 시간이었다.

오로지 복수만을 바라보고 달려온 마족. 그리고 진정한 복수를 위해 모든 것을 내던진 플레이어.

타앙!

뒤늦게 울려 퍼지는 총성과 함께 길고 길었던 악연이 끝을 맺었다.

"고용찬은 아니야."

To Be Continued

나는 될 놈이다

글쓰는기계 게임 판타지 장편소설
WISHBOOKS GAME FANTASY STORY

판타지 온라인의 투기장.
대장장이로 PVP 랭킹을 휩쓴 남자가 있다?

"아니, 어디서 이런 미친놈이 나타나서……."

랭킹 20위, 일대일 싸움 특화형 도적, 패배!

"항복!"

'바퀴벌레'라고 불릴 정도로
끈질긴 생명력을 가진 성기사조차 패배!

"판타지 온라인 2, 다음 달에 나온다고 했지?"

평범함을 거부하는 남자, 김태현!
그가 써내려가는 신개념 게임 정복기!